Rieke Kief lebt mit ihrem Mann, ihrer gemeinsamen Tochter und den vierbeinigen Familienmitgliedern in einem alten, schiefen Häuschen, das im Sommer durch unendlich lange Rosenranken zum Dornröschenschloss mutiert. Wenn sie sich nicht grade neue Liebesgeschichten ausdenkt, mit der Hundebande draußen unterwegs ist oder ihre Tochter nachts um drei zum Ausbildungsbetrieb fährt, töpfert sie – am liebsten kunterbunte Tassen. Pötte, in die man Kaffee füllt, kann man schließlich nie genug haben. Sie liebt warme Sonnenstrahlen im Winter, Schneeflocken, Sonnenuntergänge und Schietwetter, und ihr größter Traum ist es, irgendwann mit ihrer Familie auf einen einsamen Hof zu ziehen und dort ein Open Shelter für Hunde und Katzen zu eröffnen, die ihr Vertrauen in Menschen verloren haben.

RIEKE KIEF

DÜNEN TRÄUME UND *Meersalz küsse*

Erstausgabe Juni 2024

Dünenträume und Meersalzküsse

ISBN 978-3-98998-190-4
E-Book-ISBN 978-3-98778-882-6

Covergestaltung: ART.Core Design
Umschlaggestaltung: ART.Core Design

Unter Verwendung von Abbildungen von
stock.adobe: © Gunar
shutterstock.com: © Tom Fakler, © Soho A Studio, © ThomBal,
© Jacob_09
freepick.com
Lektorat: Astrid Rahlfs
Satz: dp DIGITAL PUBLISHERS GmbH
Druck und Bindung: Books on Demand GmbH, Norderstedt

Für Ulrike

Prolog

Nürnberg-Altenfurt, 20 Jahre zuvor

Die Tür, die von der Waschküche in die angrenzende Garage führte, quietschte. Schon als ich die beiden Betonstufen hinunterhüpfte, hörte ich, wie irgendein Werkzeug mit einem metallischen Scheppern auf den Boden fiel.

„Prinzessin, pass auf! Stolper' nicht wieder über meine Beine", rief mein Papa mit seiner freundlichen Brummbärstimme. Oben an der Decke baumelte immer noch die nackte Glühbirne, weil er lieber an seinem Auto bastelte, als eine Lampe zu montieren. Zeitverschwendung wäre das, sagte er immer, und Mama musste dann immer schmunzeln.

Ich tastete mich durch das schummerige Licht an der alten Werkbank entlang, vor der immer ziemlich viele Autoteile lagen. Nach ein paar Schritten war ich an den Hinterreifen angelangt und lugte um die schwarzen Kotflügel herum. „Deine Beine seh' ich doch, Papa." Mit der Fußspitze kickte ich einen kleinen Karton mit

Schrauben zur Seite. „Aber du müsstest hier echt mal wieder aufräumen."

„Du bist eindeutig die Tochter deiner Mutter." Grinsend kam sein ölverschmiertes Gesicht zum Vorschein, als er das Rollbrett, auf dem er lag, mit Schwung unter dem Auto herausbeförderte. Etwas mühselig stand er auf, beugte sich zu mir herunter und gab mir einen Kuss auf die Stirn. Anschließend stupste er mir, wie jedes Mal, mit dem Finger auf die Nase, woraufhin ich, auch wie immer, furchtbar übertrieben mit den Augen rollte. „Mann Papa, das Schwarze geht doch nicht mehr richtig weg!"

„Links auf dem Waschbeckenrand steht eine ganz tolle Erfindung, Prinzessin. Nennt sich Seife." Lachend strich er mir durchs kupferrote Haar, und ich rollte noch viel schneller mit den Augen.

„Ich bin gleich fertig." Seine Worte klangen feierlich. „Und weißt du was? Morgen fahren wir das allererste Mal mit ihr in die Stadt." Er deutete stolz auf das rotschwarze Auto und ließ seinen Blick liebevoll über die Karosserie schweifen. Seit ich denken konnte, hatte er fast jeden Abend in der Garage verbracht. An den Wochenenden hatte ich ihm immer geholfen. Zu ihm unters Auto kriechen durfte ich nicht, weil das viel zu gefährlich gewesen wäre, aber ganz oft stand ich auf dem schmutzigen grauen Metallhocker und lauschte seinen Erklärungen, während wir beide über den Motorraum gebeugt waren. Ich reichte ihm Schraubenschlüssel und kleine Schlauchschellen, und ganz oft durfte ich auch gemeinsam mit ihm irgendwelche Teile einbauen. Die Zeit, die ich mit ihm hier in der Garage verbrachte, war besonders. Ich wusste, dass ihm sein *Entchen*, wie er das Auto mit glänzenden Augen immer nannte, sehr viel bedeutete. Noch viel mehr wert war ihm aber die Zeit, die er mit mir zusammen verbrachte. Das spürte ich. Das Basteln, wie er es immer nannte, war *unser* Ding, und die Garagenzeit gehörte nur uns beiden.

An jenem Samstag fuhren Papa, Mama und ich tatsächlich das erste Mal in seiner Ente. Mit leuchtenden Augen saß er hinterm Lenkrad und blickte mich immer wieder durch den Rückspiegel an. Um seine Augen herum hatten sich ganz viele Lachfältchen gebildet, weil er so glücklich war.

„Prinzessin, heute ist ein unglaublich schöner Tag", sagte er und griff dabei nach Mamas Hand.

„Das sagst du jeden Tag, Papa", lachte ich und streckte mich nach vorne, um durch seine kurzen schwarzen Haare zu wuscheln.

„Na, weil es doch stimmt!" Sein Lächeln wurde noch breiter.

Er führte uns in die Stadt, in ein richtig schickes Restaurant, zum Essen aus. Ich durfte nicht nur einen riesigen Teller voller Nudeln und Bolognesesauce essen, sondern mir auch noch Tiramisu zum Nachtisch bestellen. Als er die Rechnung bezahlt hatte, bummelten wir noch ein bisschen durch die kleinen Gassen und sahen uns die Auslagen in den Schaufenstern an. Vor dem Geschäft eines Juweliers blieb ich stehen. Auf dunkelrotem Samtstoff lagen unzählige Schmuckstücke, die in der Nachmittagssonne herrlich glänzten und funkelten. Ein kleiner Anhänger ganz links, fast schon etwas versteckt, hatte mich in seinen Bann gezogen. Zu meinem fünften Geburtstag hatte Papa mir ein silbernes Bettelarmband geschenkt, zu dem jedes Jahr ein kleiner Anhänger dazugekommen war. Zwei Stück baumelten schon an meinem Handgelenk, und ich wünschte mir in diesem Moment so sehr, auch diese kleine silberne Krone dort in eins der Kettenglieder einclipsen zu dürfen. In der Mitte glitzerte ein geschliffener pinkfarbener Stein, und sie hatte sogar winzig kleine Kugeln auf den einzelnen Zacken.

„Zoe, guck mal, wie viel die kostet. Das ist zu viel für zwischendurch und einfach so. Aber du hast doch bald Geburtstag, wünsch sie dir doch, hm?“ Meine Mama drückte meine Hand, die sie hielt, ein kleines bisschen fester.

Seufzend wandte ich den Blick ab, entzog mich ihrem Griff und lief zu dem großen Brunnen, an dem immer Tauben Halt machten, um an dem munter vor sich hin plätschernden Wasser ihren Durst zu stillen. Mein Papa verschwand noch kurz in einem Elektronikladen, um irgendetwas für unseren Staubsauger zu kaufen, und wenig später saßen wir wieder in seinem Auto. Der Schlüssel steckte schon im Zündschloss, doch bevor er sein Entchen startete, drehte er sich zu mir um. Lächelnd streckte er mir ein kleines Kästchen entgegen. Erstaunt blickte ich auf, doch als er mir aufmunternd zunickte, nahm ich es zögerlich in die Hand. Der Deckel ließ sich ganz einfach aufklappen. Im Inneren befand sich ein mit dunkelblauem Stoff bezogenes kissenartiges Gebilde, in dessen Mitte etwas silbrig glänzte. Und pink funkelte. Die Krone! Selten hatte ich etwas Schöneres gesehen ...

„Aber ich sollte sie mir doch erst zum Geburtstag wünschen“, stammelte ich und blickte wieder auf.

Papa sah erst Mama an und dann mich. „Du bist meine Prinzessin, und natürlich braucht jede Prinzessin eine Krone.“ Meine Augen füllten sich mit Tränen. „So, und jetzt fahren wir nach Hause, ja?“

Er startete den Motor.

1

Nürnberg-Innenstadt, heute

„So ein verdammter Mist!" Laut vor mich hin fluchend drückte ich die Enter-Taste. Irgendwo in den Tiefen des Internets musste es doch einen adäquaten Tipp geben, wie sich eine Autorin so schnell wie möglich wieder aus einer Schreibblockade herausbefördern konnte. Und das natürlich auch möglichst unkompliziert, denn ich hatte weder vor, mir unzählige Kerzen in diversen Duftrichtungen zu kaufen, um mein kreatives Zentrum im Hirn anzuregen, noch wollte ich einen Trip nach Nepal machen, um dort am Fuße des Himalayas zu mir selbst zu finden. Gut, laut des Tipps dieses komischen Forums, auf das mich meine Suchanfrage geleitet hatte, sollte man, wenn man schon einmal da war, auch einen der Berge dort erklimmen – bevorzugt natürlich den Mount Everest –, was aber erst recht nicht infrage käme. Ich legte schon keinen gesteigerten Wert darauf, mich den Berg zur Kaiserburg hoch zu quälen, obwohl die Aussicht von da oben wirklich fantastisch war. Ja, Nürnberg war schon eine wirklich schöne Stadt, zumindest wenn man sich im richtigen Viertel umsah und nicht gerade auf dem Balkon einer der Wohnungen am Frankenschnellweg stand, denn dann hatte man nicht nur einen überaus tristen Ausblick, sondern verstand auch sein eigenes Wort nicht mehr.

Ich liebte die schmalen Gässchen in der Innenstadt mit ihrem hübschen Stolperfallen-Kopfsteinpflaster und dem Trubel überall, an lauen Sommerabenden genauso wie in der Weihnachtszeit, wenn alles so wunderbar warm und stimmungsvoll beleuchtet war. Mindestens zweimal pro Woche kaufte ich beim Wurzelsepp meine Lieblingsglühweinbonbons in Herzform und ließ mich danach mit einem Eis in der Waffel und einem dampfenden Kaffeebecher auf den Sandsteinbrocken am Rand der Liebesinsel nieder, um meine Schuhe ganz knapp über der Wasseroberfläche der Pegnitz baumeln zu lassen. Dabei sah ich mit Vorliebe Touristen dabei zu, wie sie von der Fleischbrücke aus Fotos knipsten oder in kleinen und großen Grüppchen ungeduldig darauf warteten, von ihrem Stadtführer abgeholt zu werden. Katharina nörgelte jedes Mal, wenn sie dabei war, weil sie lieber zur Insel Schütt wollte.

„Aber Zoe, da ist es doch viel schöner" und „Komm schon Zoe, da wird die Jeans nicht schon vor dem Hinsetzen dreckig."

Mit dem zweiten Argument hatte sie zugegebenermaßen recht, aber schöner fand ich es dort definitiv nicht. Geschmäcker waren ja bekanntlich verschieden, und ich war einfach kein Fan von quadratisch, praktisch, gut. Außerdem hatte man von meiner Insel aus einen Rundumblick, und es wurde auch niemals langweilig dort, weil einfach immer irgendwo Menschen vorbeihasteten, hungrige Tauben auf Futtersuche waren und Enten laut quakend ihre Schnäbel ins Gras steckten oder mit dem Hintern wackelten, wenn sie nach kleinen Fischen tauchten.

Bei meinen letzten Büchern hatte mir genau dieses Gewusel, diese Atmosphäre in dieser herrlichen Stadt, unglaublich dabei geholfen, mich in die Geschichten hineinzufinden, weil einfach überall und ständig neue Anreize auf mich einstürmten. Ich konnte mich komplett in die jeweilige Story hineinträumen und, wenn ich ehrlich war, hatte nicht ich sie erfunden, sondern sie hatte mich gefunden. Einfach so, ohne dass ich besonders viel dazu beigetragen hätte. Die Gedanken schossen nur so in meinen Kopf hinein und alles, was ich noch tun musste, war, sie aufzuschreiben. Und jetzt? Jetzt saß ich hier an meinem uralten, verschnörkelten und heiß und innig geliebten Sekretär, hatte den Laptop aufgeklappt vor mir stehen und wusste einfach nicht, wie ich weitermachen sollte. Die letzten Tage hatte ich praktisch ununterbrochen entweder auf meiner Insel oder in meinem Lieblingspub verbracht, und weder dieser kleine grüne Fleck im Herzen der Stadt, noch richtig gute irische Livemusik, ein paar Guinness zu viel und meine daraus resultierende kleine Tanzeinlage à la Michael Flatley hatten geholfen. Genauso wenig wie Katharinas Ratschlag mit Google.

Seufzend stand ich auf, um mir aus der Küche noch eine Tasse Kaffee zu holen. An der Wand zwischen Kühlschrank und Fenster, das den Blick auf den mehr oder weniger verwilderten Innenhof des Häuserblocks, in dem sich meine Wohnung befand, preisgab, hing die alte gusseiserne Bahnhofsuhr und tickte unaufhaltsam vor sich hin. Jede Sekunde einmal. Tick. Tick. Und jedes Mal, wenn dieses Geräusch ertönte, rückte der Abgabetermin wieder eine Sekunde näher. Fast hätte ich laut aufgelacht. Aber eigentlich war mir eher zum Heulen zumute. Es war Anfang August, und der Verlag wollte das Manuskript, das bisher aus genau dreihundertfünfundfünfzig Wörtern bestand, am 31. Oktober im Postfach haben. Normalerweise wäre das auch absolut kein Problem für mich gewesen, allerdings hatte ich es seit unglaublichen drei Wochen nicht geschafft, das dreihundertsechsundfünfzigste Wort zu schreiben. Vielleicht sollte ich mich doch dazu aufraffen, den Mount Everest zu besteigen. Stresshormone beflügelten ja angeblich die Hirnleistung.

„Sag mal, wie wär's denn, wenn du einfach irgendwohin fährst?" Katharina nahm einen Schluck aus ihrem Sektglas und musterte mich mit hochgezogener Augenbraue. „Du siehst echt total ausgelaugt aus. Irgendwie fertig."

„Na herzlichen Dank auch."

Von was sollte ich denn bitte ausgelaugt aussehen? Vom vielen Arbeiten wohl kaum, und so viel Guinness, dass es sich nachhaltig auf meine Optik hätte niederschlagen können, hatte ich dann doch nicht getrunken.

„Ernsthaft, Zoe. Mach ein bisschen Urlaub, irgendwo in der Pampa."

„Gute Idee. Ich hab gehört, dass Nepal total klasse sein soll."

„Geht's bei dir vielleicht auch mal ohne Sarkasmus? Als ob du freiwillig in ein Flugzeug steigen würdest."

Da hatte sie recht. Niemals würde ich fliegen. Höchstens auf die Nase, und zwar mit meinem neuen Buch, das es wohl niemals geben würde, wenn ich so weitermachte. Wenn ich an die Menschen dachte, die die ersten beiden Bände der Reihe gelesen hatten und schon sehnsüchtig darauf warteten, dass endlich der letzte Teil erschien, wurde mir ganz flau im Magen. Erst gestern hatte ich eine unglaublich lieb formulierte Email von einer Leserin bekommen, in der unter anderem stand, dass sie es kaum erwarten konnte, zu erfahren, ob Nils und Melissa im dritten Band endlich heiraten würden. Wie gut ich sie verstehen konnte! Mir ging es ja beim Lesen von Büchern meiner Lieblingsautorin genauso. Natürlich wollte ich wissen, ob die Liebe der Protagonisten, die ich doch bereits ganz fest in mein Herz geschlossen hatte, allen Schwierigkeiten trotzen würde. Aber trotzdem – oder gerade deswegen – war das noch lange kein Grund, deshalb an Urlaub zu denken oder anderen Hirngespinsten dieser Art Raum zu geben – ganz im Gegenteil. Erstens war ich definitiv nicht ausgelaugt, sondern brauchte einfach nur etwas mehr Zeit und kreativen Input und zweitens war meine Auffassung von Urlaub die, den lieben langen Tag absolut nichts tun zu müssen. Alle fünfe gerade sein lassen zu können. Also das genaue Gegenteil meiner aktuellen Situation, die ich jetzt irgendwie und schnellstmöglich bewältigen musste.

Und was hieß denn bitte in der Pampa? Katharina wusste doch ganz genau, dass ich die Stadt brauchte wie die Luft zum Atmen. Der Trubel und das geschäftige Treiben überall weckten die Kreativität in mir, damit ich überhaupt erst schreiben konnte. Wenn ich Abgeschiedenheit gewollt hätte, hätte ich mich auch einfach für ein paar Stündchen irgendwo in den Wald setzen können. Rund um Nürnberg gab es ja quasi nichts anderes. Wollte ich aber nicht. Tief in mir spürte ich doch, dass ich schon sehr bald die zündende Idee haben würde, und wenn es so weit war, würden meine Finger wieder in Lichtgeschwindigkeit über die Tasten jagen.

Katharina stellte ihr leeres Sektglas geräuschvoll auf den knallroten Couchtisch und griff nach meinem, an dem ich bisher nicht einmal genippt hatte.

„Wollen wir uns bei Enzo eine Pizza holen? Du hast doch bestimmt Hunger, oder nicht?"

„Klar, Dicke haben immer Hunger, weißt du doch."

„Mann Zoe, hör endlich auf mit dem Mist. Du bist nicht dick, und selbst wenn du es wärst, müsstest du doch trotzdem was essen!" In ihrem Blick lag ein wütendes Funkeln. „Langsam nervt deine miese Laune aber richtig. Du bist die beste Freundin, die man sich nur wünschen kann, wirklich, aber ich glaub, es ist besser, wenn ich dich in Ruhe lasse, bis du dieses blöde Buch endlich fertig hast und vom Stinkstiefel wieder zu der Zoe mutierst, die ich kenne."

Herzlichen Glückwunsch, Zoe. Gut gemacht.

***

In meinem Wohnzimmer war es dunkel. Nur das kaltweiße Licht der Straßenlaterne, die neben dem Haus an der Ecke stand, fiel durch das Fenster auf meinen Sekretär. Es war wieder viel zu heiß gewesen heute. So heiß, dass ein Flimmern über den Straßen gelegen hatte und selbst die Leute, die es immer eilig hatten, ein bisschen gemächlicher durch die Altstadt gelaufen waren. Die Enten lagen nur faul im Schatten herum und konnten sich nicht einmal dazu aufraffen, kurz in die Pegnitz zu hüpfen, um sich abzukühlen. Ich konnte sie verstehen. Eigentlich mochte ich den Sommer und diese ganz besondere Stimmung. Diese Fröhlichkeit, die es nur gab, wenn die Sonne schien und maximal ein paar Schäfchenwolken am endlos weiten, strahlendblauen Himmel dahinzogen. Ich mochte es, wenn der Geruch von frischer Minze und Wassermelone vom Markt durch die Gassen wehte. Das typische Kreischen kleiner Kinder, denen die von der Hitze ganz weich gewordene Eiskugel aus der Waffel gerutscht war und das Gebell der Hunde, die von ihren Besitzern durch die Stadt gequält wurden und die, während sie sich die Pfoten im Schatten der zahlreichen Bistrotische abkühlten, zumindest auf ein Stückchen herunterfallende Bratwurst spekulierten. Ich liebte das leise Rauschen der frischen grünen Blätter der großen Linden. Und ich wartete nur darauf, dass Frank, der Besitzer der Waffelbar in der kleinen Seitengasse hinterm Trödelmarkt, seinen provisorischen Tisch auf dem Kopfsteinpflaster aufbaute und direkt vor dem Laden den köstlichen Waffelduft einmal durch die ganze Stadt schickte. Vorrangig natürlich, um möglichst viele seiner herrlich knusprigen und gleichzeitig so butterweichen Kreationen zu verkaufen. Wir waren mittlerweile per Du und so wusste ich, dass es ihm hinter dem Tresen aber auch schlicht und einfach viel zu heiß war.

Ja, das war für mich Sommer. Auch wenn es für meinen Geschmack ein bisschen zu warm war. Normalerweise beflügelte diese herrliche Jahreszeit meine kreative Schreibader regelrecht. Immerhin hatte ich letztes Jahr im Juni und im August die ersten beiden Bände meiner neuen Liebesromanreihe geschrieben. Zwar waren sie nicht bis an die Spitze der Bestsellerlisten geschossen, was sich natürlich jeder wünschte, der Bücher veröffentlichte, aber die Rückmeldungen meiner lieben Leserinnen und Leser waren traumhaft gewesen. Ehrlich gesagt hatte ich wochenlang nichts anderes getan, als mich an jedem einzelnen Wort von ihnen zu erfreuen und – natürlich – auch alle Emails und Briefe persönlich zu beantworten. Was mir jetzt doch etwas auf die Füße fiel, denn während ich mich diesen lieben Menschen und dem einen oder anderen kleineren Projekt gewidmet hatte, war wertvolle Zeit verstrichen, in der ich eigentlich den Nachfolgeband hätte schreiben können. Oder müssen, schließlich gab es einen Vertrag, an den auch ich mich zu halten hatte.

„Okay, los jetzt, Zoe. Du schaffst das", murmelte ich und zwang mich, meinen Blick vom sperrangelweit geöffneten Fenster abzuwenden, durch das das fröhliche Stimmengewirr und die Musik der Kneipe um die Ecke zu mir ins Wohnzimmer drangen. Ich klappte den silbrig glänzenden Laptop auf und klickte das Symbol meines Schreibprogramms an. Da waren sie wieder, die – wohlwollend gerechnet – knapp vierhundert Wörter. Und nach dem Punkt am Ende des letzten Satzes gähnende, strahlend weiße Leere, die genauso sehnlichst wie ich darauf wartete, dass ich sie endlich mit meiner Geschichte ausfüllen würde. Doch wieder passierte einfach nichts. Kein Fingerjucken, keine Gedankenblitze und keine Aha-Momente. Ich hatte heute extra schon dreimal geduscht, weil mir ganz oft die besten Ideen kamen, wenn es gerade unmöglich war, sie aufzuschreiben. Nils, der Hauptprotagonist, wollte nichts sagen, Melissa, seine Partnerin, hatte auch nichts zu erzählen und in meinem Kopf war sowieso Schicht im Schacht, sobald ich dieses beleuchtete weiße Dokument vor mir sah.

Also beschloss ich, ein bisschen zu recherchieren. Der dritte Teil sollte auf Sylt spielen, weil Melissa und Nils von ihrer Heimat in der Mitte Deutschlands dorthin ziehen würden, um einen Künstlerhof zu eröffnen. Vor ewig langer Zeit hatte ich eine Woche Urlaub auf der wohl beliebtesten Insel Deutschlands gemacht, allerdings war das so lange her, dass meine Erinnerungen nicht für eine authentische Beschreibung der Szenerie ausreichen würden. Außerdem war Recherche keine Zeitverschwendung, sondern Arbeit und gehörte schließlich genauso zum Autorinnendasein wie das Schreiben an sich. Das schlechte Gewissen, das mich seit einer gefühlten Ewigkeit jedes Mal quälte, wenn ich, die Finger tippbereit auf der Tastatur, am Sekretär saß, ins Leere starrte und einfach nichts zustande brachte, würde mich dabei also hoffentlich verschonen. Ein weiterer Klick auf den Bildschirm, diesmal auf das runde Internetzeichen, brachte mich zur Homepage meines Email-Anbieters, die ich als Startseite eingestellt hatte. Vergesslichkeit gehörte nämlich ebenfalls zu meinen stark ausgeprägten Fähigkeiten. Wenn ich diese Internetseite nicht direkt vor mir sah, vergaß ich einfach komplett, dass es durchaus Leute gab, die versuchten, mich per Email zu erreichen und kam gar nicht erst auf die Idee, meine Nachrichten abzurufen.

Gerade als ich meine Adresse eingegeben hatte und den Mauszeiger in das Feld für das Passwort manövrierte, ploppte ein kleines Fenster auf und verdeckte das Anmeldefeld.

„Meine Herrn, immer diese blöde Werbung!" Und dann auch noch für Autos ... Genervt wischte ich mit dem Zeigefinger auf dem Touch-Feld des Notebooks herum, bis der Mauszeiger das winzige rote Kreuzchen in der oberen Ecke erreicht hatte. Dabei schwor ich mir, endlich die alte Maus anzuschließen, die seit Ewigkeiten ein trostloses Dasein neben alten DVD-Rohlingen im Kramfach des Wohnzimmerschranks fristete.

Mein Finger hob sich leicht. Gerade, als ich ihn auf das Touch-Feld bewegen wollte, um das Werbefenster zu schließen, fror er geradezu ein. Das, was ich da auf dem Bildschirm sah, ließ die so wohltuende kühle Nachtluft, die zu mir ins Zimmer strömte, plötzlich ganz dünn werden. Die kleinen Härchen an meinen nackten Armen stellten sich auf, und mein Herz klopfte wie wild. Das Band um meine Brust, das in den letzten zehn Jahren immer lockerer geworden war, zog sich wieder ganz fest zusammen und nahm mir fast den Atem. Wie in Trance rückte ich den Zeiger ein paar Millimeter nach unten, weg vom Kreuzchen, und klickte auf das Bild. Vor zwei Sekunden noch war dort ein silbernes Mercedes Cabrio zu sehen gewesen, doch als das Foto der als Slideshow eingestellten Werbeanzeige des Gebrauchtwagenportals umsprang, erschien eine Ente. Genauer gesagt, ein Citroën 2CV, Sondermodell Charleston. Die runden Scheinwerfer, die wie Glubschaugen an den Seiten der Motorhaube herausragten, waren in ein rotes Gehäuse verbaut und nicht verchromt, was hieß, dass ich hier tatsächlich die Sonderedition vor mir hatte. Jene, die ich doch so gut kannte und die jedes Mal, wenn ich ein Modell daraus in einer Zeitschrift oder einer Reportage über längst vergangene Zeiten sah, ein unbeschreibliches Kribbeln in mir auslöste. Eines, das sich nicht entscheiden konnte zwischen Traurigkeit, die mich von Zeit zu Zeit schier zu zerfressen drohte und dem Gefühl, vor Sehnsucht fast platzen zu müssen. Und vor Dankbarkeit, dass ich Erinnerungen in meinem Herzen tragen durfte, die so wertvoll und vor allem in solchen Augenblicken auch wieder so präsent waren, dass sie für immer und ewig einen großen Teil von mir ausmachen würden. Von dem, was ich war.

„Achttausend Euro", flüsterte ich. Die einzelnen Buchstaben der Anzeige begannen vor meinen Augen zu verschwimmen. „Das ist doch viel zu günstig."

Auf den Fotos, die ich mir ganz langsam und ganz genau, eines nach dem anderen ansah, konnte ich keine einzige Roststelle entdecken. Die Bezüge der Sitze mit dem für dieses Modell typischen Hahnentrittmuster sahen nicht übermäßig beansprucht aus, der Lack außen glänzte und auch der komplette Innenraum war so sauber, dass man hätte vermuten können, die Ente hätte nur bei einem Sammler in der Garage gestanden. Diese runden Kotflügel vorne ... Unzählige Male hatte ich meine flache Hand auf das kühle Metall gelegt, um sie über genau diese Rundung hinuntergleiten zu lassen. Noch immer konnte ich mich ganz genau an den Geruch erinnern, wenn mir mein Papa mit seinem schwarzen ölverschmierten Finger lächelnd auf die Nase gestupst hatte. Sein *Prinzessin, pass auf!* tönte immer noch in meinen Ohren, als hätte ich es erst gestern zum letzten Mal gehört. Seine Beine, die immer an irgendeiner Stelle unter dem Auto herausragten und den Glanz in seinen Augen, wenn er es wieder einmal geschafft hatte, günstig ein Originalteil aufzutreiben, würde ich niemals vergessen. All diese Bilder aus längst vergangenen Zeiten liefen gerade vor meinem inneren Auge und parallel zu den Fotos der Ente auf dem Bildschirm ab. Ich hatte mir viele unserer gemeinsamen Momente bewahrt, aber die allerschönsten waren die gewesen, in denen wir gemeinsam Zeit in der Garage verbracht hatten.

Scheinbar galt meine Schreibblockade nur für Manuskripte, denn ganz automatisch fingen meine Finger an, über die Tasten zu huschen und hörten erst wieder damit auf, als ich meinen Namen unter den Text gesetzt und das Kontaktformular mit meiner Nachricht abgeschickt hatte.

2

„Ernsthaft, Zoe?“ Katharina, die mit Sicherheit gerade wieder an ihrer rechten Augenbraue herumzupfte – so, wie sie es immer tat, wenn ich eine meiner Schnapsideen, wie sie meine Träumereien regelmäßig nannte, verwirklichen wollte – war unüberhörbar aufgebracht.

„Warum denn nicht? Außerdem ist das doch genau das, was du mir geraten hast.“

„Ich hab dir geraten, ein Auto zu kaufen? Na, das wüsste ich aber“, schnaubte sie ins Telefon, während ich versuchte, mich darauf zu konzentrieren, nicht allzu sehr ins Wanken zu geraten.

Der Regionalexpress, in den ich vor knapp vierzig Minuten in Oldenburg umgestiegen war, würde gleich in Wilhelmshaven einfahren und holperte jetzt über die Weiche, die unser Gleis kreuzte. Schon als ich zugestiegen war, hatten sich die Leute dicht an dicht in den Gängen gedrängt, aber seit dem letzten Halt wusste ich definitiv, wie sich eine Ölsardine fühlen musste. Die Luft im Waggon war furchtbar stickig, und weder die Ausdünstungen mancher Fahrgäste, noch meine Vermutung, dass jemand den Schalter der Klimaanlage mit dem der Heizung verwechselt hatte, trugen so wirklich zu meinem Wohlbefinden bei. Für einen kurzen

Moment verfluchte ich mich wieder dafür, diese Reise überhaupt angetreten zu haben.

„Du warst der Meinung, ich sollte mal raus aus der Stadt, und genau das tue ich gerade. Ab in die Pampa sozusagen. Aber Süße, lass uns aufhören, wir sind da und ich muss hier echt so schnell wie möglich raus. Ich klingel' nochmal durch, wenn ich im Hotel bin, ja?"

„Wo ist denn *da*?!", hörte ich sie noch rufen, als der Zug mit quietschenden Bremsen hielt.

Ich quetschte mich als Erste durch die sich langsam öffnenden Türen, sprang auf die Bahnsteigkante und atmete tief durch, bevor die Menschenmassen wie Popcorn aus einem viel zu kleinen Topf hinter mir aus dem Zug herausquollen.

Der einzige Weg nach draußen führte vom Bahnsteig schnurstracks in ein Einkaufszentrum, über dessen Tür auf blauem wellenförmigem Hintergrund in großen Lettern *Nordseepassage* geschrieben stand und das dafür, dass die Stadt direkt am Meer lag und die Sonne auch hier vom wolkenlosen Himmel herunterbrannte, ganz schön voll war. Bestes Strandwetter und die Leute gingen lieber shoppen? Auf der anderen Seite hatten die Einheimischen die Nordsee ja das ganze Jahr über vor der Nase. Vielleicht war das also gar nicht so merkwürdig, wie ich dachte. Neue Klamotten brauchte schließlich jeder irgendwann mal.

Positiv denken, Zoe. Die zwei Tage hier oben wirst du ja wohl irgendwie aushalten, oder?

Kaum merklich nickend gab ich mir selbst die Antwort, während ich mich von der Menge treiben ließ und es schließlich schaffte, aus dem Strom nach rechts auszubrechen und mir in der Filiale einer kleinen

Bäckerei einen Becher mit heißem duftendem Kaffee kaufte, an dem ich mich festhalten konnte. Beruhigt darüber, dass es im Norden nicht nur Ostfriesentee zu geben schien, machte ich mich auf den Weg zu den Bussen. Der mit der Nummer 121 würde mich direkt nach Schillig bringen, wo ich mich morgen mit Maren, der Besitzerin der Ente, treffen würde. Für heute allerdings hatte ich mir absolut nichts weiter vorgenommen, außer im Hotel einzuchecken, kurz unter die Dusche zu springen und sofort danach in die hoffentlich wunderbar weiche Matratze zu sinken.

Die Fahrt hierher war durch das viele Umsteigen und diese ätzende schwüle Hitze in den Zügen wirklich anstrengend gewesen, und da mich bei diesem Wetter weder ein von zahlreichen Touristen besiedelter Strand, noch Wasser, das über die Dimension einer Pfütze hinausging, anzogen, wollte ich die beiden Tage nutzen, um endlich mal wieder genug Schlaf zu bekommen. Zu Hause brauchte ich immer ewig, um ins Reich der Träume hinüberzugleiten, weil einfach viel zu viel in meinem Kopf herumspukte. Zwar nichts, was ich für meinen Liebesroman hätte verwenden können, aber eine kleine Geschichte hier, eine Idee für einen Plot da und auch klitzekleine alltägliche Gedanken hielten mich trotzdem vom Schlafen ab. Ob es dieses Jahr im November wohl schneien würde zum Beispiel oder ob ich aus Versehen mein nagelneues weißes Sommertop in die dunkle Wäsche gesteckt hatte.

Meine Hoffnungen wurden nicht enttäuscht, denn das Hotel hatte nicht nur herrlich bequeme Matratzen, sondern war auch noch total niedlich eingerichtet und trotz der Hochsaison sehr ruhig. In meinem Zimmer angekommen konnte ich gerade noch die halbtransparenten, weit gebauschten Vorhänge vor das geöffnete Fenster, durch das eine laue Brise des warmen Abendwindes ins Zimmer wehte, ziehen und die paar Schritte zum Bett zurückgehen, bevor mir die Augen zufielen. Mein letzter Gedanke war, dass ich vielleicht in nächster Zeit öfter mal lange Bahnfahrten unternehmen sollte, dann würde ich abends immer ruckzuck einschlafen und wäre am nächsten Morgen so ausgeruht, dass ich endlich dieses verdammte Buch schreiben könnte.

***

„Moin, du musst Zoe sein." Die Begrüßung kam über die Lippen einer sehr sympathisch wirkenden jungen Frau, die mir auf dem Parkplatz unsicher ein paar Schritte entgegenlief. Schon vom Eingang meines Hotels aus, das praktisch direkt am langgezogenen Sandstrand lag und von dem es nicht einmal fünfhundert Meter bis zu dem riesigen Parkplatz waren, auf dem wir uns treffen wollten, hatte ich sie gesehen. Nicht Maren, sondern die Ente, die mich auf eine magische Art und Weise anzuziehen schien. Der rote und schwarze Lack funkelte im gleißenden Licht der Sonne, die trotz des frühen Vormittags schon fast senkrecht am Himmel stand. Langsam mit einem aufgeregten Flattern im Brustkorb, ging ich die letzten Meter, bis ich schließlich direkt vor ihr stand und mich schlagartig in eine Zeit zurückversetzt fühlte, die viel zu kurz gewesen war und die ich vermisste wie kaum etwas anderes in meinem Leben.

„Zoe?“

Nur mit einiger Mühe konnte ich meinen Blick von dem Fahrzeug abwenden. Ich stand nicht nur direkt vor dem Auto, sondern auch direkt vor Maren, die mich mit einem leicht besorgten Ausdruck in ihren Augen unverhohlen musterte.

„Ähm ... hallo, Maren“, antwortete ich und streckte ihr, immer noch leicht abwesend, meine Hand entgegen.

„Schön, dass es geklappt hat.“ Sie lächelte, als wir uns begrüßten, doch trotz ihres wirklich freundlichen Auftretens irritierte mich irgendetwas an ihr. Ihre ganze Körperhaltung wirkte so, als drückte eine riesengroße Last auf ihre Schultern. Obwohl ihre Mundwinkel immer noch nach oben zeigten, bildete ich mir ein, dass der heitere Glanz in ihren Augen getrübt war. Wir hatten uns vorgestern über das Kleinanzeigenportal, in dem sie ihr Auto inseriert hatte, einige Nachrichten geschrieben, doch da war es vorrangig um den Zustand der Ente und natürlich auch um den Treffpunkt gegangen. Klar hatte ich mich gewundert, warum sie nur achttausend Euro für ihr Auto haben wollte, aber wer war denn bitte so dämlich und schrieb einem Verkäufer, dass der von ihm geforderte Preis viel zu günstig war? Jetzt allerdings drängte sich mir ein Verdacht auf, und während sie mir das Auto zeigte und vom Kofferraumgriff bis zu den aufklappbaren Fenstern wirklich jedes Detail auf solch eine liebevolle Art erklärte, als spräche sie über etwas ganz Besonderes – was sie ja auch tat – wurde mir klar, dass der Preis weder gerechtfertigt, noch durch ihre Unwissenheit entstanden war.

Ich blickte vom Tacho, auf den ich gerade gestarrt hatte, auf. Ihre Augen waren mit Tränen gefüllt. Schnell versuchte sie fast schon krampfhaft, sie wegzublinzeln. Auf meine Frage, ob sie die Ente aus einer Not heraus verkaufen müsste, fand sie keine Worte.

***

„Wollen wir ein Stückchen gehen?“ Ich deutete mit dem Kopf in Richtung der schmalen Promenade, die vor uns lag und die nicht allzu überlaufen war. Die meisten Menschen ließen sich in den Strandkörben in der Sonne braten oder waren mit ihren Kindern auf dem weitläufigen Spielplatz beschäftigt. Ich wollte erst heute Abend wieder nach Hause fahren. Zwar ging ich davon aus, dass es mein neues Auto bis nach Nürnberg schaffen würde, allerdings war auf den Autobahnen nachts natürlich um Welten weniger los als tagsüber und somit tendierte auch das Risiko, in einem Stau zu landen, gegen null. Fachlich kannte ich mich mit solch alten Autos nicht wirklich aus, aber die Schilderung eines ehemaligen Bekannten, dessen Oldtimer sich im Stand überhitzt hatte, hatte plausibel und auch ziemlich abschreckend geklungen, also wollte ich auf Nummer sicher gehen und die kühleren Nachtstunden für die lange Fahrt nutzen.

Nach einem schnellen Blick auf ihre Armbanduhr nickte Maren und warf mir ein kurzes nervöses Lächeln zu, bevor wir in Richtung Strand losspazierten.

„Weißt du, es ist ziemlich schwierig, mit einer vollkommen Fremden über all das zu reden.“ Sie strich sich eine lange blonde Haarsträhne hinters Ohr. „Also, versteh mich bitte nicht falsch, du bist sehr nett, aber ..."

„Schon okay, Maren. Ich versteh dich, wirklich. Du musst nicht darüber reden, wenn du nicht möchtest."

Die junge Frau schüttelte den Kopf. „Doch, ich möchte." Sie holte tief Luft und fokussierte sich auf einen Punkt irgendwo weit draußen auf dem Meer. „Es ist so, dass mein Mann sich von mir getrennt hat. Vor drei Wochen." Sie hielt kurz inne, und ich konnte sehen, dass ihre schmalen Schultern leicht zitterten. „Ich hab ihn erwischt, als er mit ... Nun ja, als er mich betrogen hat. Und scheinbar möchte er lieber mit dieser anderen Frau zusammen sein." Achselzuckend guckte sie jetzt nach unten und malte mit der Spitze ihrer Sneaker kleine Kreise in den Sand. Ich hatte das dringende Bedürfnis, sie in den Arm zu nehmen. Sie sah so schrecklich hilflos aus und so traurig, dass es mir ganz schwer ums Herz wurde. „Maren, das tut mir unglaublich leid. Glaub mir, ich weiß, wie du dich fühlst ..."

„Sie hat keine Kinder, weißt du."

„Und du schon?"

Sie nickte. „Ja, zwei. Es sind auch seine, aber wenn ich ehrlich bin, wusste ich von Anfang an, dass sich seine Vaterqualitäten in Grenzen halten würden." Ihr Lachen klang bitter. „Der Kleine ist erst vier Monate alt", ergänzte sie seufzend. Ich hätte so gerne etwas zu ihr gesagt. Ihr Mut zugesprochen oder ihr irgendetwas anderes mit auf den Weg gegeben. Aber mir fehlten schlicht und einfach die Worte. Seine Frau auf diese Art und Weise zu hintergehen war das eine und an und für sich schon wirklich schlimm, aber was für ein Mensch musste man sein, um sein gerade erst geborenes Kind zu verlassen? Als ob sie meine Gedanken lesen konnte, sprach sie weiter. „Die Kinder sind ihm egal. Das hat er genau so zu mir gesagt, bevor er gegangen ist. Seitdem hat er nicht einmal angerufen und sich nach ihnen erkundigt."

Diesmal konnte ich nicht anders, als ganz behutsam meine Arme um sie zu legen. Marens Schultern senkten sich ein kleines Stückchen und ich spürte die feuchte Spur ihrer Tränen an meiner Wange. Für einen kurzen Augenblick standen wir da, einfach so. Mitten auf der Promenade. Die hochstehende Sommersonne über uns, deren kraftvolle warme Strahlen es jedoch nicht schafften, das leise Frösteln, das sich in mir ausgebreitet hatte, zu vertreiben.

„Die Ente ist ein Notverkauf, stimmts?"

Sie nickte kaum merklich und löste sich langsam aus der Umarmung. Betreten schaute sie seitlich an mir vorbei. „Ich kann die Miete für das Haus alleine nicht bezahlen, und ob er jemals Unterhalt zahlen wird, steht in den Sternen. Ich kann nur halbtags arbeiten, wegen der Kinder. Zum Glück habe ich eine kleine Wohnung gefunden, die ich mir hoffentlich leisten kann." Sie kam ins Stocken, sprach jedoch weiter, als ich ihr sanft über den Arm strich. „Sie liegt in der Stadt und ich kann dann alles mit dem Bus oder der Straßenbahn erreichen. Es gibt nur ein Problem ...", setzte sie an und blickte mich zögerlich an.

„Probleme sind dazu da, gelöst zu werden", antwortete ich. „Was für Schwierigkeiten gibt es denn?"

„Ich muss die Ente verkaufen, das steht fest. Und zwar jetzt, weil die Miete für den letzten Monat noch aussteht und ich auch neue Möbel kaufen muss, weil wir das Haus damals mit Inventar übernommen haben. Das Geld wird nicht für alles reichen, aber ohne Auto wird der Umzug wirklich schwierig. Eigentlich unmöglich. Wir haben nichts Sperriges außer unsere Betten, aber es hat sich über die Jahre so viel Kram angesammelt. Alleine die Klamotten für Lene und Julian – ich möchte gar nicht dran denken."

In meinem Kopf ratterte es. Achttausend Euro waren wirklich ein Witz für dieses Auto. Sammler würden um einiges mehr dafür bezahlen. Bei einem Notverkauf allerdings ging es ja darum, so schnell wie möglich zu verkaufen, weswegen man dann den Preis gewaltig nach unten hin korrigierte. Fieberhaft überschlug ich ihm Kopf meine Ersparnisse. Ich verstand Maren und ihr Dilemma, und sie war mir so sympathisch, dass ich ihr unbedingt helfen wollte.

„Okay, ich hab eine Idee." Behutsam fasste ich sie an den Schultern. „Das Auto ist mehr wert, das wissen wir beide. Was hältst du davon, wenn ich dir zwölftausend Euro dafür gebe?" Das wäre immer noch ein Schnäppchen für mich und ihr würden die viertausend Euro, die sie mehr bekam, mit Sicherheit auf irgendeine Art und Weise helfen.

Mit weit aufgerissenen Augen starrte sie mich an. „Zoe, das ist unglaublich großzügig von dir, aber ..."

„Nichts aber, Maren. Ich betrachte hiermit die Verhandlungen als beendet und bezahle dir zwölftausend Euro. Und ich brauche die Ente auch nicht sofort. Die Gegend hier ist schöner, als ich gedacht hätte." Langsam ließ ich meinen Blick über den weitläufigen Strand wandern. Zumindest das türkisblaue Meer mit den kleinen, weißen Schaumkrönchen auf den Wellen sah aus wie gemalt. „Du bist sicher, dass euer Umzug in zwei Wochen geschafft ist?“ Sie nickte. „Gut, dann machen wir jetzt den Vertrag und ich zahle die Hälfte an. In vierzehn Tagen, wenn ich die Ente abhole, bekommst du den Rest. Deal?“

Immer noch sah Maren aus, als wäre ihr soeben ein Geist begegnet. „Aber“, fing sie abermals an, doch ich fiel ihr sofort ins Wort. „Deal?“, wiederholte ich, und diesmal schwieg sie. Die Dankbarkeit, die in ihren braunen Augen lag, war Antwort genug.

3

„Oh Süße, du bist einfach zu gut für diese Welt.“ Katharina seufzte in ihr Smartphone. „Jedem anderen wäre das doch total egal gewesen. Hauptsache, man hat ein Schnäppchen gemacht. Und du? Ohne Worte, echt. Hast du wenigstens deinen Laptop dabei? Und wo willst du die Kohle für das Hotel hernehmen? Soll ich dir was leihen?“

„Nee“, erwiderte ich. „Total lieb von dir, aber das wird schon irgendwie gehen. Als Maren sich wieder beruhigt hatte, hat sie erwähnt, dass es ein paar Kilometer weiter wirklich günstige Ferienhäuschen gibt, da wollte ich gleich mal anrufen. Vielleicht ist ja noch was frei. Und klar hab ich den Laptop dabei.“

„Sehr gut, dann kannst du ja die nächsten zwei Wochen wenigstens fürs Schreiben nutzen. Mit der traumhaften Kulisse da oben klappt das bestimmt, wirst sehen.“

Gut, der Begriff *traumhaft* war definitiv Auslegungssache – im Gegensatz zu meiner besten Freundin war ich absolut kein Fan vom Meer und ich fand auch die Wesensart der Leute hier oben, die man ihnen quasi überall – und vor allem im südlichen Teil des Landes – nachsagte, mehr als gewöhnungsbedürftig. Franken war jetzt auch nicht unbedingt dafür bekannt, dass die

Menschen sich gegenüber Touristen und sogenannten Zugereisten aufgeschlossen verhielten, aber an der Nordsee waren alle so furchtbar wortkarg. Gerade für mich als Autorin war das doch ziemlich ungewohnt. Mit *Moin* und einem *Moin* als Antwort darauf, in dem scheinbar auch gleich die Beschreibung des aktuellen Gemütszustandes, der prognostizierte Wetterbericht für die nächsten drei Tage und auch noch eine Verabredung für abends mitschwangen, gewann man schließlich keinen Preis für den besten Dialog. Aber okay, es waren ja nur vierzehn Tage, und vielleicht beflügelte dieses Nichts hier ja doch meine schriftstellerische Ader. Vielleicht hatte Katharina recht. Und wenn ich Maren mit diesen läppischen zwei Wochen ungeplanten Urlaubs an der Nordseeküste aus ihrer Misere heraushelfen konnte, dann würde ich das selbstverständlich auch tun.

Gefühlte fünfzig Telefonate später hatte ich die Hoffnung, mich irgendwo spontan einmieten zu können, aufgegeben. Überall hatte ich die gleiche Antwort bekommen: Alle waren wegen der Hochsaison komplett ausgebucht. Selbst auf diversen Wohnungstauschseiten im Internet war ich nicht fündig geworden. Gerade als ich mein Handy erneut in die Hand nahm, um schweren Herzens Maren anzurufen, klingelte es.

Auf dem Display stand eine Nummer, die mit der örtlichen Vorwahl anfing, und obwohl ich normalerweise Gespräche mir unbekannter Anrufer nicht entgegennahm, drückte ich auf den grünen Button. „Hallo?"

„Moin, wer spricht denn bitte?", antwortete eine fröhliche Frauenstimme. Sie klang schon ein bisschen älter, und augenblicklich war es mir ziemlich peinlich, mich nicht mit meinem Namen gemeldet zu haben.

„Oh, entschuldigen Sie bitte, hier ist Zoe. Zoe Manitz. Und mit wem habe ich das Vergnügen?"

„Anneliese. Du suchst einen Schlafplatz, nich wahr?"

„Das stimmt, ja. Hätten Sie denn vielleicht eine Idee, wo ich noch einen finden könnte? Ich hab's echt schon überall versucht."

„Nein, hast du nich", lachte sie glucksend. „Bei mir zumindest nich. Zwei Wochen meinte Uwe, ne?"

„Wer auch immer Uwe ist, er hat recht." Ich musste grinsen. Obwohl ich sie nur durchs Telefon hörte, war ihre beschwingte Art ziemlich ansteckend.

„Na, der Uwe vom *Strandhuus* natürlich. Mit dem war ich ja schon in der Schule, und er hat gesagt, dass eine ziemlich verzweifelte junge Frau bei ihm angerufen hat."

Verzweifelt? Dann musste das besagte *Strandhuus* einer meiner letzten Anrufe gewesen sein ...

„Eigentlich vermiete ich mein Haus ja gar nicht mehr, aber der Uwe ... ach, ich sabbel' schon wieder viel zu viel." Wieder dieses glucksende Lachen. „Wenn du möchtest, komm ins *Friesenhuus,* für zwei Wochen oder auch zehn. Ist nicht weit weg von dir."

Zehn Wochen?! Gott bewahre ...

„Wow, ganz lieben Dank, Anneliese. Ich nehme Ihr Angebot sehr gerne an. Aber ich glaube, die zwei Wochen reichen dicke."

Schon wieder lachte sie. Ehrlich, ich mochte diese Frau jetzt schon.

„Könnten Sie mir vielleicht noch sagen, wie viel Ihr Haus für diese Zeit kostet? Ich würde gerne gleich bei der Ankunft bezahlen."

„Das machen wir am Schluss, min Deern. Wärst nicht die Erste, die länger hierbleibt, als sie es geplant hat."

Natürlich war diese Vorstellung mehr als absurd, schließlich hätte Maren in zwei Wochen ihren Umzug bewältigt und brauchte die Ente dann nicht mehr, aber trotzdem war ich dieser Frau namens Anneliese sehr dankbar dafür, dass sie mich in ihrem Ferienhäuschen aufnahm. Die Idee, einfach in vierzehn Tagen nochmals mit dem Zug bis nach Schillig zu fahren, war zwar kurzzeitig vor meinem geistigen Auge aufgeblitzt, allerdings hatte Katharina sie mir bei unserem letzten Telefonat sofort wieder ausgeredet. Stichwörter: Abgabefrist des Manuskripts, der mich beflügelnde Ortswechsel und die Preise der Deutschen Bahn für kurzfristige Zugbuchungen. Und da ja jetzt, dank dem mir unbekannten Uwe und der fröhlichen Dame, die Anneliese hieß, die Sache mit meiner Unterkunft geklärt war, stand meinem Schreiburlaub nichts mehr im Wege.

***

Als ich fast am *Friesenhuus* angekommen war, warf ich für einen klitzekleinen Moment alles, was ich bisher über die Küstengegend gedacht hatte, über Bord und konnte nicht anders, als stehen zu bleiben und das, was ich vor mir sah, mit großen Augen auf mich wirken zu lassen. Der Weg bis zum Haus war etwas beschwerlich gewesen, vor allem, weil ich natürlich kein passendes Schuhwerk für einen Marsch durch heißen, unter den Füßen nachgebenden Sand eingepackt hatte. Der Bus hatte etwa dreihundert Meter oberhalb der Dünenlandschaft, die das kleine Schilliger Nachbarstädtchen vom Meer trennte, gehalten. Das letzte Stück musste ich zu Fuß gehen. Der Weg aus alten, leicht verwitterten und von Wind und Wetter ausgewaschenen Bohlen endete auf halber Strecke mitten im Sand, sodass ich auf den letzten Metern einfach meine Schuhe auszog, um mit den Absätzen nicht ständig im lockeren Untergrund zu versinken. Am Ende würde ich noch umknicken, müsste hier ins Krankenhaus und könnte nicht mit meinem neuen Auto zurück nach Hause fahren.

Langsam lief ich zwischen zwei Dünen, auf denen sich das raue hohe Gras im frischen, überraschend kühlen und herrlich angenehmen Wind zur Seite neigte, hindurch. Als das Rauschen der Wellen immer lauter wurde und das Kreischen der Möwen immer durchdringender, tauchte Annelieses Ferienhaus vor mir auf. Ganz einsam stand es da, inmitten einer Landschaft, die zauberhafter nicht hätte sein können. Die weiß getünchten Mauern reflektierten das helle Sonnenlicht und strahlten förmlich, genau wie der halbhohe Gartenzaun aus Holz, der den kleinen Vorgarten umrahmte. Überall neben dem rötlich verklinkerten schmalen Weg, der vom Gartentürchen bis zur Haustür führte und der an einigen Stellen von Sand bedeckt war, wuchsen pink blühende Wildrosen, die an der Fassade hochwuchsen und bis fast aufs reetgedeckte Dach hinaufragten. Ihr herrlicher, süßer Duft vermischte sich mit dem salzigen Geruch der Nordsee und stieg mir direkt in die Nase. Je näher ich kam, desto mehr Details konnte ich erkennen, und als ich die liebevoll arrangierten Deko-Elemente entdeckte, bekam ich trotz der heißen Sonne, die auf meine nackten Oberarme knallte, eine wohlig-leichte Gänsehaut. Die Fensterbänke der alten Sprossenfenster waren mit bunten Keramiktöpfen, in denen die schönsten Blumen ihre Köpfchen in die Luft reckten vollgestellt und auf dem schmalen gepflasterten Bereich direkt darunter stand eine gusseiserne Bank mit himmelblau gestrichenen Latten, die nur darauf zu warten schien, dass sich jemand auf ihr niederließ, um die Seele baumeln zu lassen. Inmitten der Wildrosen stand eine blaue Vogeltränke, in der sich just in diesem Moment zwei Vögel vergnügten, die ich noch nie zuvor gesehen hatte. Dieses zauberhafte Idyll wurde malerisch eingerahmt von den sandweißen Dünen und einem wunderbaren Nichts. Nur der alte Blockbohlenweg, der urplötzlich ein paar Meter vom Gartenzaun entfernt wieder aus dem Sand auftauchte, trennte dieses unglaubliche Anwesen vom Strand, der, soweit ich es von meinem Standort aus durch die beiden Dünen hindurch sehen konnte, selbst jetzt, zur Hochsaison, menschenleer dalag. Und vom Meer mit seinen glitzernden Schaumkrönchen und dem leisen, stetigen Rauschen der Wellen.

„Moin, Zoe", drang es an meine Ohren, gerade als ich mich anschickte, den geschwungenen Griff des Gartentürchens hinunterzudrücken.

Ich wirbelte herum, als wäre ich bei etwas Verbotenem ertappt worden, doch das Lächeln der Frau, die auf mich zukam, beruhigte mich sofort. Das musste Anneliese sein, und sie hatte ja schließlich gesagt, dass die

Tür nicht abgeschlossen war und ich einfach ins Haus gehen sollte.

Sie hatte halblanges blondes Haar, durch das sich ein paar graue Strähnen zogen und das durch den Wind in alle Richtungen vom Kopf abstand. Sie lachte mir fröhlich entgegen und hüpfte schon fast durch den Sand. Als sie schließlich bei mir angekommen war, streckte sie ihre Arme aus, beugte sich ein bisschen nach vorne und reckte sich nach oben. Nur eine Millisekunde später fand ich mich in einer der womöglich herzlichsten Umarmungen wieder, die mir je zuteilgeworden war. Zumindest von einer mir vollkommen Fremden.

„Hui, die friesische Liebenswürdigkeit hatte ich mir aber anders vorgestellt", presste ich heraus und musste lachen, was durch die überraschende Kraft, mit der sie mich an sich drückte, eher klang wie ein Hustenanfall. Sofort ließ sie mich wieder los, hielt mich aber weiterhin an den Schultern fest und musterte mich skeptisch, was es mir endlich ermöglichte, japsend nach Luft zu schnappen.

„Hm. Denn man rein mit dir, min Deern, ich mach uns einen Tee, ja?"

Den Zusatz *Nicht, dass du noch krank wirst* sparte sie sich, denn genau dieser stand ihr ins Gesicht geschrieben. Bevor ich ihr allerdings versichern konnte, dass bei gefühlten vierzig Grad im Schatten jedwede Erkältung schon weggebrutzelt worden wäre, bevor sie sich auch nur im Ansatz hätte anbahnen können, hatte sie schon die quietschende Klinke des Türchens heruntergedrückt und war mit mir im Schlepptau zwischen den Rosen hindurch zum Eingang des Hauses geeilt.

Schon im Eingangsbereich setzte sich die liebevolle, aber auch ein wenig chaotische Gestaltung des Gartens fort. Alles war entweder weiß, blau oder kunterbunt. Das fing schon bei den scheinbar wahllos an der Wand platzierten bemalten Hufeisen an, die als Garderobe dienten. Es endete auch dann nicht, als ich in der Küche auf einem der hellblauen Holzstühle Platz nahm, auf denen kleine gestreifte Flickenteppiche als eine Art Sitzpolster dienten und ich einen ersten Blick in den Küchenschrank neben dem Fenster werfen konnte, den Anneliese aufriss, um zwei bunt geringelte Tassen herauszuholen. Während sie einen dieser uralten Wasserkessel, von denen ich dachte, es gäbe sie nur noch in entsprechenden Museen, befüllte und ihn auf die heiße Herdplatte stellte, schaufelte sie lose Teeblätter in eine bauchige Kanne und zündete anschließend das Teelicht eines kleinen Stövchens an, das in der Mitte des runden Tischchens stand. Zu meinem großen Erstaunen redete sie die ganze Zeit über, womit ich absolut und überhaupt nicht gerechnet hatte. Waren die Norddeutschen nicht eigentlich ein total wortkarges Völkchen? Kam Anneliese vielleicht gar nicht von hier?

Als ob sie Gedanken lesen könnte, was ich einigermaßen beängstigend fand, fing sie an, von ihrer Kindheit hier in Nienersiel zu erzählen und zerstreute somit all meine Gedankengänge in diese Richtung. Und auch meine Vorbehalte gegenüber allen, die nördlich vom schönen Frankenland wohnten, bekamen durch sie einen ersten kleinen Knacks.

„Hier Zoe, nimm dir ruhig schon." Sie schob ein Schüsselchen mit weißen kristallartigen Brocken zu mir und stellte ein Kännchen daneben.

Wie brachte man einer älteren, durch und durch herzlichen Person, die einem gerade auf ganz altmodische und wirklich zeitintensive Weise einen Tee zubereitet hatte bei, dass man diesen – und auch alle anderen – verabscheute wie der Teufel das Weihwasser? Besser gar nicht. Ich würde mich einfach zusammenreißen und das Zeug in einem Zug runterstürzen, schließlich war ich hier zu Gast und ihr ziemlich dankbar dafür, dass ich nicht wieder nach Hause fahren musste, nur um in vierzehn Tagen die Fahrt noch einmal anzutreten. Allerdings wollte ich definitiv keine Milch im Tee haben, und ich hatte keine Ahnung, wie viele von diesen Brocken ich mir nehmen sollte. Ich nahm an, dass es eine Zuckervariation war, aber die Süßkraft konnte ich überhaupt nicht einschätzen. Man konnte ja bekanntlich fast alles herunterschlucken, wenn es denn gesüßt war. Der Ketchup der nicht-herzhaften Dinge sozusagen. Aber Zuckerwasser würde selbst ich nicht herunterbekommen. Als Anneliese sich setzte, rührte ich deswegen etwas verlegen mit dem Löffel in meiner Tasse und sah dem Strudel, der sich in der rotbraunen klaren Flüssigkeit gebildet hatte, beim Herumwirbeln zu.

Ganz sanft und mit einem Lächeln im Gesicht legte sie ihre Hand auf meine. „Nicht rühren, Zoe. Ist aber nicht so schlimm, weil noch nichts drin ist. Guck, ich zeig's dir."

***

So schnell, wie Anneliese aufgetaucht war, war sie auch wieder verschwunden. Nicht aber, ohne mir nochmals zu versichern, dass ich auf jeden Fall so lange bleiben könnte, wie ich wollte. Auch ihre Telefonnummer und ihre Adresse hatte sie mir vorsichtshalber aufgeschrieben, damit ich sie jederzeit erreichen konnte, wenn ich etwas wissen wollte oder etwas brauchte, auch wenn ich mein Handy verlegen sollte. Ich wusste jetzt bereits, wie ich zum Supermarkt kam und auch, dass der Strandabschnitt direkt vor dem Ferienhaus das ganze Jahr über menschenleer war, weil er zu weit weg von den Hotels und Pensionen lag. Lediglich Spaziergänger verirrten sich ab und zu hierher, und im Sommer fanden Surfkurse statt, weil das Meer hier wohl zuverlässig die perfekten Wellen für Einsteiger hervorbrachte.

„Wenn dir langweilig wird, kannst du ja mal gucken gehen. Der Surflehrer ist sehr nett, der dürfte dir gefallen“, hatte sie fast schon verschmitzt und mit einem mehr als auffälligen Augenzwinkern gesagt, bevor sie sich wieder so herzlich von mir verabschiedet hatte. Ich und Surfen ... na klar. Selbst wenn ich gewollt hätte, hatte ich ja überhaupt keine Zeit für so etwas, weil ich mich jetzt voll und ganz in mein Manuskript vertiefen würde.

Kaum war Anneliese aus der Tür und durch den lockeren Sand in Richtung Straße gegangen, klingelte mein Handy. *Katharina* stand auf dem Display. Einen Sekundenbruchteil, nachdem ich den Annehmen-Button nach rechts gewischt hatte, schnatterte ihre Stimme durch den Lautsprecher. Natürlich wollte sie wissen, ob ich eine Unterkunft gefunden hatte. Noch während ich von Anneliese und dieser merkwürdigen

Teezeremonie erzählte, brach sie in schallendes Gelächter aus.

„Oh Zoe, die zelebrieren das richtig. Hast du das nicht gewusst? Das Knistern vom Kluntje, die Sahne ... Und wehe, du rührst das um!"

„Nee, hab ich nicht gewusst. Und woher kennst du das bitte? Hättest du mir ja mal sagen können. Das ist laut Anneliese nämlich die wichtigste Zeremonie überhaupt hier oben."

„Ja klar, weil ich ja wusste, dass du spontan da Urlaub machst und mit netten, älteren Damen ein Teekränzchen abhältst." Ich konnte Katharinas Augenrollen förmlich hören.

„Ach, und übrigens ... Zoe, die Nordsee ist ziemlich nass und Sand im Bikinihöschen echt unangenehm. Und pass auf, Möwen kacken auch beim Fliegen."

„Als ob ich mich im Bikini an den Strand lege! Ich hab ja nicht mal einen. Und hör auf, so doof zu kichern!"

„Sorry, Süße, ich hatte grad Kopfkino. Und wegen des Bikinis ... dann kauf dir doch endlich mal einen. Da wird's ja wohl irgendwo ein Geschäft geben. Es ist bullig heiß, und du bist am Meer!" Das letzte Wort zog sie betonend in die Länge, und ich seufzte leise auf.

„Oder willst du dich wieder in der Jeans aufs Handtuch legen wie am Baggersee?"

„Dann kommt wenigstens kein Sand in mein Höschen."

Natürlich hatte sie theoretisch recht, aber halbnackt in der Öffentlichkeit herumzulaufen, wäre wirklich das Allerletzte, was ich tun würde. Und das wusste sie ganz genau.

„Du, es hat geklopft, ich ruf dich morgen wieder an, ja?“

„Ich hab gar nichts gehört.“

„Du bist ja auch ziemlich weit weg. Hab dich lieb.“

„Ich dich auch, du Knalltüte. Bis morgen.“

Natürlich hatte es nicht geklopft, aber Diskussionen mit Katharina waren generell sinnlos, und zu diesem Thema hatten wir nun mal grundsätzlich verschiedene Meinungen. Am wohlsten fühlte ich mich in Jeans oder meiner Jogginghose und Schlabbershirts, und da das kein von der Allgemeinheit toleriertes Outfit für See- oder Strandaufenthalte war, hielt ich mich eben von solchen Orten fern, sobald auch nur annähernd Badewetter herrschte. Ich persönlich hatte damit auch überhaupt kein Problem, nur Katharina nervte jeden Sommer aufs Neue, weil sie die Wasserratte schlechthin war, aber keine Lust hatte, immer alleine zu baden. Ich allerdings konnte eben gut auf diese Fleischbeschau verzichten, weswegen ich meine Sommeraktivitäten darauf beschränkte, irgendwo in der Altstadt im Schatten zu sitzen, Kaffee zu trinken und die Pegnitz höchstens von einer Brücke aus oder eben auf der Liebesinsel von oben zu betrachten. Zu der Tatsache, dass ich mich nicht auszog, kam auch noch erschwerend hinzu, dass ich niemals in einem See oder gar im Meer schwimmen würde, weil ich nicht sehen konnte, was sich unter mir befand. Selbst im Rothsee gab es riesige Hechte und Welse, und von dem armen Dackelwelpen, der in Mönchengladbach von einem dieser Fische verspeist worden sein soll, waren damals die Zeitungen voll gewesen. Ob diese Geschichte stimmte oder nicht war für mich vollkommen irrelevant, denn alleine auf die Tatsache, dass theoretisch – und vor allem praktisch – ein zwei Meter langes Tier zwischen meinen Beinen hindurchgleiten könnte und mir dann vielleicht auch noch in den Hintern biss, konnte ich getrost verzichten. Das Meer war noch viel schlimmer, schließlich verirrten sich zusätzlich zu den heimischen Haien mehr oder weniger regelmäßig auch riesige Vertreter dieser Spezies dort hinein. Selbst jetzt, nur beim Gedanken daran, ertönte in meinem Kopf die Melodie des Films *Der weiße Hai*, und ich bekam von den Zehen bis zum Haaransatz Gänsehaut.

***

Es war bereits kurz nach neun, als ich endlich meine Reisetasche ausgepackt und geduscht hatte. Außer den hochhackigen Pumps hatte ich an Schuhwerk nur noch meine dicken Plüschsocken mitgenommen, ohne die ich nicht schlafen konnte und die mir jetzt auch als Hausschuhersatz dienten. Meine Haare waren noch feucht und hingen in langen, einigermaßen glatten Strähnen bis auf die Mitte meines Rückens, wo sie nasse Spuren auf meinem dünnen Shirt hinterließen. Nicht lange und sie würden sich wieder zu schwungvollen Locken kringeln, die mir, wenn ich sie nicht frisierte, wirr vom Kopf abstanden und mich aussehen ließen wie das weibliche Pendant zu Albert Einstein, nur mit feuerroten Haaren statt hellgrauen. Hier allerdings sah ich absolut keine Notwendigkeit für stundenlanges Föhnen und irgendwelche Schäumchen, im Gegenteil. Ich war hier im Haus ganz alleine, und auch draußen war weit und breit niemand zu sehen, den es hätte interessieren können, wie ich aussah. An Schicksal glaubte ich nicht und falls mein Traummann um die Ecke käme, während ich hier mit dieser Frisur, wenn man es denn so nennen konnte, auf der Veranda stand und aufs Meer hinausblickte, wäre das der größte Zufall meines Lebens. Nein, hier konnte ich einfach ich sein, im Schlabberlook auf dem Sofa herumliegen, im Schlafanzug kochen und bis spät in die Nacht mit eben diesen wirren Haaren in die Tasten hauen.

Ich sah durch die Dünen, wo sich der Himmel am Horizont immer rötlicher färbte, während hoch über mir die Nacht hereinbrach. Von Minute zu Minute kamen mehr Sterne im schier endlosen Dunkelblau zum Vorschein, und gleichzeitig schien das Meer zu glühen. Die untergehende Sonne tauchte die Dünen rings um mich herum mit ihren trockenen Grasbüscheln, die sich gegen den glutroten Himmel abhoben und die sich sanft im lauen Abendwind hin und her wiegten, in ein geheimnisvolles Licht. Die Luft um mich herum war mit einem Mal so seltsam klar und rein und gleichzeitig war alles so wunderbar still, dass es mir fast unwirklich vorkam. Nur das leise Rauschen der Wellen und das Glucksen, wenn sie sanft am Strand ausliefen, waren zu hören. Zwar genoss ich diese Ruhe gerade mehr, als mir eigentlich lieb war und auch mehr, als ich gedacht hatte, und einsam fühlte ich mich auch nicht, aber trotzdem hatte ich urplötzlich das Gefühl, dass ich der Sonne beim Untergehen zusehen sollte, während sich meine Zehen in den vom Sommertag noch aufgeheizten Sand bohrten. Was ich sehr merkwürdig fand, denn eigentlich wollte ich nichts lieber tun, als mich mit einer Tasse Kaffee aufs Sofa zu verkrümeln. Ganz gewiss hatte ich keine Lust auf nächtliche Ausflüge in einsame, sandige Gefilde. Und trotzdem war es eher ein Bedürfnis denn ein Gefühl, hinauszugehen. Ja fast schon ein innerer Zwang.

Vorsichtig zog ich die Glastür der Terrasse hinter mir zu und ging langsam und barfuß die beiden Holzstufen hinunter, um neben dem Bohlenweg durch die Dünen und das gedämpfte Licht der auf den glitzernden Wellen reflektierenden letzten Sonnenstrahlen zum Strand zu laufen. Der Sand unter meinen Füßen war tatsächlich noch warm und schmiegte sich bei jedem Schritt, den ich machte, um meine Füße wie eine fein rieselnde Decke. Je näher ich dem Wellenrauschen kam, desto mehr frischte auch der Wind auf, und es wurde merklich kühler, je freier sich die Fläche um mich herum zeigte. Als ich aus dem Schatten der Dünen herausgetreten war und den Strand im schummerigen Licht in seiner vollen Länge vor mir liegen sah, stockte mir für einen Moment der Atem. Diese Szenerie hier war wirklich wunderschön! Niemals hätte ich das zugegeben. Dies war schließlich die Nordsee und nicht der wildromantische Teil des Alten Kanals, von dem ich mich jedes Mal, wenn ich dort war, kaum wieder trennen konnte. Aber vielleicht jauchzte genau deswegen gerade alles in mir auf. Vielleicht hämmerte mein Herz deswegen so unglaublich schnell in meiner Brust. Der rot-violette Himmel, der das Meer ganz sanft zu berühren schien, wurde immer dunkler und gab nun auch die Sterne über dem endlos weiten Wasser frei, die funkelnd und glitzernd mehr und mehr wurden und schließlich zu Abertausenden größeren und kleineren Himmelskörpern anwuchsen. Ganz deutlich hob sich die Milchstraße in südlicher Richtung ab, und der Große Wagen leuchtete direkt entgegengesetzt über mir. Ich machte staunend und mit nach weit oben gewandtem Gesicht einen langsamen Schritt nach dem anderen. Langsam, weil ab und an spitze Muschelteilchen in meine Fußsohlen piksten, doch so richtig nahm ich sie gar nicht wahr. Dazu war dieser gigantische Sternenhimmel einfach viel zu fantastisch. Erst als meine Füße in den feuchten, kalten Sand tapsten, blieb ich stehen und senkte den Kopf wieder. So weit mein Auge reichte und es die dunkler werdende Nacht zuließ, konnte ich nichts anderes erkennen außer dem breiten Strandstreifen. Auf der einen Seite wurde er von den Dünen eingerahmt, die wie Berge bis in den Himmel hineinragten und auf der anderen Seite waren die Schaumkronen der Wellen zu sehen, die zugleich sanft und auch fordernd auf dem nassen Sand ausliefen. Gleich darauf zogen sie sich gluckernd zurück, nur um erneut ihre Kraft zu bündeln und mir wieder um die Knöchel zu streichen.

Ich atmete tief ein und wieder aus und spürte ein seltsames Kribbeln in der Magengegend. Eines, das ich schon sehr lange nicht mehr gefühlt und das ich all die Jahre über so sehr vermisst hatte. Nicht dieses Verliebtheitskribbeln, nein. Es war eher eines, welches man spürte, wenn man früher als Kind das Zugfenster geöffnet hatte, seinen Kopf hinausstreckte und die Geschwindigkeit des Fahrtwindes einem kurzzeitig das Gefühl gab, das Herz würde gleich stehenbleiben. Wenn man innerlich aufjauchzte, weil einen das Gefühl von Freiheit und Luft gerade vollkommen zu überwältigen drohte.

Plötzlich durchbrach eine tiefe, leise Stimme die Stille. „Schön, oder?“

4

Jetzt war mein Herz tatsächlich kurz stehengeblieben. Fieberhaft suchten meine Augen den Strand ab, um herauszufinden, zu wem sie gehörte. Kurz vor der nächsten Düne, die etwa fünfzig Meter von mir entfernt war, da saß doch jemand ... Er hatte mit mir gesprochen, zumindest hielt sich niemand außer ihm und mir hier auf, also würde er ja wohl kein Problem damit haben, wenn ich zu ihm hinüberginge.

Ein klitzekleiner Teil von mir ließ eine schwache, einsame Alarmglocke schrillen, schließlich war nicht nur niemand anderes hier, sondern höchstwahrscheinlich auch keine Menschenseele in Rufweite. Allerdings saßen Serienkiller ja äußerst selten einfach so nachts in der Pampa herum. Die waren ja bekanntermaßen immer ziemlich beschäftigt und hätten wohl keine Muße, diese Atmosphäre zu genießen – zumindest nicht auf diese Art und Weise. Ich straffte die Schultern, holte noch einmal tief Luft und stapfte durch den trockenen, wieder lockerer werdenden Sand in die Richtung, in der ich meinte, den Typen sitzen zu sehen.

„Hi."

„Moin."

„Ist bei dir alles okay? Warum sitzt du denn ganz allein hier rum?"

„Weil's schön ist."

Hach, da war sie ja endlich, die Wortkargheit, die ich erwartet hatte. Klar war es schön, sogar wunderschön, aber deswegen konnte man doch ein bisschen mehr sagen, wenn man etwas gefragt wurde. Oder nicht? Schließlich war er es doch gewesen, der über den ganzen Strand in meine Richtung gerufen hatte. Und jetzt beließ er seinen Hintern weiterhin im Sand, saß einfach mit angewinkelten Beinen da, die Ellbogen auf die Knie gestützt, und starrte hinaus aufs Wasser. Gerade als ich ihn auf meiner imaginären Liste als Blödmann einsortiert hatte und mich wieder von ihm abwenden wollte, heftete er seine Augen auf mich. Im fahlen Schein des aufgehenden Mondes blitzten sie auf, als er seine Mundwinkel zu einem Lächeln hob und mit der Hand neben sich deutete. „Wenn du möchtest ..."

Der Wind nahm allmählich zu und blies mir einen kühlen Schauer über meine nackten Schultern. Zwischen uns war nicht viel Platz, und ich konnte die Wärme, die sein Körper ausstrahlte, seitlich an meinem Arm spüren.

Minutenlang schwiegen wir und betrachteten einfach nur die Welt, die da vor uns lag. Es war kein unangenehmes Schweigen, im Gegenteil. Vielmehr hatte ich überhaupt nicht das Bedürfnis, etwas zu sagen. Ich wollte einfach nur diese Unendlichkeit fühlen, die sich über alles gelegt zu haben schien. Zum ersten Mal, seit ich mich erinnern konnte, war ich innerlich ganz ruhig. Es gab nichts, was heute noch auf mich wartete und nichts, was unbedingt jetzt sofort erledigt werden musste. Einfach nichts.

Meine Arme wurden mit jedem Wellenrauschen ein bisschen schwerer, und mit jedem Funkeln der Sterne über uns ging mein Atem ein bisschen ruhiger. Dieses Nichts tat so verdammt gut, dass ich mir wünschte, es würde nie wieder aufhören. Ich wollte einfach für immer hierbleiben. Neben diesem komischen, still vor sich hin sinnierenden Typen mit dem sympathischen Lächeln sitzen, mit den Fingerspitzen durch den warmen Sand grabbeln und einfach mal nichts mehr von der Welt da draußen hören. Oder von der in meinem Inneren.

„Machst du Urlaub?"

Ich hatte gar nicht bemerkt, dass sein Blick auf mir ruhte und nicht mehr gen Horizont gerichtet war. Höchstwahrscheinlich war die Frage rhetorisch gemeint, denn natürlich kannte in solch kleinen Städtchen jeder jeden. Und gerade bei einem so abgelegen Ferienhaus ging es doch bestimmt wie ein Lauffeuer herum, dass dort eine alleinstehende Frau nächtigte. Trotzdem fand ich es sehr nett, dass er scheinbar versuchte, ein Gespräch zu beginnen.

„Hm, nicht direkt. Also ... jetzt schon irgendwie, aber eigentlich war das alles ganz anders geplant." Meine Hand fuhr neben mir im Sand herum und hinterließ kleine Kreise, während er wieder in den Himmel starrte.

„Die Perseiden sind grade ziemlich aktiv."

„Die was?"

„Sternschnuppen." Er nickte nach oben, und just in diesem Moment, als ich seiner Kopfbewegung mit den Augen folgte, sauste tatsächlich eine von ihnen hoch über uns vorbei und hinterließ einen langen, strahlenden Schweif, der langsam im Schwarz der Nacht verglühte.

„Wow, das war meine allererste!“, rief ich begeistert und ein bisschen zu laut aus. Da musste ich wirklich siebenundzwanzig Jahre alt werden und am abgeschiedensten Ort dieser Erde auf einen wildfremden Mann treffen, um endlich eine Sternschnuppe zu sehen. Bestimmt gab es die auch über Nürnberg, aber die vielen Lichter der Stadt sorgten dafür, dass man schon die Sterne nicht besonders gut erkennen konnte. Ehrlich gesagt war ich in den letzten Jahren auch nicht auf die Idee gekommen, in den Nachthimmel zu gucken, bis mein Hals steif wurde, weil abends auf den Straßen einfach viel zu viel los war, das ich interessanter fand. Bisher zumindest.

„Ich hoffe, du hast dir was gewünscht.“

Natürlich hatte ich das nicht. „Äh, wie lange danach hat man denn Zeit dafür?“

Schmunzelnd warf er einen Blick auf seine Armbanduhr. „Wenn du dich beeilst, schaffst du’s noch. In dreißig Sekunden ist es zu spät.“

Schnell schloss ich die Augen, kniff sie fest zusammen und ... wünschte mir nichts. Nicht weil ich etwa, insgesamt gesehen, wunschlos glücklich war, nein, sondern weil mir auf die Schnelle nicht eine einzige Sache einfiel, die ich mir in genau diesem Moment sehnlicher wünschte als das, was ich gerade tief in mir spürte. Natürlich behielt ich das für mich und ließ ihn in dem Glauben, ich hätte der Sternschnuppe meinen Wunsch hinterhergeschickt. Er fragte auch nicht weiter danach, sondern blickte wieder in die Ferne aufs Meer, dessen aufgewühlte Wellen im Mondlicht bläulich schimmerten. In diesem Augenblick fiel der erste winzige Tropfen auf meinen Arm. Und noch einer. Gleich darauf ein weiterer. Eine einzige Wolke war am Himmel aufgetaucht, und ausgerechnet, als sie direkt über uns war, hörte der Wind da oben auf, sie weiterzublasen. Ich hasste Nieselregen wie die Pest. Noch mehr als Tee. Wenn es so richtig wie aus Eimern schüttete, ging ich sogar gerne spazieren, aber diese feinen Möchtegernregentropfen brauchte echt kein Mensch. Noch viel schlimmer aber war es, wenn der Nieselregen auf meine nackten Oberarme fiel, und da ich keinen Pulli zum Drüberziehen mitgenommen hatte, würde dieses eklige Gefühl auf der Haut auch nicht verschwinden, bis entweder die blöde Wolke weitergezogen oder ich im rettenden Ferienhaus war. Ich entschied mich für Letzteres, da Ersteres ja leider nicht in meiner Macht lag.

„Ich werde dann mal wieder gehen. Vielleicht sieht man sich die Tage ja irgendwo." Etwas ungelenk stand ich auf und klopfte mir den Sand vom Hintern.

Von ihm kam nichts, kein Tschüss. Oder meinetwegen auch Moin. Erst als ich langsam in Richtung der beiden Dünen ging, zwischen denen der Bohlenweg lag, meinte ich, ein leises Rufen meines Namens gehört zu haben und drehte mich wieder um. Er saß immer noch dort und hatte die Hand zum Gruß leicht erhoben. Mehr konnte ich nicht erkennen, dazu war die Entfernung zwischen uns schon zu groß. Bevor ich mich fragen konnte, woher zum Teufel dieser Kerl meinen Namen kannte – oder hatte ich mich verhört? – sank seine Hand wieder hinab. Ob er mein zögerliches Winken noch mitbekommen hatte oder nicht, vermochte ich nicht zu sagen.

5

„Eins muss man dieser Küstengegend ja echt lassen, es ist durch den Wind viel angenehmer als im Süden", murmelte ich vor mich hin, während ich einen großen Becher heißen Kaffee auf meinem Laptop durchs Wohnzimmer balancierte und versuchte, auf dem Weg zur Terrassentür nicht über die Fransen der cremefarbenen Teppiche zu stolpern, die überall auf dem Holzboden verteilt herumlagen.

Ich fühlte mich so ausgeruht wie schon lange nicht mehr, was ich nicht zuletzt diesem himmlischen Bett zu verdanken hatte. Die Matratze war so weich, dass man ein Stückchen einsank und herrlich bequem lag, gleichzeitig aber gab sie genug Halt, dass man nicht Gefahr lief, mit einer angeknacksten Wirbelsäule aufzuwachen. Und wie das Bettzeug geduftet hatte! Nach warmem Sonnenschein und irgendetwas ganz dezent Blumigem. Auf jeden Fall hatte ich geschlafen wie ein Stein und fühlte mich schon beim Aufstehen fast wie neugeboren. Ich war voller Tatendrang und zuversichtlich, heute endlich damit anfangen zu können, mein Buch weiterzuschreiben. Fünftausend Wörter hatte ich mir vorgenommen, was durchaus ambitioniert war, allerdings tickte nach wie vor die Uhr, und außerdem hatte ich wirklich das Gefühl, es hier und heute schaffen zu können. Mit einem wunderbaren Kribbeln im Bauch stellte ich den Laptop und meinen Kaffee auf dem einfachen weißen Holztischchen ab und rückte einen der beiden Stühle zurecht. Das Sitzpolster war von den schon überraschend kräftigen Strahlen der Morgensonne angewärmt, und auch die Dielen fühlten sich angenehm fußwarm an, weswegen ich meine Schlafsocken abstreifte und mit den Zehen in der Luft herumwackelte, bevor ich meine Beine ausstreckte und den ersten Schluck Kaffee dieses wunderschönen Tages nahm. Wie gestern stieg mir sofort der Duft der Wildrosen in die Nase, der so perfekt hierher passte wie die Möwen, die am wolkenlosen und strahlend blauen Himmel hoch über mir ihre Kreise zogen. Hin und wieder drang ihr Schreien bis zu mir herunter und wurde vom Klang der Wellen eingefangen, der vom Strand herüberwehte. Mein Blick schweifte von einem kleinen Spatz, der schimpfend auf einer Ranke der pinken Rose saß, die sich neben mir ihren Weg in luftige Höhen bahnte, über das halbhohe Geländer der Veranda. Der Bohlenweg, der zum Strand führte, reflektierte das Sonnenlicht und schlängelte sich glänzend im hellen Sand. Je weiter ich nach vorne blickte, desto mehr hob sich meine sowieso schon richtig gute Laune. Dieser Ausblick war wirklich mehr als grandios. Das glitzernde Meer, das heute einen so tiefen türkisen Farbton angenommen hatte, dass man fast meinen konnte, man wäre nicht im hohen Norden gelandet, sondern irgendwo in der Karibik, und dazu dieser unvergleichliche Duft nach Sonne und Sommer. Ich genoss das warme Gefühl auf meiner nackten Haut und den sanften Wind, der einen Hauch des salzigen Meerwassers zu mir trug und auch alle anderen Düfte noch zu verstärken schien, während er meine Locken leicht anhob und mir sanft über die Arme strich.

Fast schon feierlich klappte ich den Laptop auf und öffnete mein Dokument. Das Weiß blitzte mir entgegen, doch anders als bisher entmutigte die Leere mich nicht. Ganz im Gegenteil, ich hatte so unglaublich viel Platz, den ich mit Worten füllen konnte! Mit Worten, die meine Leserinnen und Leser in eine neue Geschichte, in eine traumhafte Welt voller Gefühle eintauchen lassen würden, die ihnen, so hoffte ich zumindest, ein Lächeln auf die Lippen zaubern und ein paar Stunden Auszeit von ihrem Alltag verschaffen würde.

Ich holte tief Luft, legte meine Finger auf die Tasten und ließ meinen Blick ein letztes Mal über die Dünen schweifen, bevor ich mich auf den Bildschirm konzentrierte. Auf den Bildschirm, auf dem absolut nichts passierte. Meine Finger bewegten sich kein bisschen. Kein einziger Buchstabe tauchte auf, geschweige denn ein ganzer Satz. Normalerweise war das Fingerauflegen das Startsignal und die Wörter, die sich in meinem Kopf überschlugen, sprudelten nur so aus mir heraus. Und jetzt? Nichts. Einfach nichts. Genau wie die ganzen letzten Wochen zuvor.

„Was ist das denn für eine verdammte Scheiße?!“ Eigentlich lag mir nichts ferner, als zu fluchen und in die Fäkalsprache abzugleiten, doch das, was ich in diesem Moment fühlte, übertraf wohl alles, was bisher da gewesen war. Ich war hier an einem wundervollen Fleckchen Erde gelandet, saß mit lang ausgestreckten Beinen auf der Terrasse eines wundervollen, niedlichen Häuschens und ließ mir die Sonne auf die Haut scheinen. Meine Kaffeetasse stand gefüllt und dampfend vor mir und weit draußen auf dem Meer segelten kleine Boote in absoluter Postkartenmanier zwischen den weißen Schaumkrönchen herum. Das war doch genau die Umgebung, von der nicht nur jede Liebesromanautorin träumte, sondern wohl mindestens die Hälfte der gesamten Weltbevölkerung. Durch den Zufall mit dem Auto hatte ich genau das getan, womit Katharina mir schon seit Ewigkeiten in den Ohren gelegen hatte. Und ja, zuletzt hatte ich wirklich daran geglaubt, dass mir dieser Ortswechsel guttun würde. Dass er mein Hirn beflügeln würde, damit ich endlich wieder schreiben konnte. Denn ganz ehrlich? Der Abgabetermin, der kontinuierlich näher rückte, war das eine. Noch viel wichtiger für mich aber war, dass ich meinen Traum leben konnte. Es war ein unglaubliches Privileg, endlich nicht mehr in diesem blöden Büro herumhocken zu müssen, sondern mich voll und ganz auf das konzentrieren zu dürfen, was ich liebte. Und was tat ich? Nichts, außer auf diesen blöden Bildschirm zu starren, der mich höhnisch anzugrinsen schien.

Mit Schwung knallte ich den Deckel wieder zu. Ich spürte, wie sich die Tränen, die in mir aufstiegen, den Weg in meine Augenwinkel bahnten und presste meine Lippen fest aufeinander. Weil ich so wütend auf mich selbst war. Und enttäuscht. Ja, die Enttäuschung war noch um einiges schlimmer als diese unbändige Wut. Bekam ich denn wirklich gar nichts mehr auf die Reihe? Ich konnte doch jetzt nicht zwei Wochen lang ...

„Moin. Darf ich dich ganz kurz stören?“ Eine tiefe Stimme riss mich aus meinen Gedanken.

Ruckartig drehte ich meinen Kopf nach rechts. Von der Veranda aus führten zwei halbhohe Holzstufen hinunter in den Sand, und genau an diesen Stufen, angelehnt ans Geländer, stand der Typ von gestern Abend. Seine halblangen dunkelblonden Haare, die so aussahen, als hätte die Sonne helle Strähnchen hineingemalt, waren zerzaust, und sein Oberkörper war von einem dieser Shirts bedeckt, die die braun gebrannten Oberarme freiließen und jedem, der das wollte, einen ungehinderten Blick auf den Bizeps zugestanden. Auf seinen Lippen lag ein kleines Lächeln, das immer verschmitzter wurde, je länger ich ihn anstarrte. Stalkte mich der Kerl etwa? Man hörte ja immer wieder, dass alleinreisenden Frauen im Urlaub aufgelauert wurde. Blitzschnell eruierte ich meine Möglichkeiten für den Fall der Fälle. Faktisch befand ich mich am buchstäblichen Arsch der Welt. Wenn ich schreien würde, würde mich also definitiv niemand hören können. Mein Handy lag immer noch auf dem Nachtschränkchen im Schlafzimmer. Um ans Telefon zu gelangen, das auf dem Sideboard im Wohnzimmer stand, müsste ich erst mal meine Beine unter dem Tisch hervormanövrieren, ohne seine Aufmerksamkeit auf meine geplante Flucht zu lenken, ebenso unauffällig mit dem Stuhl zurückrutschen und dann einen Spurt hinlegen, der mir allein schon beim Gedanken daran die Schweißperlen auf die Stirn trieb. Wahrscheinlich hätte er mich, noch bevor ich die Tür überhaupt erreichte, eingeholt.

„Ich kann auch später nochmal vorbeikommen, wenn's grad nicht passt."

Hm, waren das die Worte eines möglichen Triebtäters? Vermutlich nicht wirklich, aber wer wusste das schon? Auf der anderen Seite stellte ich mir die Frage, warum er morgens ausgerechnet hier vorbeikam. Die Ecke war ja doch ziemlich abgelegen. Außerdem sah er nicht aus wie ein typischer Nordseeurlauber, der sich in der Sonne brutzeln ließ und, um sich abzukühlen, durch die Wellen tauchte. War er etwa nur meinetwegen hierhergekommen ...?

„Äh ... nein, ist schon okay." Und mit einem Blick auf den Tisch, auf dem der zugeschlagene Laptop lag, fügte ich trotzig hinzu: „Es passt grad ganz gut."

„Frische Brötchen?" In seiner Hand, die er ein Stückchen nach oben hielt, baumelte eine weiße Papiertüte. Mein Blick, mit dem ich erst sie und dann auch ihn bedachte, musste skeptischer gewirkt haben, als ich es beabsichtigt hatte, denn sein Lächeln wandelte sich zu einem breiten Grinsen.

„Keine Angst, ich will dich nicht überfallen, und das hier ist auch kein Ablenkungsmanöver, sondern ein Service des Hauses. Für nette Gäste."

„Ein Service des Hauses? Du kennst Anneliese? Bist du der Bäcker hier im Ort?"

Er lachte, aber auf eine sympathische Art und Weise. „Nein, ich bin nicht der Bäcker und ja, allerdings kenne ich sie. Sie ist meine Mutter, und sie hat ausdrücklich drauf bestanden, dass ich dir was zum Frühstück bringe. Also ... darf ich?", fragte er und deutete auf die Stufen.

„Oh, natürlich!", rief ich und sprang auf, um eines der Polster, die in der Ecke der Terrasse gut versteckt unter den bis auf den Boden ragenden Rosenranken gestapelt waren, auf den zweiten Stuhl zu legen.

„Ist das eine Einladung?“ Er war zwei Schritte von mir entfernt stehen geblieben und musterte mich und meinen Versuch, die Bändchen der Auflage seitlich am Stuhl festzuknoten.

Wie peinlich. Er hatte mir nur schnell Brötchen bringen wollen, und ich war automatisch davon ausgegangen, dass er es sich hier mit mir bequem machen würde! Das musste die Luft sein oder vielleicht irgendwelche Schadstoffe von einer Bohrinsel oder so, die mit dem Wind übers Meer an Land getrieben wurden und die mein rationales Denken – das leider schon von Haus aus nicht allzu stark ausgeprägt war – blockierten. Ich merkte, wie mir schlagartig die Röte ins Gesicht schoss und verfluchte mich innerlich dafür, dass mir nichts, geschweige denn etwas Schlagkräftiges als Erwiderung seiner Worte einfiel. Katharina sagte immer, dass ich selbstbewusster sein sollte. Dass es überhaupt keinen Grund dafür gab, dass ich mich ständig, sobald irgendein annähernd attraktives männliches Wesen in Sichtweite kam, hinter mir selbst versteckte. Klar, sie hatte gut reden mit ihrer Figur, die der von Laufstegmodels in nichts nachstand. Eigentlich störte es mich gar nicht, dass ich beim Shoppen an den Kleiderständern, auf denen Klamotten in der Größe 40 oder 42 hingen, vorbeilaufen musste. Oder dass die Mädels in der Stadt in ultrakurzen Hosen, bei denen man nicht viel Fantasie brauchte, um so ziemlich alles sehen zu können, durch die Straßen flanierten und ich eben in meiner geliebten langen Jeans im Café saß. Oder am Baggersee. Aber der Grund an sich störte mich, und zwar gewaltig. Ja, ich war nicht die Schlankste, und genau das hatte mein Ex mir ständig vorgehalten. „Zoe, willst du echt den großen Eisbecher bestellen?" oder „Meinst du nicht, dass es der Salat alleine auch getan hätte?", während er selbst sich beim Italiener einmal durch die komplette Karte schlemmte. Nun ja, als ich ihn dann mit einer wirklich superschlanken fremden Frau in seinem Auto erwischt hatte, nahm ich das zum Anlass, um abzunehmen. Leider hatte das alles andere als gut funktioniert, weil Frank einfach viel zu leckere Waffeln backte und es außerdem ewig gedauert hatte, bis meine neu entdeckte Schilddrüsenunterfunktion richtig eingestellt gewesen war. Die einen konnten eben die Auslage einer ganzen Bäckerei auf einmal leeressen und die anderen nahmen schon zwei Kilo zu, weil sie nur an deren Schaufenster vorbeigingen. Nach wie vor vertrat ich die Meinung, dass das Leben viel zu kurz dafür war, um sich selber durch diverse fehlgeschlagene Diätversuche die Laune zu vermiesen. Nur leider hatte ich jedes Mal, wenn ich näheren Kontakt zu einem Mann hatte, das Gefühl, dass ich es vielleicht doch nochmals hätte versuchen sollen. Meinen Alltag beherrschte dieser Gedankengang nicht, aber eventuell war er der Grund dafür, dass ich mich seit dieser Sache damals mit Matthias nicht mehr getraut hatte, es auch nur annähernd zu einer neuen Beziehung kommen zu lassen. Auf jeden Fall war ich verdammt froh, dass ich vorhin nach dem Aufstehen die weise Entscheidung getroffen hatte, in meine dünne, lange Jogginghose zu schlüpfen und mich nicht in meiner kurzen Schlafhose nach draußen zu begeben. Obwohl der Typ, der immer noch die Brötchentüte in der Hand hielt, seinen Blick definitiv nicht an meinem Körper hinabgleiten ließ. Vielleicht fand er Frauen an sich gar nicht anziehend, denn nach wie vor stand er da und lächelte mich einfach nur an.

„Ich nehme sie an."

„Was?"

„Na deine Einladung. Wenn ich ehrlich bin, hab ich heute noch nichts gegessen und die hier ...", er hielt die Tüte erneut hoch, „... reichen locker für uns beide. Ist das okay für dich?"

„Aber ich hab dich doch gar nicht einge..."

„Doch, irgendwie schon", unterbrach er mich mit einem Zwinkern und ließ sich auf den Stuhl fallen, den ich für ihn bereitgestellt hatte. Selbstbewusst schien er auf jeden Fall zu sein, und nicht nur das, wie sich bald herausstellen sollte. Von seinen traumhaft schönen tiefblauen Augen, die bei jedem Lächeln von ihm aufblitzten, mal ganz abgesehen – für die konnte er schließlich nichts – war er wirklich unglaublich sympathisch. Seine Stimme klang so wunderbar ruhig, ja fast schon beruhigend, sodass ich schon nach ein paar Minuten überhaupt nicht mehr daran dachte, dass ich dieses blöde Manuskript endlich fertigbekommen musste. Mein Ärger, den ich innerlich darüber empfand, schwand von Sekunde zu Sekunde immer mehr, bis ich mich schließlich selbst dabei ertappte, wie ich an nichts anderes dachte außer an das, was ich gerade eben erlebte. Wenn er mich ansah, musste ich schmunzeln, und er hatte einen herrlich trockenen Humor, der mich zum Lachen brachte.

„Warum bist du eigentlich ausgerechnet hier gelandet?" Er tunkte den Rest seines Brötchens in den riesigen Marmeladenklecks auf seinem Teller. Anneliese hatte in ihrem Oberschrank zwar diverse, noch haltbare Gläser mit eingekochter Konfitüre, allerdings hatte ich auf die Schnelle kein Besteck gefunden. Ehrlich gesagt kannte ich niemanden außer Katharina und mir, der sich – ganz unkonventionell – die Marmelade einfach auf den Teller klatschte, was natürlich auch ohne Messer hervorragend funktionierte. Ihn allerdings schien es überhaupt nicht zu stören. Auch als ich mir eine zweite Portion des herrlich fruchtig schmeckenden Erdbeergelees nahm, bedachte er mich weder mit einem merkwürdigen Blick, noch gab er einen spitzen Kommentar dazu ab. Okay, warum auch? Wir waren schließlich zwei vollkommen Fremde, die einfach nur zur gleichen Zeit am gleichen Ort frühstückten. Trotzdem war ich ziemlich erleichtert darüber und fühlte mich gleich noch ein Stückchen wohler in seiner Gegenwart, als ich es sowieso schon tat.

„Ich kaufe hier ein Auto“, antwortete ich und musste beim Gedanken an meine Ente lächeln.

Er stockte kurz, fing sich dann aber gleich wieder. „Du fährst wegen einem Auto über tausend Kilometer?“

Anders als zuvor sah er mich nicht an, während er sprach, und auch seine Stimme klang nicht mehr so wie vorher. Viel zu schnell tippte er mit dem Zeigefinger auf die kleinen Krümelchen, die seinen Teller bedeckten.

„Ja. Weil das genau das Modell ist, an dem ich früher zusammen mit meinem Papa rumgeschraubt habe.“ Einen ganz kurzen Moment zögerte ich, bevor ich weitersprach. „Gut, er hat geschraubt und ich hab zugeguckt. Ich hab so oft vor Augen, wie glücklich er dabei war. Wie viel Spaß wir zusammen hatten. Er hat dieses Auto geliebt, wirklich. Jeder Samstag war wie ein Feiertag für ihn, weil er dann immer gemeinsam mit meiner Mama und mir darin eine Spritztour unternommen hat. Niemals wollte er alleine fahren, immer nur mit uns zusammen. Und wenn wir dann wieder zu Hause angekommen waren, hab ich mit ihm den Lack poliert. Wir haben dabei gesungen und gelacht und als ich noch kleiner war, hat er mich in seine Arme geschlossen und durch die Luft gewirbelt, wenn wir fertig waren." Eine einzelne Träne rann mir über die Wange und hinterließ eine feuchte Spur. Schnell, bevor er sie bemerken konnte, wischte ich sie fort, doch er schien nach wie vor mit den Krümeln beschäftigt und reagierte überhaupt nicht auf das, was ich ihm gerade erzählt hatte.

„Ich vermisse ihn so schrecklich."

Ein fast unmerkliches Zucken durchfuhr ihn. Als er endlich aufblickte, lag ein Ausdruck in seinen Augen, den ich absolut nicht deuten konnte. Er schluckte, als hätte er einen Kloß im Hals.

„Versteh ich." Er räusperte sich, bevor er mit viel fröhlicherer Stimme weitersprach. „Sag mal, hast du Lust auf Surfen?"

„Wow, was für ein Themenwechsel."

Sein Grinsen, zu dem er sich, wie mir schien, bei seinem letzten Satz gezwungen hatte, wurde ein bisschen schief. „Ich mein' ja nur, weil ... na ja, ich könnte es dir beibringen."

„Ach, beinhaltet der Service des Hauses auch einen privaten Surflehrer?", sprang ich auf seine Schiene auf und verdrängte den Gedanken und die Erinnerung an meinen Vater.

„Selbstverständlich!", rief er aus, sprang auf und stieß dabei fast seinen Stuhl um. „Wir können jetzt sofort loslegen, ist grad Ebbe, das ist für Anfänger ideal!"

„Woher weißt du denn, dass ich Anfängerin bin? Vielleicht bin ich Weltmeisterin im Surfen und kann das viel besser als du."

Wieder lag keinerlei Abfälligkeit in seinem Blick, sondern eine Mischung aus leichter Unsicherheit und vollkommener Überraschung. „Äh, ja klar, tut mir leid. Natürlich kannst du das, deswegen bleibst du ja wahrscheinlich auch ein bisschen länger hier, als du müsstest. Also, wegen dem Auto. Das Gebiet ist echt klasse."

„Hey, das war ein Spaß. Ich wäre blutige Anfängerin, wenn ich es denn versuchen würde." Ich nahm den letzten Schluck Kaffee aus meiner Tasse und musste bei der Vorstellung von mir auf einem Board lachen. Neben dem Ding im Wasser traf es wohl besser, denn ich bezweifelte, dass ich es überhaupt schaffen würde, mich darauf aufzurichten.

„Wirklich Zoe, wenn du möchtest, bring ich es dir bei."

„Das ist echt lieb von dir, aber ..." Ich zögerte einen klitzekleinen Moment, denn ehrlich gesagt hatte ich insgeheim schon das eine oder andere Mal darüber nachgedacht, wie es sich wohl anfühlte, über die Wellen zu flitzen. Wäre da nicht die Riesenfische-und-Haie-in-der-Tiefe-Problematik und die Tatsache, dass man sich entweder im Bikini oder in einem dieser schrecklichen hautengen Neoprenanzüge aufs Brett stellte, hätte ich vielleicht sogar wirklich zugesagt. Aber so? Und genau das erzählte ich ihm auch.

„Also nein. Aber danke." Etwas verlegen fuhr ich mit dem Finger über den Rand meiner leeren Tasse.

„Wie du meinst, ist natürlich deine Entscheidung. Falls du deine Meinung änderst, sag einfach Anneliese Bescheid, ja?" Das Lächeln, das er mir bei diesen Worten schenkte, war umwerfend. Seine unglaublich blauen Augen blitzten und funkelten im Sonnenlicht und hätten es mit Leichtigkeit mit absolut jedem Saphir aufnehmen können.

„So, ich muss dann auch mal wieder. War schön mit dir, Zoe." Er ließ die Lehne seines Stuhls los, stellte unsere Teller ineinander und schickte sich an, sie ins Haus tragen zu wollen.

„Nee, lass ruhig stehen, ich mach das gleich." Auch ich war aufgestanden. „Ist ja wohl das Mindeste."

„Okay", murmelte er leise, während er sich zum Gehen wandte. „Warte mal! Wie heißt du eigentlich?" Wieder wurden meine Wangen heißer, als sie es hätten werden sollen. *Mensch Zoe, du hast ihn doch nur nach seinem Namen gefragt. Jetzt stell dich nicht so an!* Am liebsten hätte ich mich wegen der Reaktion meines Körpers selbst mit einem Augenrollen bedacht.

„Finn."

„War auch schön mit dir, Finn. Und danke nochmal fürs Frühstück."

„Da nich für. Bis dann", antwortete er und lief die Treppe hinunter und den sandigen Bohlenweg entlang. Kurz bevor er hinter den Dünen verschwand, blickte er noch einmal zurück. Blitzschnell griff ich nach den Tellern und hoffte, er hätte nicht bemerkt, dass ich ihm die ganze Zeit über hinterhergesehen hatte.

6

„Wow, du hast dich ihm ja richtig geöffnet, Zoe. Das kenn ich von dir gar nicht! Und du hast ihm echt erzählt, dass du Angst vor Haien hast und deswegen nicht surfen willst?“ Katharinas ungläubiges Gesicht erschien wie ein Hologramm direkt vor mir, obwohl ich sie nur durchs Telefon hörte. „Du weißt aber schon, dass das mit der Surfstunde ein Flirtversuch von ihm war?“

„Mit Sicherheit nicht. Er wirkt nicht so, als wäre er einer von diesen typischen Draufgängern, eher im Gegenteil.“

„Okay, und was hat er darauf geantwortet? Der hat sich doch bestimmt schlappgelacht, oder?“

„Nein, hat er nicht. Stell dir vor, es soll Leute geben, die das sogar verstehen.“

Katharina lachte glucksend auf. „Ja klar, das hat er vielleicht behauptet. Wetten, du siehst ihn nie wieder, weil er das total bescheuert findet?“

„Sag mal, was bist du denn bitte für eine Freundin?!“ Ich war wirklich kurz davor, einfach auf den roten Button auf meinem Handy zu drücken und sie damit ein für alle Mal – oder zumindest für heute – mundtot zu machen.

„Du hast ja recht, tut mir leid, Süße. Aber ich versteh es einfach nicht, da flirtet ein heißer Typ auf Teufel komm raus mit dir, will dir das Surfen beibringen, und du lehnst das ab. Wegen Haien. In der Nordsee. Mann, Zoe."

„Er hat nicht mit mir geflirtet und ich hab auch nicht gesagt, dass er heiß ist! Himmel nochmal! Außerdem gibt's hier wirklich welche, googel' doch einfach mal. Und ich hab absolut keinen Bock drauf, von einem gefressen zu werden."

„Kann schon sein, aber die sind weder aggressiv, noch groß genug, um einen Menschen zu fressen. Und wenn ich dich dran erinnern darf ... du gehst ja noch nicht mal in einen See, und da schwimmen höchstens ein paar Karpfen rum."

„Ja, und weiter?"

„Könnte es vielleicht sein, dass eher die Tatsache, dass du dich nicht ausziehen willst, eine Rolle spielt?"

„Vielleicht, vielleicht auch nicht. Ist doch auch komplett egal, ich bin schließlich nicht hier, um den Mann fürs Leben zu finden. Sobald Maren den Umzug hinter sich gebracht hat und ich mein Auto holen kann, bin ich hier wieder weg."

„Genau, und deswegen kann es dir auch total wurscht sein, was er über dich denkt. Hab doch mal ein bisschen Spaß!"

Ich stieß hörbar die Luft aus, die ich gerade angehalten hatte. „Katharina, ich hab Spaß. Und jetzt muss ich weiterschreiben, ich hab grad wirklich einen Lauf."

„Ist gut. Viel Glück bei deinem Spaß. Ich ruf dich morgen wieder an, ja?"

Wir verabschiedeten uns, und als dieses absurde Gespräch endlich beendet war, atmete ich erleichtert aus. Ich würde sie manchmal am liebsten auf den Mond schießen. Es war ja nicht so, dass sie Unrecht hatte, aber war eine beste Freundin nicht eigentlich dazu da, einem – gerade und vor allem bei solchen Dingen – zuzustimmen? Sie sollte mir gut zureden und mich einfach so nehmen, wie ich nun mal war. Zumal sie ja wusste, dass ich ein Problem damit hatte, mich quasi ungeschützt und ohne Schlabberklamotten vor anderen zu zeigen. Also müsste sie mich doch verstehen und nicht ständig dagegen anreden. So langsam war ich es echt leid, mir monatelang immer wieder die gleiche Leier anhören zu müssen, nur weil sie jedes Jahr schon im Frühling die neueste Bademode orderte – selbstverständlich superknapp geschnitten und total sexy. Konnte sie ja, das war für mich und den Rest der Welt absolut in Ordnung, aber ich wollte bitte einfach nur damit in Ruhe gelassen werden. Und wenn sie Badenixe spielen musste und mich unbedingt an ihrem geliebten Baggersee dabeihaben wollte, musste sie es eben auch ertragen, wenn ich in Jeans neben ihr auf dem Handtuch lag und sie alleine zum Podest schwimmen musste. Wenn ich wieder zu Hause war, würde ich das noch ein allerletztes Mal klarstellen. Ich liebte sie wie eine Schwester, wirklich, aber dieses Thema nervte nur noch.

Den Laptop klappte ich gar nicht erst wieder auf, weil ich spürte, dass auch heute absolut überhaupt nichts mehr dabei herauskommen würde. Wollte ich mir diese Blöße, wenn auch nur vor mir selbst, wirklich geben? Da ich das nicht vorhatte und gerade eben wahrscheinlich auch nicht verkraften könnte, beschloss ich, mir wenigstens die Haare zu kämmen und mir meine Jeans anzuziehen, um mich danach auf in den Ort zu machen. Wirkliche Lust auf einen Schaufensterbummel hatte ich zwar nicht, aber die Alternative dazu war entweder der Strand oder aber dieses wunderbar weiche Bett, das drüben im Schlafzimmer nur darauf wartete, dass ich mich wieder hineinfläzte. Beides befand ich aus Überzeugung als nicht förderlich für meine Kreativität, schließlich wurde diese maßgeblich durch viele neue Eindrücke und natürlich auch vom Stadttrubel beeinflusst. Vor allem Ersteres rangierte auf meiner Ich-will-Liste noch weiter hinten als die Erkundungstour, also war die Entscheidung getroffen und ich schlurfte ins Bad, um mich fertig zu machen.

***

Nachdem ich durch das quietschende Gartentürchen gegangen war, wandte ich mich nach links. Annelieses Häuschen stand wirklich inmitten eines Nichts, und so wie ich gestern hier angekommen war, lief ich den Bohlenweg auch wieder zurück in Richtung des kleinen Städtchens – an der Bushaltestelle mit dem winzigen Häuschen vorbei und die Straße weiter hoch. Überall duftete es herrlich süß nach diesen pinken Wildrosen, die ich vor meiner Ankunft hier noch nie gesehen hatte und auf die ich traf, wo immer ich mich auch befand. Je weiter ich lief, desto mehr Häuser erschienen links und rechts von mir. Die meisten von ihnen waren mit Reet eingedeckt, die Fassaden waren strahlend weiß gestrichen und vereinzelt standen in den Vorgärten große Leuchtturmskulpturen oder es hingen kleine Rettungsringe an der Wand, aus denen eine dicke Robbe herausguckte und mir fröhlich zuzwinkerte. Es war gerade einmal zehn Uhr, und trotzdem brannte die Sonne bereits vom Himmel. Der Asphalt der schmalen Straße, die von der Küste in den Ort hineinführte, verschwamm vor meinen Augen und rund um mich herum herrschte diese typische Stille, die es nur mittags zur Sommerzeit gab. Wenn es schon einfach viel zu heiß dafür war, irgendetwas zu unternehmen oder aus einem anderen Grund draußen herumzuspazieren. Es hatte schon einen Grund, warum in südlichen Ländern Siesta gehalten wurde. Ich nahm an, dass die Einwohner entweder arbeiteten oder selbst in ihren wohlverdienten Urlaub gefahren waren. Die Touristen, die die zahlreich vorhandenen Ferienwohnungen besiedelten, was ich anhand der Kennzeichen der Autos, die in den Einfahrten standen, erkennen konnte, lagen mit Sicherheit alle am Strand. Oder saßen in der kleinen Eisdiele, die am Rand des Bereichs lag, den ich als Innenstadt betiteln würde und die mehr als brechend voll war. Der asphaltierte Belag wurde von einem roten Kopfsteinpflaster abgelöst. Als ich mich zwischen den Stühlen mit lachenden Menschen, die genüsslich ihre Eisbecher löffelten, vorbeigequetscht hatte und zwischen zwei Häusern hindurch auf einen verhältnismäßig großen Platz trat, hielt ich verzaubert inne. Dieses Städtchen hier war definitiv kein normaler Touristen-Hotspot. Es reihte sich nicht, wie in so vielen anderen Orten, ein Souvenirladen an den nächsten und auch Restaurants gab es auf den ersten Blick nicht viele. Vor einem einzigen Geschäft erkannte ich zwei Postkartenständer und eine Kiste mit Strandspielzeug für Kinder, das war es dann aber auch schon. In einem großen Viereck lagen die Häuser vor mir, allesamt sehr hübsch anzusehen und in dezenten Pastelltönen gestrichen. Über den Eingängen der Geschäfte, die teilweise eine oder zwei Treppenstufen weit nach oben verlagert waren, hingen uralt anmutende, verschnörkelte Schilder, auf denen in großen schwungvollen Lettern der jeweilige Name des Ladens geschrieben stand. Ganz langsam, Schritt für Schritt, lief ich über den Platz bis zu dessen Mitte, wo ein riesiger uralter Baum mit dichter grüner Laubkrone stand. Unter ihm waren weiße gusseiserne Bänke aufgestellt, auf denen quietschbunt geringelte Auflagen zum gemütlichen Ausruhen einluden.

„*Perlenhuus*", murmelte ich leise vor mich hin, kniff die Augen ein bisschen zusammen, um gegen das gleißend helle Sonnenlicht alles erkennen zu können und betrachtete das Haus, das mir genau gegenüber lag. Es war etwas schmaler als die anderen in seiner Reihe und bonbonrosa gestrichen. Obwohl ich beim Thema Basteln keine wirkliche Geduld aufwies und zugegebenermaßen auch nicht besonders einfallsreich war, zog es mich auf eine fast schon magische Art und Weise direkt zu diesem kleinen Laden hin. Ich verließ die erfrischende Kühle des schattenspendenden Baumes mit seinen knorrigen Ästen, die nahezu bis auf meinen Kopf herunterragten, und marschierte entschlossen über den Platz bis zur Eingangstür. Das Geländer, das neben den beiden Stufen befestigt war, fühlte sich heiß unter meiner Hand an, und auch der leicht geschwungene, metallene Türgriff glühte fast. Doch als ich schließlich die Tür aufgezogen hatte und die goldfarbene Messingglocke, die darüber hing, in einem leisen, wunderschönen melodischen Ton erklang, wurde ich komplett für diesen gerade erst begonnenen schweißtreibenden Tag entschädigt.

In dem Laden herrschte ein diffuses Licht, und in den Sonnenstrahlen, die durch das etwas angelaufene Schaufenster fielen, tanzten winzige Staubkörnchen durch die Luft. Ich fühlte mich sofort in den kleinen Buchladen in Nürnberg zurückversetzt, in dem ich mir als Kind jeden Samstag ein Buch hatte aussuchen dürfen, wenn wir meinen Vater auf den Markt begleitet hatten. Ihm war es sehr wichtig gewesen, dass ich nicht nur vor dem Fernseher saß, und da ich seine Leidenschaft fürs Lesen mit in die Wiege gelegt bekommen hatte, waren diese Samstage jedes Mal mein persönliches Highlight der Woche gewesen. Hier herrschte genau dieselbe Atmosphäre. Sogar die Dielen auf dem Boden sahen exakt aus wie die, über die ich früher Hand in Hand mit meinem Vater fast ehrfurchtsvoll zu den deckenhohen dunkelbraunen Bücherregalen gelaufen war. Hier waren es keine Regale, sondern Schaukästen, die überall an den Wänden auf Bauchhöhe angebracht waren und in denen sich Abermillionen der schönsten Perlen befanden, die ich jemals gesehen hatte. Von winzig klein bis hin zur Größe eines Handtellers, von ganz schlicht und modern über unglaublich bunt bis hin zu gewagt und extravagant war wirklich alles vorhanden, was man sich nur ausmalen konnte. Überall schillerte und glitzerte es, und über den Kästen, die zum Schutz der Perlen mit Glasplatten belegt waren, hingen bis zur

Decke hoch unglaublich tolle Schmuckkreationen. Sie verfehlten ihr Ziel nicht, denn je mehr von ihnen ich ins Auge fasste, desto mehr Lust bekam ich, selbst eine Kette oder ein paar Ohrringe anzufertigen, obwohl ich außer dem silbernen Bettelarmband, das mein Papa mir geschenkt hatte, eigentlich keinerlei Schmuck trug.

Im hinteren Bereich, in den man durch einen Rundbogen gelangte, standen überall im Raum verteilt kleine Tischchen, auf denen in einer Art Setzkasten die ganz besonderen Perlen aufbewahrt wurden. Langsam ging ich von einem zum anderen. Die Dielen unter mir knarzten bei jedem Schritt, den ich machte. Von irgendwoher erklang das leise Gedudel eines Radios. Ich kannte den Songtitel nicht, aber er war uralt und drückte genau das Gefühl aus, das sich in mir regte, seitdem ich den Laden betreten hatte. Hier drinnen schien die Zeit stillzustehen, und es herrschte eine wundersame Ruhe, die den absoluten Gegensatz zu dem bildete, was draußen vor sich ging. Vor einem Glaskasten mit unglaublich schönen handgewickelten Glasperlen blieb ich stehen und betrachtete eine nach der anderen. In manchen von ihnen schien eine ganz eigene kleine Welt eingearbeitet worden zu sein. Je näher man ihnen kam, desto mehr wurde man förmlich in sie hineingezogen.

„Unglaublich, wie schön die sind", murmelte ich.

„Wenn Sie möchten, kann ich Ihnen zeigen, wie das geht."

Während ich in Gedanken versunken durch die Glasscheibe gestarrt hatte, war eine Frau seitlich neben mich getreten. Sie hatte ein unglaublich offenes

Lächeln, bei dem sich rund um ihre strahlenden Augen unzählige kleine Lachfältchen bildeten.

„Entschuldigen Sie bitte, ich wollte Sie nicht stören", fügte sie schnell hinzu. „Aber ich liebe es, wenn diese Kunst auch andere Menschen so fasziniert wie mich."

„Oh nein, das haben Sie nicht", versicherte ich ihr und riss meine Augen wieder von den Perlen los. „Sie machen die wirklich selbst?" Mein ungläubiger Gesichtsausdruck brachte sie zum Lachen.

„Nun, natürlich nicht alle, aber diese hier schon." Mit ausgestrecktem Zeigefinger deutete sie auf eben die Glasperlen, die ich mir gerade angesehen hatte. Vorne im Laden läutete das Glöckchen über der Tür, und nach einem kurzen Blick auf die eintretenden Kunden legte sie mir ihre Hand auf den Arm. „Wirklich, ein paar Stunden und Sie haben Ihre ersten eigenen Glasperlen in der Hand. Überlegen Sie es sich. Meine Brenner stehen nebenan, und ich bin den ganzen Tag hier." Ihre Augen funkelten, als sie das sagte, und ich konnte die Leidenschaft, mit der sie ihr Kunsthandwerk betrieb, mit jeder Zelle meines Körpers spüren. Genau wie die tiefe, raue Stimme, die gedämpft durch die Räume drang, als sie nach vorne zur Theke gegangen war.

„Moin Finn, brauchst du schon wieder Nachschub?" Die beiden lachten, und als sie sich auf den Weg in einen der anderen Nebenräume machten, um dort die gewünschten Perlen auszusuchen, nahm ich die Beine in die Hand und verließ fast schon fluchtartig den Laden. Warum, wusste ich nicht.

***

Vollkommen außer Puste fand ich mich auf der anderen Seite des Platzes in einem winzigen Supermarkt wieder. Zeit, um darüber nachzudenken, wofür Finn denn bitte Nachschub an Perlen brauchte, hatte ich nicht, denn erneut überfiel mich regelrecht das Gefühl, ich wäre um einige Jahrzehnte zurück in die Vergangenheit gereist. Nicht nur die obligatorische Glocke, die auch hier über der Tür hing, sondern vor allem die unzähligen übereinandergestapelten Plastikboxen mitten auf der Ladentheke ließen mein Herz voller Entzückung aufjubeln. Es gab hier tatsächlich noch allerlei Gummigetier in diversen Formen, Brausetaler und sogar diese kleinen knallroten Kirschlutscher mit dem grünen Stiel! An einem Haken neben den Boxen hingen eine Zange und große Papiertüten, und zwischen der altmodischen Kasse und einer Plastikkugel mit Lotterielosen stand eine alte Schultafel, auf der in einer etwas krakeligen Schrift die Preise für die einzelnen Süßigkeiten aufgelistet waren. Ungeachtet der Tatsache, dass ich normalerweise Schokolade oder anderen Süßkram niemals so offensichtlich in einem Geschäft kaufte, sondern lieber im Internet bestellte, ging ich zum Tresen und blieb direkt vor den bunten Naschereien stehen. So nah, dass meine Nasenspitze fast die Box mit den sauren Schnullern berührte.

„Moin, Kindchen, was darf's denn sein? Ne Tüte mit allem?“ Die Frau, die kaum über die Platte gucken konnte, grinste wie ein Honigkuchenpferd und zog sich mit dem Fuß einen Hocker heran. Zwei Sekunden später war sie fast so groß wie ich und hatte bereits die Zange in die Hand genommen. Erwartungsvoll und immer noch breit grinsend blickte sie mich an.

„Nu mach mal hinne, ich darf mir nur dann eins nehmen, wenn ich die Klappe für jemanden öffnen muss, der was von dem Kram kaufen will."

Ziemlich irritiert von ihrer lapidar dahingeworfenen Aufforderung merkte ich, dass ich schon wieder rot anlief. „Och Herzchen, ist schon gut. Du bist nich von hier, ne? Also, lass dir Zeit beim Entscheiden, ja? Zeit ist wichtig, immer. Und wir haben doch genug davon, nich wahr? Ich bin übrigens Fenja."

Okay, das war ein Paradebeispiel der friesischen Herzlichkeit gewesen. Für alle Einwohner Deutschlands, die unterhalb dieses wunderschönen Landstrichs hier lebten, klang sehr vieles total abweisend, obwohl die eigentliche Intension doch eine vollkommen andere war. Anneliese hatte mir das bestätigt und mir geraten, immer vom Besten auszugehen und die jeweilige Wortwahl in meinem Kopf einfach umzuschreiben in etwas, das für mich positiv klang. „Denn davon kannst du ausgehen, hier meint es absolut keiner böse mit dir oder irgendwem", hatte sie mit Nachdruck gesagt. Wenn ich mir die ältere Frau auf dem Hocker ansah und mit welch warmherzigem Lächeln sie mich in diesem Moment bedachte, glaubte ich langsam, dass sie damit recht hatte.

„Das stimmt, man sollte sich immer Zeit nehmen. Aber manchmal geht's auch ganz schnell. Einmal alles bitte, nur nix mit Lakritz. Und ich heiße Zoe."

Wir mussten beide herzlich lachen. Während sie anfing, giftgrüne Gummifrösche, lange Schnüre und Leckmuscheln in die Tüte zu packen, die sie die ganze Zeit schon bereitgehalten hatte, legte sie des Öfteren die eine oder andere süße Kleinigkeit auf ein hellblaues Tellerchen neben den Boxen.

„So oft kommt's nicht vor, dass jemand was davon möchte, da muss ich deine Bestellung jetzt ausnutzen", flüsterte sie mir verschwörerisch zu, was ich natürlich nur allzu gut verstand.

„Würde ich genauso machen", flüsterte ich zurück und gab ihr das Versprechen, in der Zeit, in der ich hier war, jeden Tag vorbeizukommen, damit sie wenigstens in den nächsten beiden Wochen öfter mal in den Genuss ihrer Lieblingssüßigkeiten käme. Wir hatten doch alle unsere kleinen Schrulligkeiten, die uns schließlich liebenswert machten. Immer noch lachend bezahlte ich meinen Großeinkauf und nahm nach einigem Hin und Her das von ihr selbstgemachte riesige Baiser an, das sie mir schenkte. „Bis morgen", rief ich und winkte, bevor ich die Tür aufzog und ihrem zuckersüßen Tante-Emma-Laden unter Glockengebimmel den Rücken kehrte. Für heute zumindest, denn Versprechen mussten selbstverständlich und unter allen Umständen eingehalten werden.

Ich hatte gerade die Tür wieder geschlossen und mich umgedreht, als direkt vor mir ein von der Sonne verwöhntes Gesicht auftauchte. Finn. Den einen Fuß hatte er schon auf die erste Stufe gesetzt, hielt aber inne, als er erkannt hatte, wer da aus dem Laden kam.

„Moin Zoe. Na, alles bekommen?" Er musterte erst die große Papiertüte und blickte mir anschließend direkt in die Augen. Seine waren heute tiefblau, und fast kam es mir vor, als hätte sich jemand einen Scherz erlaubt und diese Wechselsteine in sie eingebaut, die, je nach vorherrschender Stimmung, ihre Farbe änderten. In der Grundschule hatten meine damalige beste Freundin und ich Ringe, die mit diesen Teilen bestückt gewesen waren und die unsere Freundschaft symbolisieren sollten. Im Gegensatz zu diesen schienen seine Augen zu funktionieren, nur was dieses dunkle, changierende Blau bedeuten sollte, wusste ich nicht. Heute Morgen beim Frühstück waren sie eine Spur heller gewesen, aber vielleicht bildete ich mir das alles auch nur ein, oder die Farbnuancen orientierten sich am aktuellen Stand der Sonne oder so.

„Hi Finn." Unwillkürlich musste ich schmunzeln, denn seine Augen waren bereits wieder auf meine Tüte gerichtet und machten mittlerweile irgendwie einen leicht gierigen Eindruck. „Darf ich dir einen Frosch anbieten? Ich hätte auch noch saure Schnüre und diese quadratischen flachen Kaubonbons und ..."

„Klingt total verlockend. Darf ich von allem mal probieren?"

„Aber natürlich. Den Laden gibt's ja bestimmt noch nicht allzu lange, also hattest du mit Sicherheit auch noch keine Möglichkeit, dich durch den ganzen Süßkram durchzutesten."

„Ganz genau, und deswegen bin ich dir auch unglaublich dankbar für diese wirklich einmalige Gelegenheit." Sein Gesichtsausdruck hätte jedem treu guckenden Welpen Konkurrenz gemacht, allerdings musste er sich ziemlich zusammenreißen, damit das breite Grinsen, das sich bereits auf seine Lippen gelegt hatte, den Hundeblick nicht komplett zunichtemachte. Wobei auch das seine Wirkung nicht verfehlt hätte, denn er sah gerade mindestens genauso zum Anbeißen aus wie das Zuckerzeug, das ich immer noch an mich presste.

„Ich besorge auch Nachschub, falls ich aus Versehen alles aufesse. Versprochen."

„Sehr löblich, mit so jemandem teile ich gerne", antwortete ich amüsiert und deutete fragend in Richtung des Baumes.

Ein zustimmendes Nicken und ein paar Schritte später saßen wir einträchtig nebeneinander auf einer der Bänke und ließen uns die frische Brise im Schatten um die Nasen wehen, nur die weit geöffnete Tüte zwischen uns. Der Geruch des Windes, der vom nur ein paar hundert Meter entfernten Meer herüber blies und der Duft der warmen Sonnenstrahlen, die hier und da einen Weg durch das dichte grüne Laub über uns fanden, vermischte sich mit dem unserer Kindheit. Mit dem der damals noch öfter vorhandenen Tante-Emma-Läden, in denen alles so wunderbar persönlich war. In denen man für nicht einmal einen Euro gleich zwanzig verschiedene Süßigkeiten bekommen hatte. Mit dem Geruch einer Zeit, an die wir wohl beide gerne zurückdachten, denn während ich auf einem Pfirsichring herumlutschte und er mit den Zähnen eine rote Fruchtschnecke abwickelte, sagte keiner von uns beiden auch nur ein Wort. Gedankenverloren griff ich erneut in die Tüte und erschrak, denn er tat genau dasselbe. Unsere Hände, seine auf meiner, berührten sich für den Bruchteil einer Sekunde, bevor ich die Colaflasche, nach der ich gerade gegriffen hatte, wieder losließ und versuchte, meine Hand schnell unter seiner hervorzuziehen. Wieder hatten wir den gleichen Impuls, denn auch er bewegte seine Richtung Tütenausgang, der allerdings nicht groß genug für uns beide war. Mit einem Ruck riss das Papier und der – glücklicherweise sehr klägliche – Rest purzelte auf das Kopfsteinpflaster unter uns. Wie in Zeitlupe wandten sich unsere Gesichter einander zu, und sofort schlug mein Herz schneller. Viel schneller, als mir lieb war und viel zu schnell dafür, dass doch überhaupt nichts gewesen war. Wenn man in Nürnberg ein paar Haltestellen mit der U-Bahn gefahren war, war man mit mindestens zehnmal so vielen Leuten auf Tuchfühlung gegangen. Andererseits hatten sich bislang bei keiner dieser zufälligen Berührungen, wenn man zur Haltestange griff, die feinen Härchen auf meinen Armen aufgestellt ... Und Herzklopfen hatte ich dabei höchstens bekommen, weil ich befürchtete, ich würde gleich zerquetscht werden, wenn ich nicht sofort aussteigen konnte. Oder waren mir Süßigkeiten jetzt etwa schon derart wichtig, dass mein Körper verrücktspielte, weil ein paar von ihnen im Dreck gelandet waren?

„Tut mir leid, war keine Absicht." Finn sah dermaßen zerknirscht aus, dass er mir schon fast leid tat. „Ich kauf dir neue, warte kurz."

Er war schon aufgesprungen, doch ich hielt ihn zurück. Auf eine Berührung mehr oder weniger kam es jetzt schließlich auch nicht mehr an. Als er meine Finger auf seinem Arm spürte, hielt er sofort in der Bewegung inne. Der Ausdruck, der in seinen Augen lag, drückte auf eine seltsame Art und Weise genau das Gefühl aus, das sich für einen winzig kleinen Moment auch in mir geregt hatte, als ich seine warme Hand auf meiner gespürt hatte.

„Brauchst du nicht, ich bin pappsatt, wirklich."

„Na toll, und ich wollte dich gerade zum Pizzaessen einladen."

„Eins muss man dir lassen, Witze reißen kannste echt gut."

Klar, erst das ganze Zuckerzeug und dann auch noch eine vor Fett nur so triefende Pizza. „Und morgen seh' ich dann sogar in meiner Jogginghose aus wie eine Presswurst."

„Was?"

„Was?" *Ich habe das jetzt nicht laut gesagt. Bitte nicht. Oh Gott!*

„Wieso solltest du aussehen wie eine Presswurst?" Er stand jetzt nicht mehr vor mir wie ein leicht begossener Pudel, sondern hatte sich regelrecht vor mir aufgebaut. Mit in die Hüfte gestemmten Armen und zusammengekniffenen Augen. Natürlich antwortete ich nicht. Was hätte ich auch sagen sollen? Dass ich mich ständig in einem Konflikt befand, weil es mir auf der einen Seite so was von egal war, was andere von mir dachten, auf der anderen aber genau das regelmäßig zu Kopfschmerzen führte? Dass ich gutes Essen liebte und es für mich auch durchaus zu einem lebenswerten Leben dazugehörte, es einfach mal genießen zu dürfen? Nicht einmal Katharina verstand mein Dilemma so richtig, vor allem nicht den Teil, dass es mir peinlich war, mich vor anderen auszuziehen. Auch Matthias hatte immer wieder gesagt, dass ich dann eben einfach nicht so viel essen sollte. Dabei aß ich doch gar nicht mehr als andere und achtete auch darauf, von Franks Waffeln und dem kleinen Ausrutscher eben, der dank Finn ja praktisch nur halb so schlimm gewesen war, mal abgesehen, nicht besonders fettreich zu essen. Und trotzdem nahm ich nicht ab. Was ich auch irgendwie, ganz tief in mir, gar nicht wollte. Nein, am liebsten wollte ich so akzeptiert werden, wie ich eben war. Ich wollte, dass mich jemand liebte, von ganzem Herzen, und zwar auch mit dem einen oder anderen Speckröllchen. Seit wann wurde denn bitte der Wert eines Menschen hauptsächlich und total oberflächlich danach beurteilt, welche Kleidungsgröße er trug? Ach ja, seitdem irgendeiner auf die Idee gekommen war, ein spindeldürres Model in eine Designerklamotte zu stecken und es auf den Laufsteg zu schicken. Ein neues Schönheitsideal war geboren und zog verdammt weite Kreise, und alle eiferten dem nach. Schreckliche Entwicklung, vor allem für die Models selber und die jüngeren Mädels, die durch die Medien ständig vor Augen geführt bekamen, wie sie auszusehen hatten, damit sie gewollt wurden. Und geliebt. Man konnte standhaft bleiben, wie man wollte und diesen Hype für sich einfach ausblenden, spätestens aber, wenn man auf Fremde traf, wurde man wieder daran erinnert. Durch Blicke, die schon beschämend genug waren, und durch Worte, die so verletzten, dass man sich eben irgendwann einfach dadurch zu schützen versuchte, nicht in der Öffentlichkeit zu essen und auf den Spaß am See oder am Strand zu verzichten. Und auf Sex natürlich, aber so weit konnte es ja gar nicht kommen, wenn man seinen neuen Partner bereits vehement zurückwies, wenn er nur mit der Hand unters Shirt wollte.

„Hallo? Erde an Zoe!“

„Ich möcht da jetzt nicht drüber reden, okay?“ Wahrscheinlich klang mein Tonfall abweisender, als ich es beabsichtigt hatte, aber das war wirklich das allerletzte Thema, über das ich mich mit ihm unterhalten wollte.

„Okay. Aber ... also ...“

„Lass gut sein, Finn. Bitte."

Er nickte langsam, doch seine Augen versprühten gleichzeitig kleine Funken, die mich mitten ins Herz trafen. Vielleicht bestand ja wirklich die winzige Möglichkeit, dass er mich ... nun ja ... okay fand, so wie ich aussah? Der Mut, das auszuloten, fehlte mir allerdings, und eigentlich spielte es auch überhaupt keine Rolle. Für One-Night-Stands war ich definitiv nicht zu haben, und für alles andere würden viel zu viele Kilometer zwischen uns liegen. Alleine der Gedanke daran war schon total absurd, schließlich hatten wir uns gerade erst kennengelernt. Obwohl es schon ziemlich intim war, miteinander Leckmuscheln zu lutschen.

„Was hast du eigentlich im Perlenladen gemacht? Hast du deine Glitzerkette verloren und möchtest dir eine neue basteln?"

Wow Zoe, er kann Witze und du kannst schnippisch.

„Komm mit mir surfen."

„Was?! Nein!"

„Bitte."

„Nein."

„Ich verjag alle Fische, egal wie groß und gefräßig sie sind."

„Sehr witzig."

„Das war kein Witz. Ich beschütz dich, versprochen."

Alles an ihm vermittelte, dass das wirklich sein Ernst war. Dass er mich ernst nahm. Und wenn das mein einziges Problem mit diesem blöden Surf-Ding gewesen wäre, hätte ich ja gesagt. Vielleicht wäre ich ihm auch ganz kurz um den Hals gefallen. Wegen der Sache mit den Fischen. Aber je länger wir uns unterhielten, und je länger wir miteinander schwiegen, desto weniger

Ambitionen hatte ich, halbnackt vor ihm herumzuspringen. Spätestens dann nämlich wäre sein Grinsen mit an Sicherheit grenzender Wahrscheinlichkeit nicht mehr so wahnsinnig niedlich und, zugegebenermaßen, auch ein bisschen verführerisch, sondern spöttisch. Genau wie bei dem blöden Matthias damals.

„Trotzdem nicht. Also, Perlenladen?"

„Erzähl ich dir, wenn du auf dem Brett stehst."

„Eigentlich interessiert es mich gar nicht. Kann ja jeder das basteln, was er will."

Seine Schultern sanken ein Stückchen nach unten, während er versuchte, mit der Spitze seines Schuhs einen Kirschlutscher unter der Bank hervor zu angeln. „Du bist furchtbar hartnäckig, Zoe."

„Ich weiß, dafür bin ich berühmt und berüchtigt. Und es scheint so, als stündest du mir da in nichts nach." Ich war aufgestanden und drehte mich in Richtung des schmalen Gässchens neben der Eisdiele, durch das ich auf den Platz gekommen war. „Magst du vielleicht noch ein paar Meter mitkommen?"

Er schüttelte den Kopf und bückte sich, um die klebrigen, mit kleinen Steinchen gespickten Süßigkeiten aufzuheben. „Nee, ich muss los", antwortete er und deutete in die entgegengesetzte Richtung.

„Surfstunde, hm?"

„So ähnlich." Sein Lächeln zum Abschied wirkte ein wenig melancholisch, und ich war mir ziemlich sicher, dass wir uns in diesem Augenblick zum letzten Mal gesehen hatten.

7

Mir war nicht danach zumute, mich alleine in mein gemietetes Häuschen zu setzen und dort fernzusehen, und auch die Aussicht auf weitere unproduktive Stunden vor dem Laptop frustrierte mich schon beim Gedanken daran. Also beschloss ich, mir einen Kaffee zu kaufen und danach bei der Touristeninformation im Rathaus vorbeizuschauen. Mit Sicherheit gab es dort Broschüren mit Ausflugstipps und anderen Dingen, mit denen man hier die Zeit totschlagen konnte. Und wenn ich damit beschäftigt wäre, mir die Gegend anzugucken, hätte ich weniger Zeit, um über Dinge nachzudenken, über die ich nicht nachdenken wollte.

Der Servicepoint der Touristeninformation war im Erdgeschoss des, im Gegensatz zu den anderen Häusern rund um den Platz, recht imposanten Gebäudes untergebracht. Laut der polierten Messingtafel, die neben dem Eingang an der hübschen Klinkerfassade angebracht war, war es im Jahr 1918 unter Denkmalschutz gestellt worden. Auch im Inneren dominierte der Altbaucharme des letzten Jahrhunderts das gesamte Erscheinungsbild. Die hellen Steinböden glänzten wie frisch gebohnert, und an den gekalkten Wänden waren alte Gemälde hiesiger Maler und gerahmte Schwarz-Weiß-Fotografien aus den sechziger Jahren angebracht, die den Besuchern einen Eindruck davon vermittelten, wie das kleine Nienersiel früher ausgesehen hatte. Dunkel gebeizte, meterlange Eichenbalken dienten als Ständerwerk für die mit farbenfrohen Ornamenten reich verzierte Decke, und an der langen Wand im hinteren Bereich konnte man in Schaukästen die Werke einer regional sehr bekannten Künstlerin bewundern. So hieß es zumindest auf dem riesigen quietschbunten Plakat, das über der Ausstellung an dünnen Stahlseilen von der Decke herabhing. Der Ständer mit den zahlreichen Broschüren stand neben dem Aufgang einer breiten Holztreppe, deren etwas abgenutztes Geländer aussah wie von Hand geschnitzt und die in den oberen, den Bürgern der Stadt und ihren Belangen vorbehaltenen Bereich führte.

Es hatten einige Leute den Weg hierher gefunden. So verschwitzt, wie sie teilweise aussahen, wohl vorrangig wegen der angenehmen Kühle, die hier herrschte.

Gerade als ich meine Hand nach einem mehrfach gefalteten Flyer ausstreckte, auf dessen Vorderseite ein Vogel mit weit nach hinten abstehenden Kopffedern abgedruckt war, hörte ich ein fröhliches Lachen, das wirklich unverwechselbar war. Noch bevor ich mich umdrehen konnte, spürte ich eine kleine warme Hand auf meiner Schulter.

„Moin Zoe! Schön, dich zu sehen."

„Hallo Anneliese, ja, ich ..."

„Ah, die Vogelwarte? Sehr interessant da, kann ich nur empfehlen." Die ältere Frau nickte heftig mit dem Kopf, um ihre Worte noch zu untermauern. „Das da ist übrigens ein Kiebitz." Sie tippte mit dem Finger auf das Foto des Vogels. „Der ist stark gefährdet."

„Oh, wirklich? Werden ja leider immer mehr, die auf der Liste landen."

„Ist auch kein Wunder, die legen hier ja eine Wiese nach der anderen trocken."

„Ach, die leben im Gras?"

„Nun ja, ist ja ein Wiesenvogel, nich? Und am liebsten brütet der in feuchten Gebieten. Geh ruhig mal dahin, da erfährst du das alles. Aber mal was anderes ... Edda hat erzählt, dass du bei ihr lernen möchtest, wie man Perlen macht?"

Wow, der Buschfunk funktioniert hier ja wirklich genauso tadellos, wie ich vermutet hatte.

„Ähm ... na ja, eigentlich hat sie mir das nur angebo..."

„Mach das ruhig, das ist total entspannend. Also, findet sie zumindest, ich hab das ja noch nie versucht."

„Anneliese, ich weiß gar nicht, ob ich das überhaupt ..."

„Natürlich machst du das, das wird bestimmt toll!"

Oh ja, vor einer Flamme zu sitzen, die über tausend Grad erreichte, war mit Sicherheit richtig toll. Im Winter vielleicht. Allerdings wusste ich jetzt, woher Finn das mit den funkensprühenden Augen hatte, denn als Anneliese sich bei mir einhakte, schienen ihre Augen förmlich zu glühen.

„Aber du wohnst doch hier, warum hast du dir das denn nicht schon längst zeigen lassen?"

„Mir hat sie das noch nie angeboten. Kannst dich also geehrt fühlen. Und jetzt gehen wir ein Eis essen, ja?" So resolut, wie sie dabei guckte, waren Widerworte jeglicher Art wohl vollkommen zwecklos, und so ergab ich mich in mein, zugegebenermaßen ziemlich leckeres, Schicksal.

***

Die nächsten beiden Tage verbrachte ich größtenteils damit, entweder auf dem Sofa herumzulümmeln und irgendwelche Serien anzuschauen oder auf der Terrasse zu sitzen und mir den Wind ins Gesicht wehen zu lassen. Nur mittags verschwand ich im Haus, weil selbst die Böen keine Abkühlung mehr brachten, wenn die Sonne hoch oben am Himmel stand und gnadenlos alles versengte, was sich in Reichweite ihrer Kraft befand.

***

Am Abend meines vierten Tages hier streifte ich, kurz bevor die Geschäfte schlossen, meinen Schlafanzug ab und quälte mich in meine Jeans, um in den Tante-Emma-Laden zu eilen und mit Fenja die Kunststoffboxen zu plündern. Schon bei meinem zweiten Besuch nämlich packte sie mir gar nichts mehr in eine Tüte, sondern winkte mich ganz aufgeregt und auch ein bisschen so, als würden wir jetzt gleich etwas Verbotenes machen, hinter ihre Theke und öffnete die Klappdeckel. Erstaunt sah ich ihr dabei zu und nahm natürlich die Zange, die sie mir in die Hand drückte, nicht an. Als sie mich allerdings quasi dazu zwang, die Hände geöffnet aneinanderzulegen, mir eine ganze Ladung saurer Apfelringe hineinschaufelte und mich dabei ziemlich bestimmt, um es milde auszudrücken, dazu aufforderte, mir endlich ein paar davon in den Mund zu stecken, weil sonst kein Nachschub mehr hineinpassen würde, gab ich dem lachend nach. So knieten wir jetzt jeden Abend in ihrem Laden auf dem Boden, und während sie mir Geschichten von früher erzählte, rupften wir Schnuller entzwei, steckten unsere Zungen in runde Brausetaler und machten den grünen Gummifröschen und bunten Schlangen den Garaus. Manchmal musste ich dabei an Finn denken. Nur ganz kurz, aber doch immer wieder. Und dieses *immer wieder* war bedeutend öfter, als mir lieb war.

Abends dann, wenn ich wieder im Ferienhäuschen war, sprang ich schnell unter die Dusche und machte mich danach auf den Weg zum Strand oder bestellte mir eine Pizza, die sogar hier draußen bis vor die Tür geliefert wurde. Ein schrecklich fettiges Teil, das so unvergleichlich lecker war, dass ich es schon jetzt wirklich schmerzlich vermisste, wenn ich an Nürnberg und mein Zuhause dort dachte. Vielleicht war es sogar die allerbeste Pizza, die ich jemals gegessen hatte. Nichts gegen Enzo, aber der Teig von der, die es hier gab, war einfach ein Gedicht.

Bevor ich mich ins Bett verkrümelte und mir das leichte Bettlaken trotz der Hitze, die noch mindestens bis Mitternacht im Schlafzimmer herrschte, bis zur Nasenspitze hochzog, telefonierte ich noch mit Katharina, die ganz begierig darauf war, mehr von Finn zu erfahren.

„Was soll ich dir denn da erzählen? Ich hab ihn doch gar nicht mehr gesehen."

„Ja klar, weil du ihn voll abgewiesen hast! Du bist echt unmöglich, weißt du das? Ich würd mich an seiner Stelle auch nicht mehr bei dir blicken lassen." Sie klang ehrlich entrüstet, und ich konnte sie – und ihn – ja auch irgendwie verstehen. Aber was hätte ich denn tun sollen?

„Frag doch einfach mal diese nette ältere Frau. Das ist doch seine Mutter, oder? Die sagt dir bestimmt, wo er wohnt, und dann gehst du zu ihm und entschuldigst dich."

„Vergiss es, das mach ich bestimmt nicht. Und ich wüsste auch nicht, wofür. Ich hab schließlich nur sein Angebot abgelehnt."

„Mann Zoe, darum geht's doch gar nicht! Er hat dich quasi um ein Date gebeten, und du hast ihm einen Korb gegeben."

„Du spinnst ja komplett. Warum enden unsere Gespräche momentan eigentlich immer damit, dass ich keine Lust mehr hab, mit dir zu reden?"

„Weil du die Wahrheit nicht hören willst. Ach ... und Zoe, du klingst total entspannt, seitdem du da oben bist. Gefällt dir wohl doch, hm?

„Nein, tut es nicht. Es ist stinklangweilig, und ich bin froh, wenn ich dich wieder an der Backe hab. Und übrigens ... du hattest absolut Unrecht damit, dass ich nur irgendwohin fahren muss, damit ich mit meinem Buch weiterkomme. Es tut sich nämlich überhaupt nichts."

„Das wollte ich auch nicht damit bezwecken. Zumindest nicht vorrangig", entgegnete sie mit einem Schmunzeln in der Stimme.

„Hä? Hast du aber doch gesagt."

„Und du meinst immer genau das, was du sagst, ja?"

Für einen Augenblick war nichts als Stille in der Leitung.

„Glaub ich nicht. So, und jetzt geh Wellen gucken oder so was, Theo kommt gleich vorbei. Hab dich lieb, Zoe."

Bevor ich fragen konnte, wer Theo denn schon wieder war, hatte sie einen Kuss in den Hörer geschmatzt und aufgelegt.

Ich ging nicht an den Strand, um mir die Wellen anzuschauen, sondern ins Bett. Während ich durchs weit geöffnete Fenster hindurch dem sanften Pfeifen des Windes lauschte und nicht weit entfernt eine Eule rief, schlich sich ein Paar tiefblauer Augen in meine Gedanken. Und ein Lächeln, das das Potenzial dazu hatte, mir schlaflose Nächte zu bescheren. Nein, höchstwahrscheinlich hatte Katharina recht. Man sagte nicht immer das, was man meinte. Und manchmal gestand man sich noch nicht einmal zu, das, was man meinte, zu denken. Weil dadurch alles viel komplizierter werden würde, als man es haben wollte. Und weil man Angst davor hatte, die Schutzbarriere, die man in mühevoller Kleinstarbeit errichtet hatte, einstürzen zu sehen, ohne dass man etwas dagegen tun konnte. Doch was tat man denn, wenn man merkte, dass sie vielleicht bereits klammheimlich angefangen hatte, kleine Risse zu bekommen und deswegen durchaus die Gefahr bestand, dass sie irgendwann anfing, zu bröckeln? Die Luft hier tat mir wirklich nicht gut.

***

Am nächsten Morgen stand ich früher auf, als es in den letzten Tagen der Fall gewesen war, weil Anneliese zum Frühstück vorbeikommen wollte. Und wenn ich ehrlich war, freute ich mich sogar darauf. Sie war unglaublich herzlich und ihre Fröhlichkeit schien jedes Mal sofort auf mich überzuspringen, sobald ich ihr nur ins Gesicht sah. Der Tisch auf der Terrasse war gedeckt und die Aufbackbrötchen, die ich am Tag zuvor gekauft hatte, dampften in dem verschnörkelten Brotkorb neben der Butter und dem Glas mit der Erdbeermarmelade vor sich hin. Ich war gerade dabei, in der Küche zwei Tassen zu füllen – meine mit starkem Kaffee und Annelieses mit ihrem geliebten Tee, den ich sogar so, wie es sich hier oben gehörte, auf dem Herd aufgekocht und nicht den Wasserkocher dafür benutzt hatte – als es leise an der Scheibe der Terrassentür klopfte.

„Guten Morgen Anneliese, bin gleich fertig! Setz dich ruhig schon“, rief ich gut gelaunt durchs Wohnzimmer, stellte die Kanne auf der Arbeitsplatte ab und nahm die beiden Tassen. Je näher ich der Glastür kam, desto merkwürdiger fühlte ich mich. Seit wann blieb sie denn tatsächlich einfach draußen, ohne mir zumindest ihr schallendes Gute-Laune-Moin entgegenzuwerfen? Langsam, damit die Tassen nicht überschwappten, trat ich über die Türschwelle.

„Moin Zoe.“

Das war definitiv keine fröhliche, glockenhelle Frauenstimme, sondern ...

„Was machst *du* denn hier?“

Im Stuhl, auf dem ich eigentlich Anneliese erwartet hatte, hatte Finn es sich bequem gemacht. Gut, bequem war vielleicht ein bisschen übertrieben, denn er saß mit aufrechtem Rücken und ohne dass er auch nur annähernd die Lehne berührte dort.

„Du hast eine komische Art, deine Freude auszudrücken“, schmunzelte er. „Ich bin die Vertretung, meiner Mutter ist was dazwischengekommen.“

„Aha. Sie hat mir gar nicht Bescheid gesagt.“

„War auch ziemlich kurzfristig.“ Sein Lächeln war nicht schief oder anderweitig irgendwie aufgesetzt, sondern aufrichtig. Und es strahlte mir direkt ins Gesicht. „Ich hoffe, das ist okay für dich?“

Oh ja, Finn, das ist es.

„Na ja, wenn sie nicht kann ... die Brötchen schaff ich eh nicht alle alleine.“

„Sehr gnädig, Madame, haben Sie vielen Dank. Ist der für mich?“ Zum Glück griff er nach der Teetasse und nahm einen großen Schluck. Fast gleichzeitig fing er an, fürchterlich zu husten. „Verdammt, der ist kochend heiß!“

„Ja klar, was dachtest du denn? Wenn ich gewusst hätte, dass du kommst, hätte ich ihn kalt aufgegossen.“

„Bitte denk das nächste Mal dran, ja?“ Mit betont ernster Miene biss er sich mit den Zähnen auf der Zunge herum. Wahrscheinlich, um den Schweregrad seiner Verbrühung zu untermauern.

„Aber selbstverständlich. Ich hab gesehen, dass im Kurhaus Kurse angeboten werden, vielleicht gibt's da auch *Wie koche ich Tee für Weicheier.*“

„Sehr witzig, Zoe. Hier, guck doch mal ...“ Er streckte mir seine Zunge entgegen, und als er auch noch furchtbar wehleidig „Die if ganf gefwollen“ lispelte, konnte ich nicht anders, als laut loszuprusten.

„Typisch Mann“, brachte ich lachend hervor, beugte mich zu ihm hinüber und tätschelte seine Wange, wie es meine Oma immer getan hatte, wenn ich mir früher das Knie aufgeschlagen hatte.

Es wirkte, denn auch seine Mundwinkel, die er krampfhaft versucht hatte zu kontrollieren, hoben sich. „Okay, das geht hier definitiv in eine völlig falsche Richtung“, grinste er.

„Was wäre denn die richtige?“

Meine Güte, was war denn nur mit mir los? Saß ich wirklich hier und flirtete mit ihm? Mit dem attraktivsten Mann, der mir in den letzten Jahren untergekommen war? Sonst bekam ich den Mund nicht einmal bei den Männern auf, die weniger meinem äußerlichen Geschmack entsprachen, und dieses Exemplar hier war noch dazu total sympathisch! Oder vielleicht gerade deswegen? Weil er eben nicht den Eindruck erweckte, aus diesem Macho-Holz geschnitzt zu sein, das immer mehr das verdrängte, aus dem die liebevollen, aufmerksamen Männer gemacht waren?

„Die richtige? Na ja, auf jeden Fall sollten wir schnellstmöglich klären, wer hier das Weichei ist.“

Okay, falsch gedacht. Von wegen liebevoll ...

„Mal abgesehen davon, dass das schon längst geklärt ist ...“, mein Blick heftete sich auf seine Mundregion, „... wie gedenkst du, das zu klären? Also, damit du endgültig einsiehst, dass in dieser Hinsicht du derjenige bist, der auf dem Siegertreppchen steht?“

Sein Grinsen wurde noch breiter. Während er wieder aufstand und lässig zu den Treppenstufen schlenderte, die hinunter zum Strandweg führten, brannte die Vormittagssonne ein bisschen heißer auf meine nackten Schultern, als sie es noch vor ein paar Sekunden getan hatte. Ich reckte mich, um sehen zu können, was er vorhatte, als er sich zur Seite beugte und das, was bis eben noch ans Geländer gelehnt war, hervorzog.

„Vergiss es!“, rief ich, als ich erkannt hatte, was es war und sprang auf. „Finn, echt jetzt. Ich hab dir gesagt, dass ich das nicht tun werde.“

„Und ich hab dir gesagt, dass ich dich vor allem beschütze, was dir zu nahe kommen könnte.“

Wenn du das nur könntest … „Trotzdem nicht.“

„Und guck mal, Anfänger müssen immer das hier über die Klamotten ziehen. Damit sie immer wieder nach oben kommen, wenn sie vom Brett fallen.“ Er ließ das Surfbrett los, griff nach einem großen Jutebeutel, den er über eine Strebe des Geländers gehängt hatte, und zog etwas heraus, das wie die Bespannung eines riesigen Regenschirms aussah.

„Das ist jetzt nicht dein Ernst, oder?“

„Oh doch, und zwar mein voller Ernst. Komm schon Zoe, das Wetter ist perfekt, und der Strand hier ist komplett leer. Die sind alle vorne an der Promenade.“

„Finn, lass endlich diesen verdammten Hundeblick!“

„Wieso? Bei den Süßigkeiten hat's doch auch geklappt.“

Mit riesengroßen, unschuldigen Augen und leicht vorgeschobener Unterlippe blickte er vom Geländer zu mir herüber. Das tiefe, unergründliche Blau blitzte, und sein Lächeln war so zuckersüß, dass ich förmlich dahinschmolz.

„Ich hab nicht mal gefrühstückt“, maulte ich, doch auch diese Ausrede ließ er nicht gelten. Er sprintete die paar Schritte zum Tisch, warf mir den Beutel mit dem Stofffetzen in den Schoß und nahm zwei Brötchen aus dem Korb. „Du ziehst dich um und ich sorge für die Wegzehrung.“

„Aber mit dem Teil schwitzt man sich doch alles ab!“ Ich verdrehte meine Augen theatralisch, als ich den Beutel in die Höhe hielt.

„Du wirst oft genug im Wasser landen, und der Stoff ist superdünn. Ach ja ... er klebt übrigens nicht am Körper fest, sondern bleibt luftig, auch wenn er nass ist.“ Er bestrich das erste Brötchen ohne aufzublicken mit viel zu viel Marmelade. Mit einem winzigen Lächeln auf den Lippen ergab ich mich meinem Schicksal.

8

„Klasse Zoe, und jetzt paddeln!“

Eine Welle war direkt hinter uns gebrochen, und als deren weißer Schaum das Board, auf dem ich bäuchlings lag, mit einem Ruck erfasst hatte, fing ich an, mit beiden Händen wie ein Hund links und rechts vom Brett im Wasser zu paddeln. Ich spürte, wie mein Board mit der auslaufenden Welle in Richtung Strand trieb und mich einfach so, ganz ohne Anstrengung, mit sich trug. Finn war direkt neben mir und löste sein Versprechen in jeder Sekunde ein, die wir hier im Meer verbrachten. Er scannte ununterbrochen die Wasseroberfläche – wenn er nicht gerade damit beschäftigt war, mir Tipps zuzurufen und mir den einen oder anderen unergründlichen Blick zuzuwerfen – und mir war es vollkommen egal, ob er das tat, um für mich geeignete Wellen entdecken zu können oder eventuelle Gefahren nicht-tierischer Natur rechtzeitig bemerken zu können. Für mich war glasklar, dass er nur darauf fokussiert war, jeden größeren Fisch, der in unsere Richtung unterwegs war, sofort zu vertreiben und ihn im Notfall selbstverständlich auch abzuwehren, bevor er mich fressen könnte.

„Du bist ein Naturtalent, unglaublich!“, rief er und schenkte mir ein strahlendes Lächeln. „Und bei der nächsten versuchst du mal aufzustehen. Wenn du den Ruck spürst, einfach beide Arme gleichzeitig ausstrecken und in die Hocke gehen und dann so weit hoch, wie du dich traust."

Pah, so weit hoch, wie ich mich traute! Wäre ja wohl gelacht, wenn ich die nächste Welle nicht im Stehen mitnehmen würde, so schwer konnte das ja nicht sein. Ich war beim Paddeln nicht vom Board geflogen und hatte von Anfang an das Gleichgewicht halten können, also würde ich das auch schaffen, wenn ich nicht platt wie eine Flunder dalag.

„Pass auf, Zoe! Gleich ist es so weit!"

Das war mein Stichwort. Sofort breitete ich ganz cool, als hätte ich nie etwas anderes getan, meine Arme aus und sprang auf. In dem Moment wurde mein Brett von der Wucht der Welle nach vorne geschleudert. Als ich wieder auftauchte, fand ich mich in gurgelndem und glucksendem weißen Schaum wieder.

Finn, der sein Brett hinter sich herzog, kam durchs hüfthohe Wasser auf mich zu gewatet. Als er mich erreicht hatte, fasste er mich um die Taille und hielt mich fest, damit ich nicht gleich wieder untertauchte. Meine Beine fühlten sich an wie Wackelpudding. Ich wusste nicht, ob das meiner maßlosen Selbstüberschätzung und dem mit Sicherheit ziemlich ungalanten Abgang geschuldet war oder doch eher der Tatsache, dass sich sein fester und gleichzeitig doch so vorsichtiger, behutsamer Griff so wahnsinnig gut anfühlte. Der Sog des Wassers, das zurück ins offene Meer strömte, zerrte an meinen Beinen, doch er hielt mich so fest, dass ich nicht einmal ins Schwanken geriet. Unsere Blicke trafen sich. Auf einmal lag in seinen Augen nicht mehr dieser verschmitzte Ausdruck, den sie so oft zeigten, sondern etwas, das viel tiefer war, als es alles andere hätte sein können. Eine Sehnsucht, die sich in mein Herz bohrte, dass es schmerzte. Noch nie zuvor hatte ich einen Menschen getroffen, dessen Augen das spiegelten, was sich in seinem Innersten abspielte, und das mit einer solchen Klarheit, dass ich es körperlich fühlen konnte. Dass der Kampf, den derjenige mit sich selbst ausfocht, auch mich erfasste. Mich so mitnahm, dass ich nichts anderes tun konnte, als mich an ihm festzuhalten und einfach nur zuzulassen, dass es mich berührte.

Die nächste Welle rollte mit einem Rauschen herbei. Als wäre ich elektrisch aufgeladen, ließ Finn mich schlagartig los. Mit brechender Stimme forderte er mich auf, es noch einmal zu versuchen und half mir erneut, mein Surfbrett zu erklimmen. Was sich alles andere als einfach gestaltete, doch obwohl kein Zuschauer die Ähnlichkeit zwischen mir und einer strampelnden Schildkröte hätte verleugnen können, verzog sich sein Gesicht nicht zu einem süffisanten oder gar abwertenden Grinsen. Er blieb an meiner Seite, und obwohl der traurige, sehnsüchtige Blick von eben schlagartig wieder verschwunden war, hatte sich irgendetwas an ihm verändert. Ich konnte nicht sagen, was genau es war, aber vielleicht wollte ich es auch gar nicht wissen.

Auch bei den nächsten Wellen verpasste ich den richtigen Zeitpunkt, um mich aufzurichten und plumpste unbeholfen ins Wasser zurück. Jedes Mal war Finn bei mir, noch bevor ich prustend und Salzwasser spuckend wieder auftauchte. Dieses deckenartige Ding, das er mir als Anfängerkleidung verkauft hatte, versteckte nicht nur meine Speckpölsterchen, so dass ich nicht ständig darauf achten musste, mich so zu bewegen, dass sie nicht allzu auffällig waren, sondern gab mir unter Wasser wirklich Auftrieb. Jedes Mal wurde ich fast schwerelos wieder an die Oberfläche gezogen.

Feixend ließ auch er sich vom Brett fallen, direkt neben mich ins flache Weißwasser. Lachend tauchten wir gleichzeitig wieder auf.

„Finn, ich kann nicht mehr!", japste ich und legte meine Arme aufs Surfbrett, das vor mir trieb und auf die nächste Welle wartete. Für mehr fehlte mir die Kraft. Nicht einmal meinen Oberkörper konnte ich mehr hochziehen. Allmählich begann ich allerdings zu verstehen, warum er und so viele andere das Surfen so liebten und es schon fast als ein Lebensgefühl ansahen. Doch für meinen Geschmack hatte ich eindeutig zu viel Kontakt mit dem Wasser, über das ich doch eigentlich gleiten sollte. „Das ist echt super anstrengend!"

Sein Kopf tauchte neben mir auf, und während er sich mit beiden Händen durch die nassen Haare fuhr, blitzten seine blauen Augen wieder auf. An seinem braungebrannten Körper rannen Wassertropfen hinab, während die heiße Mittagssonne auf uns herabbrannte. Überall um uns herum funkelten die reflektierenden Strahlen, die sich auf der Wasseroberfläche brachen und zu einem endlosen Glitzermeer wurden.

„Ja, man muss schon einigermaßen fit sein." Er lachte, als er das sagte.

So sehr ich auch danach suchte, ich konnte keinen einzigen Anhaltspunkt dafür finden, dass irgendetwas Schnippisches dahintersteckte. Weder in seinen Worten, noch in dem, was er damit zum Ausdruck brachte.

Matthias hätte wahrscheinlich das gleiche gesagt, allerdings ziemlich passiv-aggressiv. Manchmal hatte er den passiven Teil auch einfach weggelassen und mir, so ganz und gar nicht durch die Blume, mitgeteilt, dass ich für dieses oder jenes eben einfach nicht geeignet war, weil ich nicht sportlich genug und auch zu pummelig dafür wäre. Und Finn? Er sagte, dass man fit sein musste, weil es eben einfach so war. Ohne Hintergedanken und geradeheraus. Mit einem kleinen, lieb gemeinten Lächeln im Gesicht.

Gemeinsam ließen wir uns von den sanfter werdenden Wellen an den Strand treiben, wobei er die Steuerung übernahm und sein eigenes Brett hinter sich herzog. Ich konzentrierte mich lediglich darauf, dass meine Unterarme nicht vom Brett rutschten. Jeder, der Titanic gesehen hatte, wusste schließlich, was passierte, wenn man es losließ. Ich wollte generell und niemals in den Weiten des Ozeans – oder der Nordsee, das war meiner Meinung nach Jacke wie Hose – verschwinden, aber jetzt gerade, in genau diesem Moment, erst recht nicht. Zum allerersten Mal gestand ich mir selbst ein, dass ich seine Nähe genoss. Dass ich mich wohlfühlte, obwohl ich wie ein nasser Sack neben ihm hing. Vorhin, als er mich um die Taille gefasst hatte, damit ich nicht unterging ...

Theoretisch hätten wir auch einfach laufen können, denn meine Surfversuche hatten ja im seichten Wasser stattgefunden. Allerdings befanden sich meine Beine weiterhin im Aggregatszustand Wackelpudding. Dass Finn auf den paar Metern, die wir bis zum Wellensaum zurücklegen mussten, in jeder Sekunde mindestens einmal zu mir herüberschielte, machte das Ganze nicht besser.

Ziemlich außer Puste ließ ich mich in den trockenen, herrlich warmen Sand fallen, und Finn tat es mir gleich. Er allerdings sah nicht aus wie kurz vor einem Kreislaufkollaps. Er schaffte es auch, aufrecht sitzen zu bleiben. Ich dagegen hatte mich komplett in die Horizontale begeben und war so fertig, dass ich nicht einmal einen Gedanken daran verschwendete, wie lange ich später unter der Dusche wohl brauchen würde, um meine Haare, die sich rund um meinen Kopf im Sand kringelten, von all den feinen Körnchen zu befreien.

„Sorry, dass ich mich so doof angestellt hab."

„Was hast du? Also bitte, ich hab doch vorhin schon gesagt, dass du ein Naturtalent bist." Er saß im Schneidersitz neben mir und drehte seinen Körper ein Stückchen, sodass seine Knie fast meine Hüfte berührten. „Glaub mir, die Wenigsten nehmen die Wellen gleich in der ersten Stunde auf dem Meer mit, und du warst schon echt kurz davor."

„Du bist ein Schleimer, Finn." Himmelherrgott, wie süß er mit diesem vollkommen übertriebenen, unschuldigen Grinsen aussah ...

„Ich bin nur ehrlich."

„Schon klar. Pass auf, dass du nicht ausrutschst, wenn du aufstehst", erwiderte ich schmunzelnd.

„Ich halt mich einfach an dir fest."

„Und dann rutschen wir zusammen, oder wie?"

„Genau. Geteiltes Leid und so."

Er verstummte und wandte seinen Blick wieder Richtung Horizont. Das Meer war augenscheinlich noch ruhig, nur ganz vereinzelt konnte man weit draußen weiße Schaumkrönchen auf den mehr oder weniger aufgewühlten Wellen ausmachen. Die Flut hatte begonnen und Zentimeter für Zentimeter eroberte sich das Wasser das Watt zurück. Hoch über unseren Köpfen zogen Möwen ihre Bahnen am wolkenlosen hellblauen Himmel, und hin und wieder drang ihr Kreischen durch den auffrischenden Wind bis zu uns herunter. Das trockene Gras in den Dünen hinter uns raschelte, und irgendwo weit entfernt bellte ein Hund. Immer wieder musterte ich Finn verstohlen, doch nach wie vor hatte er sein Gesicht dem Meer zugewandt. Die gleißend helle Sonne, die mittlerweile ihren höchsten Punkt überschritten hatte, strahlte mit solch einer Kraft, dass es langsam unangenehm und trotz des auffrischenden Windes, den die Flut mit sich brachte, viel zu heiß wurde. Auch Finn rutschte unruhig im Sand herum und setzte mehrmals dazu an, etwas sagen zu wollen, presste aber sofort danach seine Lippen wieder fest aufeinander. Vielleicht wollte er sich genauso wenig verabschieden wie ich mich, denn wer wusste schon, ob wir in den nächsten Tagen noch einmal die Gelegenheit haben würden, so viel Zeit miteinander zu verbringen. Falls er das überhaupt wollte.

„Zoe ...", fing er an und holte tief Luft. Mein Name aus seinem Mund klang auf einmal irgendwie bedeutungsvoll, und ich wartete gespannt, was folgen würde.

„Ich würde gerne ... also, wenn du ... oh Mann."

Wieder sog er die salzige Luft in seine Lungen und straffte dabei seine Schultern. Seine ganze Körperhaltung verriet, dass er innerlich mit sich rang. Just in dem Moment, als ich ihm sagen wollte, dass es vollkommen okay wäre, wenn wir das mit dem Surfen in Zukunft einfach bleiben ließen, sprach er weiter. „Hast du morgen Abend schon was vor?"

Mein Herz fing wie wild an zu klopfen. Trotz der glühenden Sonnenstrahlen stellten sich die feinen Härchen an meinem ganzen Körper auf. Eine Verabredung mit ihm war das Letzte, was ich erwartet hätte, zumal er bis gerade eben den Eindruck erweckt hatte, sich der Situation und der Stille, die zwischen uns lag, irgendwie entziehen zu wollen.

„Du hast Gänsepelle." Er deutete auf meinen Arm, und ich hoffte inständig, dass er seine Augen nicht zu meinen Schienbeinen würde wandern lassen. Schnell und so unauffällig wie möglich zupfte ich an den hochgerutschten Bündchen meiner klatschnassen Jogginghose herum und schwor mir innerlich, später nicht nur Süßkram zu kaufen, sondern auch ein paar von diesen Einwegrasierern.

„Du willst nach dem Desaster gerade eben echt ein Date?"

Himmel, Zoe, halt doch einfach mal die Klappe!

„Welches Desaster denn?" Sein Brustkorb hob und senkte sich schneller als zuvor. „Und ja, möchte ich. Also ... natürlich nur, wenn du ..."

„Okay", fiel ich ihm ins Wort, bevor er es sich hätte anders überlegen können.

„Gut. Ich hol' dich ab. Um sieben?"

Meine Bemühungen, ganz cool und gelassen zu wirken, blieben erfolglos, denn mein Kopf nickte von ganz alleine viel schneller, als ich es zugelassen hätte, wenn ich es in diesem Augenblick noch hätte steuern können.

Nachdem wir die beiden Surfbretter an die Bude in den Dünen, die ihm als Basis für seine kleine Surfschule diente, gelehnt hatten, brachte er mich noch bis ans Gartentürchen des *Friesenhuus*. Unsere Verabschiedung wirkte etwas gestelzt, da keiner von uns beiden wirklich wusste, was er sagen oder wie er sich verhalten sollte. Etwas unbeholfen nahm er mich schließlich kurz in den Arm und hielt mich vielleicht eine klitzekleine Spur zu lange fest. Doch dieses winzige Bisschen, diese zwei Sekunden, zeigte mir, dass er das, was er gesagt hatte, ernst meinte. Und auch alles andere. All das, was er nicht ausgesprochen hatte.

9

Finn

Wie verletzlich sie vorhin ausgesehen hatte, als sie, in das zweckentfremdete Schwungtuch gehüllt, vor mich getreten war. Es hatte mir wehgetan, sie so zu sehen, obwohl ich sie kaum kannte. Wovor versteckte sie sich bloß? Sie schien so tough und lebenslustig, doch sobald es auch nur annähernd um sie selbst ging, um ihren Körper, machte sie dicht. Dabei hatte ich selten eine so attraktive Frau gesehen, wie sie es war. Okay, ich war noch nie jemand gewesen, der nur auf Äußerlichkeiten achtete, aber auf den ersten Blick konnte man ja schließlich nur danach beurteilen. Sie hatte mir auf Anhieb gefallen, schon als ich ihre Silhouette damals abends am Strand gesehen hatte. Und das hatte sich nur noch bestätigt, als ich ihr morgens dann die Brötchen gebracht hatte. Natürlich würde ich ihr nicht sagen, dass diese komische schlabberige Hose, die sie immer trug, nicht wirklich etwas von ihr verdeckte. Auf keinen Fall wollte ich, dass sie sich in meiner Gegenwart unwohl fühlte. Doch das, was ich bisher gesehen hatte, war wunderschön. Und vorhin im Wasser, als ich quasi unbeabsichtigt auf Tuchfühlung gegangen war, hatte ich das auch fühlen können. Dieses Kribbeln, das sich in dem Moment in mir breitgemacht hatte, als ich sie berührte … Ich hatte nichts dagegen tun können, war machtlos gegen das gewesen, was sie in mir auslöste. Sie hatte es überhaupt nicht nötig, auch nur eine einzige Stelle von ihr vor irgendjemandem zu verstecken. Einfach weil sie perfekt war. Auf der anderen Seite war ich trotzdem froh, dass ich mit meiner Idee scheinbar ins Schwarze getroffen hatte, denn sonst hätten wir diese Stunden nicht miteinander verbringen können. Und Marie würde mir hoffentlich verzeihen, dass ich ihr das Sprungtuch geklaut hatte. Niemals wäre Zoe sonst mit mir an den Strand gekommen. Ihr Lachen war einfach unglaublich, und wenn sie mich mit ihren strahlenden Augen und diesem süßen Blick angrinste, dann bekam ihre Stupsnase winzige Kräuselfalten zwischen den Sommersprossen. Als sie sich vorhin verlegen ihre langen Locken hinters Ohr gestrichen hatte, die in der Sonne leuchteten wie der feuerrote Himmel beim Sonnenuntergang, obwohl sie sich in klatschnassen Strähnen über ihre Brüste legten, dann …

Mensch, was war das denn bloß? Ich hatte mir geschworen, dass ich mich niemals wieder verlieben würde. Ihretwegen. Und wegen Marie. Marie … was hatte ich nur getan?

Wollte ich ernsthaft mit einer Frau ausgehen, die in zehn Tagen wieder aus meinem Leben verschwunden wäre? Der ich nicht einmal sagen, geschweige denn zeigen konnte, wer ich wirklich war? Ich müsste alles vor ihr verheimlichen, was mir wichtig war. Okay, die paar

Tage würde ich das schon irgendwie schaffen, aber was wäre, wenn ich sie danach nicht mehr gehen lassen wollte?

Hör auf dein Herz.

Ich hatte immer noch den Klang ihrer Stimme im Ohr.

Hör auf dein Herz, Finn. Es wird dir deinen Weg zeigen. Immer.

Mein Herz flüsterte mir zu, dass dieses Date mit Zoe genau das war, was ich wollte.

Reiß dich zusammen, das wird schon irgendwie.

Ich warf den Spaten in die Rosenbüsche vor dem Haus und klopfte mir die erdigen Hände an der Jeans ab. Vielleicht hatte ich noch Zeit, um zu duschen, bevor ich mich für den Burggraben, den ich ausgehoben hatte und der in einem kreisrunden Ring einmal um den Schuppen führte, der Marie als Prinzessinnenschloss und sichere Festung diente, rechtfertigen musste.

10

Zoe

„Wie toll ist das denn bitte?", quietschte Katharina ins Handy. „Also, mal davon abgesehen, dass du den Quatsch ja überhaupt nicht nötig hast. Aber dass der so auf dich eingeht ist ja echt klasse! Und du hast echt überhaupt nicht dran gedacht, als er dich berührt hat? Dass ich das noch mal erlebe ..."

„Wahnsinn, oder? Hat mich genauso überrascht. Also ... im Nachhinein."

„Weil du in dem Moment eine ganze Horde Schmetterlinge im Bauch hattest und auf nichts anderes geachtet hast, stimmt's?"

„Vielleicht."

„Nichts vielleicht, Zoe. Du müsstest dich mal reden hören! Finn hier, Finn da, sein Lächeln, sein Lachen, wie er redet und dann natürlich noch seine tiefgründigen Augen, der sehnsuchtsvolle Blick und sein überaus ansehnlicher Körper ... Du bist verliebt bis über beide Ohren, und das brauchst du gar nicht erst abzustreiten."

„Ach Quatsch! Vielleicht minimal verknallt, aber mehr bestimmt nicht. Alles andere wäre ja auch totaler Schwachsinn."

„Ja ja, weil du bald abreist und Fernbeziehungen scheiße findest."

„Genau, außerdem weiß ich doch überhaupt nicht, warum er dieses Date möchte."

„Zoe, ich hab dich echt lieb, aber manchmal siehst du echt den Wald vor lauter Bäumen nicht. Natürlich möchte er sich mit dir treffen, weil er dich potthässlich findet. Wahrscheinlich auch, weil er deine Art verabscheut, und insgeheim hofft er mit Sicherheit darauf, dich durch dieses Date zu einer früheren Abreise zu bewegen." Sie stöhnte laut in den Hörer. „Mann, weil er dich mag, verdammt nochmal! Und du magst ihn. Also triff dich einfach mit ihm und guck, was draus wird, okay?"

„Hatte ich vor, also hör auf, dich so aufzuregen." Ich konnte mir bildlich vorstellen, wie sie mit hochrotem Kopf und wild gestikulierend auf der Sofalehne saß und das Handy ans Ohr presste. Sie konnte sich genauso in Rage reden wie ich, wenn sie von etwas überzeugt war. Und im Gegensatz zu mir schien sie das beim Thema Finn auch zu sein. Trotz meiner Unsicherheit musste ich lächeln.

„Und tu mir einen Gefallen, ja? Zieh dir was Gescheites an und verbann dieses Zelt, das du Jogginghose nennst, nach ganz hinten in den Kleiderschrank, okay? Du bist schließlich kein Clown, sondern meine sexy Freundin. Außerdem scheint ihm ja gefallen zu haben, was er zwischen die Finger bekommen hat, sonst hätte er dich nicht eingeladen."

„Und was, wenn er das gar nicht richtig …"

„Hat er! Und jetzt hör endlich auf, so unsicher zu sein, das hast du gar nicht nötig! Der findet dich toll, glaub's mir doch bitte."

„Wenn du meinst …"

„Ja, mein ich. Und ganz ehrlich? Du hast doch nix zu verlieren, oder?"

Zumindest damit hatte sie definitiv recht. Und was hielt mich denn davon ab, hier noch ein bisschen Spaß zu haben? Im schlimmsten Fall würde ich ihn für die restliche Zeit hier ignorieren, dann nach Hause fahren und ihn letztendlich nie wiedersehen müssen.

„Okay, ich versuch's."

„Versprochen?"

„Versprochen."

Und dieses Versprechen gab ich nicht in erster Linie ihr.

***

Zu meiner großen Überraschung konnte ich in dieser Nacht trotz meiner Aufregung wegen der Verabredung wieder unglaublich gut schlafen und wachte morgens tatsächlich komplett ausgeruht auf. Nach meinem Frühstück, das aus zwei Scheiben Toast und drei Tassen Kaffee bestand, beschloss ich, die Zeit bis zum Abend wieder mit einem kleinen Stadtbummel totzuschlagen. Shoppen war zwar absolut nichts, was ich gerne tat, aber im Augenblick hatte ich noch weniger Muße, mich an das Manuskript zu setzen. Und vielleicht lachte mich aus den Schaufenstern der beiden Modegeschäfte ja etwas einigermaßen Sommerliches an, das ich heute Abend tragen könnte. Als ich meine Tasche gepackt hatte, war ich schließlich nicht auf einen längeren Aufenthalt eingestellt gewesen, und auf so etwas wie ein Date erst recht nicht. Im Notfall würde ich einfach meine Jeans in der Dusche mit der Hand und ein bisschen Shampoo waschen, aber es konnte nicht schaden, meine EC-Karte einzustecken und einfach mal gucken zu gehen.

Etwas langsamer als die letzten Tage, da ich vor allem in den Beinen einen furchtbaren Muskelkater hatte, lief ich die Hauptstraße entlang und bog dann wieder in die kleine Gasse neben der Eisdiele ab. Heute widerstand ich der Versuchung, mir einen leckeren Eisbecher zu kaufen und schlenderte gemächlich hinüber zu den schattigen Bänken unter dem Baum, wo ich es mir für die nächste Stunde mit einem Buch bequem machen wollte, bevor ich die Klamottenläden stürmen würde. Gerade als ich mich mit einem kleinen Ächzen, das meinen steifen Beinmuskeln geschuldet war, hingesetzt hatte, sah ich Edda auf der obersten Stufe ihres Perlenladens stehen und mir fröhlich zuwinken. Ich winkte zurück und zog mein Buch aus der Tasche, doch sie stand immer noch dort und hörte nicht auf, mit der Hand in der Luft herumzuwedeln. Ihr Blick war immer noch auf mich gerichtet. Als sie Anstalten machte, die Treppenstufen herunterzusteigen, steckte ich das Buch wieder zurück, hängte mir den Riemen meiner Tasche über die Schulter und schlenderte über das Kopfsteinpflaster zu ihr hinüber.

„Zoe, wie schön, dich zu sehen!“ Ihre Stimme überschlug sich fast vor Freude, und ihre hellen, klaren

Augen strahlten auch außerhalb ihres Ladens mit der Sonne um die Wette.

Noch bevor ich ihre überschwängliche Begrüßung erwidern konnte – den Irrglauben der nicht vorhandenen Herzlichkeit im Norden hatte ich mittlerweile ad acta gelegt – hatte sie mich schon am Arm gepackt und mich sanft, aber bestimmt vor sich durch die Tür geschoben. Sofort nahm mich wieder diese wundervolle Atmosphäre ein, und auch, wenn ich eigentlich nicht vorgehabt hatte, mir schon wieder all die kunstvollen Perlen anzusehen, die sie verkaufte, wanderte mein Blick wie von selbst zu den Schaukästen an den Wänden.

„So, meine Liebe, ich wollte dir ja zeigen, wie man die macht, nich?“ Sie lachte glucksend. „Dann komm mal mit.“

Sie trippelte mit kleinen Schritten durch den Raum. Während ich noch überlegte, mit welcher Ausrede ich mich dieser Situation entziehen könnte, drehte sie sich um und fuchtelte wieder mit der Hand vor sich herum, um mir zu bedeuten, ihr doch endlich zu folgen.

Nun, eigentlich hatte ich ja sowieso nichts weiter vorgehabt, als zu lesen und mir danach die Schaufensterauslagen anzusehen, also könnte ich ja durchaus auch einfach ein paar Perlen kreieren. Mit was ich letztendlich die Zeit bis zum Abend überbrückte, war ja schließlich komplett egal, und bei Eddas Lächeln wurde mir einfach zu warm ums Herz, als dass ich jetzt, wo ich sowieso schon einmal hier war, ihr Angebot ablehnen wollte.

Glücklicherweise konnte man dieses Handwerk im Sitzen erlernen, so durfte ich meine schmerzenden

Beine unter dem Tisch ausstrecken, während sie den Gasbrenner vorbereitete. Sie zeigte mir unglaublich viele dicke und dünne Glasstäbe in den herrlichsten Farben und wies mich an, mir für den Anfang zwei oder drei davon auszusuchen.

„Eine nimmst du als Grundfarbe und mit den anderen kannst du dann die Verzierungen aufbringen." Ich entschied mich für ein wunderschönes Smaragdgrün, von dem ich dachte, dass es perfekt zu meiner Haarfarbe passte. Mit einem strahlenden Mittelblau wollte ich runde Kreise auftupfen und versuchen, mit dem dünnen sonnengelben Stab eine feine Linie zu ziehen.

„Zoe, sei aber bitte nicht enttäuscht, wenn dir das nicht auf Anhieb gelingt. Es ist ja schließlich noch kein Meister vom Himmel gefallen, nich wahr?", warnte sie mich mit einem Augenzwinkern vor.

Doch da ich alles andere als perfektionistisch veranlagt war, war ein anderes Ergebnis als das, was ich mir vorstellte, vollkommen okay. Ich würde mich einfach überraschen lassen und mich an dem erfreuen, was dabei herauskam.

Da saß ich nun, in der einen Hand den grünen Glasstab, den ich in die zischende blaue Flamme hielt und in der anderen einen aus Metall. Zum Glück sah Finn mich nicht, denn mit Sicherheit sah ich mit dieser riesigen Schutzbrille über den Augen alles andere als sexy aus.

Edda hatte die Absaugung eingeschaltet, die doch ziemlich laute Geräusche machte, weswegen wir unsere Unterhaltung eingestellt hatten und ich mich komplett darauf konzentrierte, das Glas rechtzeitig aus der Flamme zu ziehen, damit es nicht flüssig wurde und auf den Tisch tropfte. Dieses Drehen der Perle an sich war bei weitem nicht so einfach, wie ich gedacht hatte. Man musste seine Hände wirklich gut koordinieren, weil der Metallstab kontinuierlich langsam gedreht werden musste, damit sich das Glas gleichmäßig um ihn herumwickelte. Das erste, hellorange glühende Glasgebilde wurde total unförmig, doch auch als es anfing, am Stab herumzueiern, grinste Edda nur und ließ mich einfach weitermachen. Das rechnete ich ihr hoch an, denn ganz egal, wie die fertige Perle aussehen würde, ich hätte sie ganz alleine gemacht. Sie half mir nur dabei, die Glasstäbe zu wechseln, weil ich meinen Blick nicht von der Perle nehmen wollte. Als ich es schließlich geschafft hatte, das glühend heiße Ei mit bunten Tropfen zu verzieren, schob sie den kleinen Topf, in dem sich ein Kühlmittel befand und in den ich den Stab mit der Perle darauf kopfüber stecken sollte, zu mir herüber. Insgesamt durfte ich drei Glasperlen wickeln, bei denen ich zwar jeweils dieselben Farben benutzte, die Grundfarbe aber immer eine andere war. Im Endergebnis sollten sie ja zusammenpassen.

„So, meine Liebe, und in ungefähr drei Stunden kannst du deine Perlen abholen."

„Wow, so lange dauert das?" Ich wusste zwar, dass Glas die Temperatur lange hielt, aber dass diese kleinen Teile, die nicht einmal so groß waren wie ein Ein-Euro-Stück, derart lange brauchten, um auszukühlen, überraschte mich wirklich.

„Ja, so lange. Und wenn du Pech hast, sind sie bis dahin geplatzt."

„Oh, die Gefahr besteht jetzt immer noch? Aber sie sind doch schon in dem Kühlzeugs drin."

„Klar, aber die Spannung muss sich ja abbauen, und da passiert das schon mal. Aber keine Sorge, du hast das wirklich gut gemacht, sie werden es schon überleben."

„Wenn du das sagst ... und falls nicht, komm ich einfach noch mal vorbei und wir machen ein paar neue, ja?", fragte ich hoffnungsvoll, denn mir hatte das wirklich Spaß gemacht. Man sah quasi sofort, was man da fabriziert hatte, auch wenn die Perlen ihre endgültige Farbe erst angenommen hatten, wenn sie abgekühlt waren. Oh, wie gespannt ich auf den Moment war, in dem ich sie das erste Mal in die Hand nehmen durfte. In drei Stunden wären sie fertig, also hätte ich bis dahin Zeit, mir vielleicht ein neues Outfit zuzulegen und anschließend noch ganz entspannt einen Kaffee zu trinken. Und ein paar Seiten meines Buchs würde ich auch noch lesen können.

„Alles klar, Edda. Ich geh jetzt noch ein bisschen bummeln und komm dann wieder, ja? Und du musst mir auch unbedingt noch sagen, was du bekommst."

Sie strich sich eine kurze graumelierte Strähne aus den Augen und blickte mich fast schon entrüstet an. „Also wirklich, ich hoffe inständig, dass du das nicht ernst gemeint hast!"

„Äh, das Bummeln oder die Frage, wie viel das kosten wird?"

„Letzteres natürlich." Sie musterte mich und musste schmunzeln. „Ein neues Outfit könntest du nämlich definitiv vertragen, Zoe."

„Na herzlichen Dank auch", gab ich zurück, musste aber ebenfalls grinsen. Wo sie recht hatte, hatte sie recht. Schließlich war ich bereits das zweite Mal in meiner Jogginghose in ihrem Laden. Zu Hause ging ich damit nicht einmal bis zum Bäcker, aber meine Jeans war wirklich ziemlich fleckig, und ich hatte bisher auch noch absolut keine Lust verspürt, sie per Hand zu waschen.

„Guck doch mal bei Nina, sie hat diesen Sommer ganz tolle Kleider. Die würden dir richtig gut stehen."

„Ähm ... nein, ich trage generell nur Hosen. Aber ich schau trotzdem gerne mal bei ihr vorbei. Das ist die Boutique mit dem grünen Schild über der Tür vorne an der Ecke, oder?"

„Genau. Und Nina ist eine ganz Liebe, sie wird dir sicher helfen. Sie hat einen ausgezeichneten Geschmack." Wieder zwinkerte sie mir zu, und ich war ihr dankbar dafür, dass sie zumindest das *im Gegensatz zu dir* nicht aussprach, das ihr mit Sicherheit schon auf der Zunge gelegen hatte.

Auch, wenn ich nicht der Meinung war, Hilfe bei meiner Klamottenwahl zu benötigen, bedankte ich mich natürlich bei ihr für den Tipp, der, wie alles, was sie sagte, von Grund auf lieb gemeint war. Ich verabschiedete mich mit einer Umarmung und machte mich auf den Weg zu Nina, der Fachfrau für hoffnungslose Fälle.

***

Knapp drei Stunden später, mit geschröpftem Konto und vollbepackt mit riesigen hellgrünen Papiertüten, eilte ich, so schnell es meine geschundenen Muskeln zuließen, über den Platz. Weder war ich dazu gekommen, auch nur eine Seite des Buchs zu überfliegen, noch mir einen Kaffee zu holen. Irgendwie schaffte ich es, mich mit den ganzen Tüten durch die Tür vom

Tante-Emma-Laden zu quetschen. Noch bevor die Glocke mich ankündigen konnte, stand die liebe Fenja direkt vor mir – mit einem breiten Grinsen im Gesicht, das ihr mindestens so gut stand wie das Lächeln, das sie mir sonst schenkte, wenn ich zu ihr kam.

„Ja ja, du bist in Eile, nich wahr? Komm, wir essen ganz schnell und dann ab ins *Friesenhuus*!"

„Hi Fenja", keuchte ich und stellte meine neuen Errungenschaften etwas unsanft vor der Theke ab. „Woher weißt du, dass ich mich beeilen muss?"

„Och Kindchen, ist ja auch nur'n Dorf hier, nich?", antwortete sie und schielte neugierig in Richtung der Tüten. „Hast du was Schönes für deine Verabredung gefunden?"

Herrje, selbst von dem Date wusste sie?

„Eventuell, ja. Ich bin mir aber nicht sicher, ob ich das wirklich anziehen sollte."

„Zeig mal." Ihre Hände tauchten in den Klamottenberg in der Tüte, die ihr am nächsten stand, und als sie sie wieder hervorzog, kam das grüne Kleid zum Vorschein, das mich ein kleines Vermögen gekostet hatte. Gut, eigentlich war es gar nicht so teuer gewesen, aber normalerweise gab ich auch nie mehr als zwanzig Euro für ein Kleidungsstück aus und kaufte so gut wie alles, was ich haben wollte, im Sale oder in dem kleinen Secondhandshop in der Nürnberger Altstadt. Das Kleid hatte einen leicht ausgestellten Rock und einen – für meinen Geschmack – viel zu großen Ausschnitt, allerdings passte das frische, intensive Grün laut Nina perfekt zur Farbe meiner Haare. Und irgendwie hatte ich bei der Anprobe das Gefühl, Finn könnte es gefallen. Jetzt allerdings fand ich diesen Grund als ausschlaggebendes Kaufargument ziemlich bescheuert, denn ich kannte ja seinen Geschmack überhaupt nicht. Stand er überhaupt auf Frauen, die Kleider trugen? Auf der anderen Seite konnte mir das aber auch komplett egal sein, denn das zweite Kaufargument war jenes gewesen, dass ich mich komischerweise ziemlich wohlgefühlt hatte, als ich mich im Spiegel betrachtete. Der Rock schwang leicht hin und her, umschmeichelte meine Beine und verdeckte auch die eine oder andere Körperregion, die ich an mir nicht wirklich leiden konnte, weil er mir bis über die Knie ging.

„Das hier?"

Ich nickte. „Ja, ich hab gedacht, dass es vielleicht ..."

„Du wirst umwerfend darin aussehen, Zoe."

„Oh, ich weiß nicht ..."

„Ich aber. Nun stell dich doch nicht so an. Eine Frau muss auch mal betonen, was sie hat." Grinsend fuhr sie mit ihren Händen in einem ausschweifenden Bogen die Umrisse ihrer Oberweite nach. „Und nu mach mal hinne, allzu viel Zeit bleibt dir ja nicht mehr. Edda wartet auch schon ... wegen deiner Perlen."

Ich war mir sicher, dass sich die Inhaberinnen der Geschäfte hier auf dem Platz klammheimlich zum Kaffeeklatsch trafen, sobald kein Kunde mehr in Sicht war, und ich wollte gar nicht erst wissen, welche Informationen bei diesen streng geheimen Treffen alle ausgetauscht wurden.

„Stimmt, da war noch was ... Ach ja, ich bräuchte auch noch einen von diesen Einwegrasierern." Suchend blickte ich mich um, doch Fenja eilte sofort los und verschwand hinter dem blauen Fadenvorhang, der ihre privaten Räume vom Laden trennte.

Nicht einmal eine Minute später stand sie wieder vor mir, eine Fünferpackung türkisfarbener Rasierer in der Hand. „Die werden so oft geklaut, weißt du. Deswegen liegen die da hinten. Noch ein paar schnelle Gummifrösche?“ Erwartungsvoll und mit einer Vorfreude in den Augen, die jedem Kind an Weihnachten Konkurrenz gemacht hätte, sah sie mich an. Natürlich plünderten wir im Eiltempo die frisch aufgefüllten Plastikboxen. Mit vollgestopftem Mund verabschiedeten wir uns wortlos und mussten dabei aufpassen, die süßen Frösche nicht aus Versehen in die Freiheit zu entlassen.

Beim Perlenladen angekommen schluckte ich hastig die letzten Reste hinunter und wollte gerade die Tür aufdrücken, als Edda mir zuvorkam und sie mit einem Schwung aufriss.

„Zoe, deine Perlen sind wun-der-schön!“, rief sie, hastete zu einem der Tische und kam mit einem kleinen weißen Kistchen wieder zurück. „Hier, guck mal.“ Sie öffnete den Klappdeckel und hielt mir den Inhalt direkt vor die Nase.

Und da lagen sie, meine ersten selbstgemachten Glasperlen. Ja, es waren nur Perlen. Man konnte sie in unzähligen Variationen überall kaufen, aber diese drei hier gab es so kein zweites Mal auf dieser Welt. Das Allertollste aber war: Ich hatte sie eigenhändig gedreht.

Edda lief hinüber zum Schaufenster, nahm die mit der smaragdgrünen Grundfarbe aus der Schachtel und hielt sie zwischen zwei Fingern gegen das Sonnenlicht. Die Perle leuchtete regelrecht! Es war unfassbar, dass ich etwas so Schönes geschaffen hatte.

„Und sie passt auch ganz toll zu deinem Bettelarmband. Und bestimmt auch zu deinem neuen Kleid.“ Fast ehrfürchtig flüsterte sie diese Worte. Aus jedem einzelnen konnte ich heraushören, wie sehr sie von ihrem Handwerk fasziniert war. „Jede Perle ist absolut einzigartig, Zoe. Genau wie wir Menschen. Manche haben kleine Fehler oder sind nicht ganz so geworden, wie wir sie eigentlich haben wollten, aber jede ist auf ihre ganz eigene Art und Weise faszinierend und hat genau den Wert, den wir ihr geben. Und glaub mir, Zoe, sie sind sehr wertvoll." Sie legte das Kistchen auf der breiten Fensterbank ab. Kurz darauf spürte ich ihre Hand auf meinem Unterarm. „Und wunderschön." Dabei betrachtete sie nicht das Kästchen. Ihr Blick lag auf mir.

***

Schneller, als mein Muskelkater es eigentlich zuließ, lief ich ins Ferienhaus. Es war schon zwanzig nach sechs, als ich die Tür mit dem Fuß zurück ins Schloss drückte und die Tüten aus der Boutique einfach im Eingangsbereich fallen ließ. Wenn Finn pünktlich war, wovon ich ausging, hatte ich noch eine gute halbe Stunde Zeit, um unter die Dusche zu springen, mir dieses Kleid überzuziehen und es irgendwie zu schaffen, meine Haare zu trocknen. Eigentlich waren sie es, die mir an mir am besten gefielen. Wenn ich es eilig hatte, hätte ich sie mir allerdings am liebsten regelmäßig einfach abgesäbelt. Sie waren ziemlich dick und saugten wirklich Unmengen an Wasser auf, und sie trockenzulegen dauerte immer eine – nicht nur gefühlte – Ewigkeit. Ehrlich gesagt wusste ich auch gar nicht, warum ich überhaupt so einen Aufriss um das Ganze machte. Finn hatte mich schließlich schon patschnass und in einem Umhang gesehen, der im Wasser so aussah wie einer dieser aufblasbaren Anzüge, die sich dünne Menschen beim Pseudo-Sumo-Ringen in Fernsehshows überzogen und aufbliesen. Trotzdem regten sich tief in mir das Gefühl und gleichzeitig auch die Befürchtung, dass der heutige Abend irgendwie besonders werden würde. Auch jetzt schon spürte ich ein winziges Kribbeln in mir aufsteigen, wenn ich an Finn dachte, und dabei stand ich nur unter der Dusche und rasierte mir noch dazu die Beine, was ja nun nicht gerade die Vorstellung bediente, besonders erotisch oder anderweitig anregend zu wirken. Irgendetwas hatte dieser Kerl an sich, und obwohl ich genau genommen weder ein paar Tage Spaß haben, noch mir eine neue Beziehung ans Bein nageln wollte, die ja sowieso wegen der Entfernung von vornherein zum Scheitern verurteilt wäre, konnte ich es merkwürdigerweise kaum erwarten, ihn zu sehen. Ständig schlich sich sein Lächeln in meine Gedanken, und insgeheim hoffte ich wirklich, dass ich ihm – ob, trotz oder wegen des Kleids war mir vollkommen egal – gefallen würde. Gleichzeitig versuchte ich aber, mir ins Bewusstsein zu rufen, dass dieser Abend rein gar nichts bedeutete. Weder für mich, noch für ihn und schon gar nicht für irgendetwas in Bezug auf meine Zukunft. Vielleicht wäre es ja auch möglich, so etwas wie eine Freundschaft aufzubauen? Ich mochte ihn, und die Zeit, die wir bisher miteinander verbracht hatten, war wirklich schön gewesen. Und verdammt lustig. Und mit Freunden hatte man ja schließlich auch Spaß, oder? Ja, vielleicht würde es darauf hinauslaufen, und eigentlich wäre das ja auch in Ordnung. Es konnte nicht schaden, hier oben jemanden zu kennen, bei dem man ab und zu mal Urlaub machen könnte. Dann würde ich jedes Jahr noch ein paar Perlen für eine Kette machen, dafür sorgen, dass Fenja in der Zeit ihre eigenen Süßigkeiten essen durfte und mit Anneliese ihren geliebten Tee trinken. Die letzte Tasse hatte schon nicht mehr ganz so scheußlich geschmeckt wie die ersten, also war das Ganze definitiv ausbaufähig.

Ich hatte gerade den heiß gelaufenen Föhn zum Abkühlen auf den gefliesten Boden im Badezimmer gelegt, als ich ein Klopfen hörte und schnell auf mein Handy drückte. Das Display zeigte viertel nach sieben und sofort schlug mein Herz ein paar Takte schneller. Diese verdammten Haare!

„Du siehst auch mit Dutt umwerfend aus", murmelte ich und zwirbelte die langen, feuchten Locken oben auf meinem Kopf zusammen. Das Gebilde sah einem notdürftig zusammengeschusterten Vogelnest ziemlich ähnlich, doch da ich Finn nicht noch länger warten lassen wollte, musste er das eben in Kauf nehmen. Und es hieß doch sowieso immer, dass Schönheit von innen kam. Für diese Weisheit war ich heute ein ziemlich anschauliches Beispiel.

Während ich durchs Wohnzimmer lief und versuchte, die schmalen Träger des Kleides über meine Schultern zu ziehen, klopfte es wieder.

„Ich komm ja schon", rief ich, und als ich den Esstisch umrundet hatte, sah ich ihn vor der offenen Terrassentür stehen. Seine obligatorische kurze Hose hatte er gegen eine lange Jeans getauscht, und anstatt des einfachen Shirts, das er ständig und in allen möglichen Farbvariationen trug, bedeckte ein strahlend weißes Hemd seinen Oberkörper. Die kurzen Ärmel ließen genug Platz für seine durchtrainierten Oberarme. Es war weder weit genug, um seinen flachen Bauch zu verstecken, noch so eng, als dass es so aussah, als hätte er genau das gewollt.

Erst als er wieder leicht mit den Fingerknöcheln gegen die Tür tippte, erwachte ich aus meiner Starre und senkte kurz den Blick, bevor ich die Tür öffnete. Meine Wangen fühlten sich heiß an und ich mich ertappt.

„Guten Abend, Zoe." Seine Stimme klang leiser und noch eine Spur rauer als sonst.

„Guten Abend, Finn. Ich bin gleich fertig."

„Oh, alles gut. Tut mir leid, dass ich zu früh bin. Aber ich hab's nicht mehr ausgehalten und wollte dich unbedingt endlich wiedersehen."

Himmel, dieses Lächeln ...

„Wow, du gibst heute Vollgas, hm?" Bei dem unschuldigen Blick, den er jetzt aufsetzte, musste ich lachen. „Aber hey, ich versteh dich. Mir ging es ganz genauso."

„Hab ich mir schon in dem Moment gedacht, in dem ich deine Haare gesehen hab", gab er zurück und deutete auf das runde aufgetürmte Ding auf meinem Kopf.

„Also echt, ich hab mich nur für dich so schick gemacht!" Ich legte all die gespielte Entrüstung, die ich aus mir hervorholen konnte, in diese Worte und musste mich wirklich zusammenreißen, damit mir meine Gesichtszüge nicht in ein lautes Lachen entglitten.

Gespannt wartete ich auf seinen Konter, doch es kam keiner. Seine Augen ruhten auf mir und wanderten langsam von meinem Mund hinab zu meinen Schultern und weiter nach unten, nur um anschließend denselben Weg erneut zurückzulegen. Erst auf meinem

Bauch und anschließend auf meinen Brüsten, die durch die eingearbeiteten Ziernähte und den tiefen Ausschnitt doch mehr betont wurden, als mir eigentlich lieb war, blieb er einen Moment hängen, bis er schließlich sein Kinn hob und mir wieder direkt ins Gesicht sah. Sein Grinsen war verschwunden, nur ein kleines Lächeln umspielte seine Lippen. Für einen winzigen Augenblick schlossen sich seine Augen, bevor er mit einem festen, fast entschlossenen Blick und einem kaum merklichen leichten Zittern in der Stimme sagte: „Du bist wunderschön, Zoe."

Auch wenn ich mit fast allem gerechnet hatte, so war ich auf eines nicht vorbereitet gewesen. Dass ich ihm glaubte.

***

Als wir gemeinsam vor die Tür traten und die Stufen, die von der Terrasse führten, hinabstiegen, blickte ich mich suchend um, doch ich konnte nirgendwo ein Auto ausmachen. Der Weg hier zum Haus war sandig. Vielleicht hatte er einen kleinen Wagen und keinen dieser SUV mit Allradantrieb und deswegen vorne an der Straße geparkt. Mein Muskelkater war unter der warmen Dusche praktisch verschwunden, also hatte ich auch nichts dagegen, dieses kurze Stück trotz der geschnürten, halboffenen Stiefeletten, die Nina mir als das perfekte Schuhwerk zum Kleid angepriesen hatte, zu laufen. Nach ein paar Schritten waren wir am Bohlenweg angekommen, doch als ich mich nach links wandte, hielt Finn mich sanft zurück. „Wo willst du denn hin?"

„Na zu deinem Auto natürlich. Du stehst bestimmt an der Straße, oder? Wegen dem ganzen Sand hier“, antwortete ich und drehte mich mit ausgestreckten Händen einmal im Kreis.

„Ähm ...“, räusperte er sich und schien zu überlegen, was er sagen sollte. „Eigentlich dachte ich, wir machen einen kleinen Strandspaziergang?“

Die Frage, die er in seinen Vorschlag gelegt hatte, war nicht zu überhören, und ich wollte ihn auf keinen Fall in Verlegenheit bringen. Einen längeren Spaziergang durch den tiefen Sand würde ich allerdings mit diesen Sandaletten auf gar keinen Fall bewältigen können, ohne Gefahr zu laufen, mir die Knöchel zu brechen. Ich war Sneaker und meine heißgeliebten Crocs gewohnt, nicht meterhohe Absätze. Also öffnete ich kurzerhand die kleinen Schleifen und streifte mir die Schuhe von den nackten Füßen. Merkwürdigerweise strahlte Finns Lächeln etwas aus, das ich als Dankbarkeit interpretierte. Mit einem großen Schritt war er wieder neben mir und griff nach meinen Schuhen, die ich mir wie einen Schal um den Hals gehängt hatte.

„Lass mich die nehmen, die verdecken ja die Hälfte von dir.“

Wir bogen nach rechts ab und gingen durch die beiden Dünen hindurch den schier endlosen Strand entlang. Als er endlich stehen blieb und seine Augen mit den Händen vor der Sonne abschirmte, kam es mir vor, als läge eine Wanderung von mindestens zwanzig Kilometern hinter mir. Meine Beine machten sich wieder mit einem Ziehen bemerkbar. Obwohl wir nahe am Wasser auf dem nassen Sand gelaufen waren, fingen meine Füße langsam aber sicher an zu schmerzen. Er hatte sich meinem Tempo angepasst, und natürlich hatten wir auch hier und da angehalten, wenn er mir eine besonders schöne Muschel zeigen wollte oder einen seltenen Vogel, den es nur noch hier in der Gegend gab. Trotzdem war und blieb ich die absolute Anti-Sportskanone. So langsam verließ mich auch die Lust auf dieses Date, das scheinbar aus einer Mischung von Marschieren und einem Marathon bestand.

„Wir sind da."

Der Weg, vor dem wir standen, führte auf der einen Seite bis ins Meer hinein und auf der anderen, von hohen Grasbüscheln und Rosensträuchern gesäumt, über eine kleine sandige Anhöhe zur weitläufigen Terrasse eines Bistros. Menschenleer lag sie vor uns, und als wir die fünf flachen Stufen der Metalltreppe erklommen hatten, konnte ich sehen, dass ein großes Holzschild an der Eingangstür hing.

„Finn, die haben heute zu", sagte ich erschöpft, doch er nahm meine Hand und zog die Tür auf. „Bitte sehr, die Dame. Heute ist hier geschlossen, aber nur für die anderen."

„Du willst mir nicht erzählen, dass du ..."

„Moin, ihr beiden!" Ein riesiger Mann, vielleicht ein paar Jahre älter als Finn und mit nur halb so vielen Haaren auf dem Kopf, kam mit weit ausgestreckten Armen und einem herzlichen Lachen im Gesicht auf uns zu. Ich wollte ihm gerade die Hand geben, als er abwinkte und uns beide gleichzeitig an sich drückte.

„Moin, Kalle, auch schön, dich zu sehen!", rief Finn ebenso laut und guckte, mit immer noch an die Brust des Mannes gequetschtem Gesicht, das mich ganz entfernt an einen knautschigen Mops erinnerte, entschuldigend zu mir herüber. Die ganze Situation war so absurd, dass ich nicht mehr an mich halten konnte und losprustete. Das war scheinbar das Stichwort für Kalle, uns endlich wieder ein bisschen Luft zum Atmen zu gönnen, denn er ließ uns los und schob uns wieder durch die Tür, durch die wir vor einer Minute gekommen waren.

„Setzt euch, ihr habt die freie Wahl", zwinkerte er. Und über die Schulter, während er schon wieder auf dem Weg zum Tresen war, rief er: „Bin gleich wieder da!"

Wir steuerten beide gleichzeitig einen Tisch am äußersten Rand der erhöht liegenden Terrasse an, der nur durch ein Metallgeländer mit runden Streben vom Strand getrennt wurde. Unsere Blicke trafen sich, während Finn hinter einen der Stühle trat und ihn unter dem Holztisch hervorzog. Beim Setzen versuchte ich, so galant wie möglich auszusehen, was darin endete, dass ich mit meinem Hintern fast die Sitzfläche verfehlte, mich furchtbar erschrak und beide Hände auf die Tischplatte schlug, um mich daran festzuhalten. Finn stürzte gebückt nach vorne, um mich auffangen zu können und blieb mit dem Schuh am Saum meines Kleids hängen. Das ratschende Geräusch, das der dünne Stoff machte, während er riss, hallte über die Terrasse und der sympathische Kalle, der mit einem Tablett mitten in der Tür stehen geblieben war, brach in schallendes Gelächter aus.

Glücklicherweise hatte ich meinen Allerwertesten auf und nicht neben der Sitzfläche platziert. So blieb uns wenigstens das Schicksal erspart, aufeinander auf dem Boden zu landen. Obwohl das vielleicht gar nicht so schlimm gewesen wäre ...

Finn sah zu süß aus, wie er jetzt neben mir stand. Halb auf dem Tisch abgestützt und sichtlich errötet und nach einem Blick auf mein Kleid, in dem sein Turnschuh steckte, ein peinlich berührtes, schiefes Grinsen im Gesicht.

Eigentlich hätte ich zumindest angesäuert sein müssen, weil dieses traumhafte Sommerkleid wirklich nicht billig gewesen war. Bei jedem anderen wäre es mir auch völlig egal gewesen, ob er oder letztendlich ich Schuld daran hatte, dass es jetzt bis zur Hälfte meines Oberschenkels eingerissen war. Und was dachte ich? Dass ich jetzt gerne mit ihm auf den kühlen Holzplanken liegen würde. In seinen Armen, während er mich mit diesem unwiderstehlichen Lächeln betrachtete und sich sein Gesicht langsam, wie in Zeitlupe meinem näherte. Seine warme Hand würde über meine Haut streichen und sich am Riss entlang weiter nach oben tasten ...

Zoe! Hör auf damit, sofort!

„Würde ich ja gern, aber wie?!"

„Was?"

„Was?"

„Was würdest du gern?" Finn, dessen Gesichtsfarbe von Tomatenrot wieder zu dem sonnengebräunten Teint gewechselt war, hatte mittlerweile auf seinem Stuhl Platz genommen und saß mir direkt gegenüber. Der Tisch war so schmal, dass sich unsere Hände locker berühren würden, wenn wir sie denn ausgestreckt hätten. In der Mitte stand ein Windlicht, und obwohl es noch nicht einmal dämmerte, flackerte die Flamme der weißen Kerze durch die sanften Böen, die hin und wieder das Glas erfassten, unruhig darin herum. Kalle hatte zwei Schnapsgläser mit weißlichem Inhalt vor uns abgestellt und sich mit einem grinsenden Glucksen schnellstmöglich wieder entfernt.

„Ich würde jetzt gern mit dir anstoßen“, gab ich Finn zur Antwort und hoffte, er würde nicht weiter nachfragen. Er tat mir diesen Gefallen, schob ein Glas über den Tisch zu mir herüber und nahm sich das andere.

„Auf einen schönen Abend ohne noch mehr zerrissene Klamotten.“ Er hob sein Glas und stieß es ganz leicht gegen meins.

Er hatte Fischsuppe für uns bestellt. „Das ist die beste, die es an der gesamten Küste gibt, Zoe. Die musst du unbedingt probieren!“ Seine offene Begeisterung für Kalles hier in der Umgebung anscheinend sehr berühmte Suppe war absolut ansteckend, und da ich Fisch in allen Variationen sowieso liebte, hatte ich voller Vorfreude zugestimmt.

Wir hatten gerade begonnen, uns über Fenja und ihre lustige Nasch-Regel, die sie sich selbst auferlegt hatte, zu unterhalten, als Kalle mit zwei großen Schüsseln aus blauer Keramik und einem Teller, auf dem sich herrlich duftende, noch warme Brotscheiben zu einem Berg aufeinanderstapelten, wieder zu uns nach draußen kam.

„Mein Geheimnis is'n guter Schuss Korn, nech“, raunte er mir zu, während er eine Suppenschüssel vor mich schob. „Und natürlich der Fisch. Der is fangfrisch.“

„Oh, das glaube ich Ihnen sofort. Die Suppe riecht fantastisch!“

„Sach ruhig du zu mir. So alt bin ich ja nu auch noch nich, ne."

Er sah nicht nur aus wie ein Seebär, er redete auch so. Fand ich zumindest, denn im Gegensatz zu Finn und allen anderen, die ich bisher kennengelernt hatte, redete er so, wie ich mir den Dialekt im Norden vorgestellt hatte.

Finn grinste vor sich hin. Nachdem Kalle mir noch erzählt hatte, welche fangfrischen Fische sich in der Suppe befanden, wo sie genau gefangen worden waren und dass er den Sud mit den Köpfen und Gräten kochte, bevor er ihn filterte und unter anderem mit seinem Korn, den er aus einer Brennerei im Emsland bezog, verfeinerte, zog er sich, munter vor sich hinplappernd, zurück. Und ich konnte endlich meinen Löffel in die duftende Suppe tauchen.

„Sorry, aber Kalle ist echt ein norddeutsches Urgestein. Der schnackt und schnackt und hört gar nicht mehr auf. Hast du gemerkt, wie er sich bemüht hat, so zu reden, dass du ihm folgen kannst? So kenn ich ihn gar nicht, eigentlich ist ihm nämlich immer ziemlich egal, ob man ihn versteht."

„Oh, hat er das?"

„Ja klar, und wie! Wenn er normal redet, hab sogar ich manchmal ein Problem damit."

„Dann werde ich mich nachher noch mal explizit dafür bei ihm bedanken. Und für die Suppe, die ist nämlich echt der Hammer." Genüsslich schob ich mir wieder einen Löffel voll in den Mund und war zugegebenermaßen ziemlich enttäuscht, dass die Schale sich zusehends leerte.

„Wenn du magst, können wir ja noch mal hierherkommen. Also ... bevor du wieder nach Hause fährst."

Sein Blick, der eben noch lodernd vor Begeisterung gewesen war, wurde merklich trauriger. Seine Augen, in denen sich der Schein der flackernden Kerze spiegelte, wurden plötzlich noch tiefgründiger, und es hatte sich von jetzt auf gleich ein sehnsuchtsvoller Ausdruck in sie hineingeschlichen, der mich innerlich erschaudern und ziemlich nachdenklich werden ließ.

Warum guckte er denn so? Weil ich in ein paar Tagen wieder zurück nach Nürnberg fahren würde? Weil wir das, was doch noch nicht einmal begonnen hatte, würden aufgeben müssen? Insgeheim wusste ich, dass das nicht stimmte. Es hatte begonnen. Abgesehen von dieser Traurigkeit drückte sein Blick nämlich genau das aus, was auch ich fühlte. Ich sehnte mich danach, mit jemandem zusammen zu sein, der so tickte wie ich. Der gutes Essen liebte und sich für eine winzige Muschel begeistern konnte, die er am Strand fand. Nach jemandem, der mit mir zusammen lachte und nicht über mich, wenn ich in hohem Bogen von einem blöden Surfbrett flog und dessen Berührungen sich so wahnsinnig gut anfühlten, so flüchtig sie auch waren.

Und nach jemandem, der wusste, wo es die beste Fischsuppe der Welt gab ...

Genau genommen kannten wir uns nicht wirklich. Wir wussten so gut wie gar nichts übereinander. Und trotzdem war da etwas zwischen uns. Nicht nur, dass die Luft um uns herum zu knistern schien – jedes Mal, wenn ich ihn sah, stieg ein Kribbeln in mir auf, als würden tausend Schmetterlinge mit ihren bunten Flügeln schlagen. Wenn ich das in Romanen gelesen hatte, war mir bisher immer schlecht geworden, aber seit Finn wusste ich, dass es sich wirklich so anfühlen konnte. Es war auch ganz egal, dass wir nur noch ein paar Tage miteinander hatten ... für diesen Moment jedenfalls. Weil die Zeit, die wir miteinander verbrachten, einfach schön war. Sie war irgendwie besonders. Ich fühlte mich so wohl in seiner Gegenwart, so natürlich und so normal, dass ich es am liebsten laut aus mir hinausgeschrien hätte. Dass er jetzt mit diesem traurigen Blick vor mir saß und scheinbar gedankenverloren mit dem Löffel in seiner leeren Schale herumrührte, versetzte mir einen Stich mitten ins Herz.

„Hey, guck doch nicht so." Ich ließ meine Hand langsam über den Tisch wandern und legte sie zaghaft auf seine, die er einen kurzen Augenblick später drehte und, als wäre es das Normalste der Welt, seine Finger zwischen meine schob.

„Tut mir leid." Ihm entfuhr ein leises, kaum hörbares Seufzen, und schnell wechselte er das Thema. „Möchtest du vielleicht noch was zum Nachtisch?"

***

„Warum heißt das denn *Tote Tante*? Der Name wird diesem genialen Zeug doch überhaupt nicht gerecht!" Vielleicht hatte ich eine *Tote Tante* zu viel getrunken, vielleicht stimmte es auch, dass Alkohol eben nicht verkochte, wenn man ihn in eine Fischsuppe kippte. Auf jeden Fall war ich leicht angeheitert und ließ mich vorsichtshalber von Finn festhalten, damit ich nicht durch den Sand stolperte. Okay, dass ich angeheitert war stimmte definitiv, aber eventuell hätte ich auch sehr gut alleine laufen können. Von ihm gehalten zu werden war aber um Welten schöner, als nur neben ihm über den Strand zu stapfen.

Über uns zeigten sich die ersten Sterne, und während die Sonne dem Horizont immer näher entgegensank und den Himmel in ein leuchtendes Meer verwandelte, wurde er über uns selbst immer dunkler. Die Kronen der Wellen glitzerten, und der sanfte Abendwind duftete einfach hinreißend. Dieses Gefühl hatte ich sonst nur, wenn ich kurz nach Sonnenuntergang durch die belebten Gassen in der Nürnberger Altstadt schlenderte.

Finns Haare waren schon nach ein paar Schritten wieder ganz zerzaust, was ihm unglaublich gut stand. Fand ich zumindest, denn er selbst fuhr sich ständig mit den Fingerspitzen hindurch, um sie einigermaßen zu glätten. Irgendwann machte mich das so nervös, dass ich stehen blieb, nach seinen Händen griff und sie festhielt. Die Flut hatte ihren höchsten Punkt erreicht, und die Wellen, die jetzt wieder ganz sanft ausliefen, umspülten glucksend und gluckernd unsere Füße. Eine Böe erfasste mein Kleid und hob den ausgestellten Rock ein Stückchen in die Luft, durch den langen Riss durchaus höher, als ich es normalerweise zugelassen hätte. Jetzt aber hielt ich Finns Hände in meinen, und es war mir plötzlich komplett egal. Selbst wenn der Wind es mir über den Kopf gehoben hätte.

„Ist alles okay?“ Sein Gesicht erschien im Licht der untergehenden Sonne golden, und obwohl ich seine Augen nicht richtig erkennen konnte, wusste ich genau, wie er mich ansah. Er hielt meine rechte Hand fest umschlungen und hob seine ganz langsam an meine

Wange. Zärtlich strich er über meine Haut, und ich konnte nichts anderes tun als zu nicken. Meine Augen schlossen sich, als seine Finger sanft meinen Mundwinkel berührten und hinunter zu meinem Kinn glitten, um es ganz langsam, Millimeter für Millimeter, anzuheben, bis ich den schokoladigen Hauch seines warmen Atems riechen konnte. Seine Lippen waren fest und gleichzeitig unfassbar weich und zärtlich, und als ich mit wackeligen Beinen in seine Arme sank, stand unsere Welt für einen Moment still.

11

„Ach du Scheiße, und den ganzen Weg musstet ihr dann auch wieder zurücklatschen?"

„Hallo?! Wir haben uns geküsst!"

„Ja, hast du schon gesagt. Ich frag mich bloß, was das denn bitte für ein komischer Typ ist. Zu Fuß auf ein Date, ts. Hat der kein Auto, oder was?"

„Mann, Katharina, ist doch scheißegal!"

„Okay, ist ja gut. Aber hoffentlich ist das nicht einer von diesen bescheuerten Klimaklebern. Wenn der dich mal besuchen kommt, musst du ihn sonst vorm Hauptbahnhof mit Lösemitteln von der Straße kratzen."

„Ist er nicht. Wie kommst du denn nur darauf? Vielleicht ist sein Auto kaputt oder so. Kann doch sein."

„Dann könnte man sich ja auch eins leihen, oder?"

„Ja, könnte man, wenn man nicht am Hintern der Welt wohnen würde. Und jetzt lass mich endlich weitererzählen. Du bist eine tolle Freundin, wirklich."

„Gut. Schieß los. Er hat also dein Kleid zerrissen, ihr habt Fischsuppe gegessen und heißen Kakao mit Schuss getrunken. Und euch dann total romantisch am Strand geküsst, mit Fischatem, während die Sonne untergegangen ist."

„Mit Schokoladenatem. Und dann noch ungefähr hundertmal, bis wir wieder beim Ferienhaus waren."

„Und dann hattet ihr wilden, hemmungslosen Sex."
„Katharina!"
„Was denn? Etwa nicht?"
„Nein! Also echt."
„Hätte doch sein können, ihr mögt euch doch."
„Und das reicht für Sex? Nicht immer von dir auf andere schließen, hm?"
„Okay, ich bin kein Maßstab. Aber gib wenigstens zu, dass du kurz dran gedacht hast."
„Nö."
„Zoe?"
„Gut, vielleicht. Aber echt nur ganz kurz. Immerhin ist er verdammt attraktiv. Du müsstest sein Gesicht sehen, wenn er ..."
„... lächelt, ich weiß. Und seine strahlend blauen Augen und seine Muckis. Und seinen tollen Charakter. Schickst du mir jetzt endlich mal ein Foto von ihm?"
„Sehr witzig, wie soll ich das denn bitte anstellen? Hey Finn, guck bitte mal kurz süß, meine beste Freundin möchte ein Foto von dir haben, oder wie?"
„Zum Beispiel, ja. Aber das ist dir wieder peinlich, stimmt's?"
„Nicht mir, das wäre generell jedem peinlich!"
„Außer mir. Aber okay, spätestens wenn du wieder hier bist, seh ich ihn ja. Oder habt ihr noch keine Fotos von euch beiden?"
„Nein, haben wir nicht. Das war unser allererstes Date! Aber die Idee ist trotzdem gut. Wir treffen uns morgen wieder, und vielleicht mach ich dann eins."
Eins, das ich immer angucken könnte, wenn ich wieder zu Hause war. Falls ich ihn vermisste.

„Oh Gott, Zoe, du bist bis über beide Ohren verknallt.“ Katharina seufzte so laut ins Handy, dass ich es ein Stück weit weghalten musste, um keinen Hörschaden zu riskieren.

„Bin ich nicht.“

„Bist du doch.“

„Nein, ich bin nicht *verknallt*.“

„Oh nein.“ Sie seufzte „Tut mir leid, Süße.“

„Und mir erst.“

„Das wird schon, hörst du? Dieses Kaff da oben ist ja nicht aus der Welt. Wenn die Bahn mal pünktlich sein sollte, erwischt er auch seine zehn Anschlusszüge, die ihn dann irgendwann zu dir bringen.“

„Katharina, du bist nicht hilfreich.“ Beim Gedanken an meine Abreise spürte ich einen dicken Kloß im Hals.

„Ich wollte dich nur aufmuntern. Tut mir auch leid. Ich bin für dich da, ja?“

„Das weiß ich. Hab dich lieb.“

„Und ich dich. Bis morgen, Zoe.“

***

Hatte ich mich wirklich in Finn verliebt? War es nicht eigentlich so, dass man mit einem dümmlich bis debil anmutenden Grinsen durch die Gegend lief und überall Herzchen und Liebespaare sah? Dass man alles durch die berühmte rosarote Brille betrachtete? Und dass man vor Glücksgefühlen nur so überschäumte und gar nicht mehr wusste, wohin mit seiner guten Laune? Dann war ich es nicht mehr, seit ich mich draußen vor der Tür von ihm verabschiedet hatte. Seitdem war ich nämlich sogar ziemlich mies drauf, weil ich ständig daran denken musste, dass wir uns schon bald für eine lange Zeit nicht mehr sehen würden. Wenn nicht sogar für immer. Ich ärgerte mich maßlos über mich selbst, dass mein inneres Ich es zuließ, solch starke Gefühle für einen Mann zu haben, der mir erst ein paar Mal über den Weg gelaufen war. Mit dem ich ein einziges Date gehabt hatte. Und der mich geküsst hatte ... Seine Küsse schmeckten so unglaublich gut und fühlten sich noch viel besser an. Bei keinem einzigen von ihnen hatte ich gewollt, dass er jemals zu Ende ging. Dazu waren seine Hände, seine weichen Finger so unfassbar zärtlich gewesen. Er hatte mich so sanft berührt, und ich rechnete es ihm hoch an, dass er nicht nach dem obligatorischen Kaffee gefragt hatte, der ja in den allermeisten Fällen nur eine Alibifunktion hatte. Nein, er war anständig. So ein Exemplar fand sich äußerst selten, wie ich bei Katharinas Bekanntschaften regelmäßig feststellen musste. Nicht dass sie etwas dagegen gehabt hätte, ganz im Gegenteil, aber mein Fall war so etwas nun mal nicht.

Aus meinem herrlich weichen Bett heraus und tief ins flauschige Kissen gekuschelt, betrachtete ich lächelnd das grüne Kleid, das ich zusammengelegt über den Stuhl gehängt hatte. Der Riss war nicht zu sehen und doch wusste ich, dass er da war. Mein letzter Gedanke vor dem Einschlafen war der, dass ich ab morgen versuchen würde, alles Negative einfach zu verdrängen. Komplett abzuschalten. Die Zeit mit Finn war schließlich zu wertvoll, also würde ich das Beste aus dem Ganzen machen und sie einfach in vollen Zügen genießen.

***

„Du wolltest doch mal rüber zur Vogelwarte, oder?"

Händchen haltend schlenderten wir über den Strand. Er hatte zwei halbwüchsigen Jungspunden Surfunterricht gegeben und war gleich danach zum *Friesenhuus* gelaufen, um mich zu einem Spaziergang abzuholen.

„Ja, wieso?"

„Na ja, du könntest mich mitnehmen. Dann kannst du dir die Vögel ansehen, und wir verbringen trotzdem Zeit miteinander."

„Einverstanden. Jetzt gleich?"

„Darf ich noch schnell unter die Dusche springen?", lachte er und wuschelte mir durch die Haare. „Danach können wir sofort los, okay?"

„Klingt nach einem Plan." Ich stellte mich auf die Zehenspitzen und drückte meine Lippen sanft auf seine.

„Äh ... Zoe, wäre es okay, wenn ich bei dir ..."

„Klar, kein Problem. Ist ja quasi dein Haus, und ich guck auch nicht. Versprochen."

„Ich hab nichts zu verbergen!", rief er zwinkernd und rannte los. „Wer als Erster am Gartentor ist!"

„Boah Finn, ich hasse Sport!", brüllte ich ihm hinterher und nahm ebenfalls die Beine in die Hand, zumindest halbherzig, denn ehe ich so richtig lossprinten konnte, war er bereits zwischen den Dünen hindurchgelaufen und hatte den Bohlenweg erreicht. Triumphierend warf er die Arme in die Höhe und fing an, dabei die Hüften kreisen zu lassen.

„Du siehst total bescheuert aus!" Ich keuchte mehr als dass ich rief, was zum einen dem Tempo und dem tiefen, bei jedem Schritt nachgebenden Sand geschuldet war und zum anderen dem Lachanfall, den ich nicht mehr lange würde unterdrücken können, wenn er so weitermachte. Der knallorange, hautenge Surfanzug hing halb an ihm herunter und gab seinen kompletten, in der Sonne glänzenden Oberkörper frei. Bei jeder Drehung schwangen die herunterhängenden Ärmel in die entgegengesetzte Richtung und patschten ihm an den Hintern, der selbst in diesem komischen Teil zum Anbeißen aussah. Dazu kam, dass er sich bewegte wie ein großer tollpatschiger Bär, der ungefähr genauso viel Gefühl für Rhythmus hatte wie eine Wasserwaage. Breitbeinig, mit abwechselnd einknickenden Knien und schnellen, riesigen Ausfallschritten tanzte er im Kreis herum, bis ich bei ihm angelangt war.

„Hör auf, Finn, bitte", presste ich vollkommen außer Puste und kurz davor, vor Lachen vor ihm in den Sand zu sinken, heraus und hielt mir mit beiden Händen den Bauch. Doch meine Bitte schien ihn erst so richtig anzuspornen. Höchstwahrscheinlich hatte er als Kind auch zu viele Folgen von *Alle unter einem Dach* gesehen, denn das, was er jetzt zum Besten gab, war eine nahezu perfekte Kopie von Steve Urkels Tanzstil.

„Um Himmels Willen, ich werde dich nie wieder ernst nehmen können!"

Unbeeindruckt machte er weiter.

„Und dich nie wieder küssen!", ergänzte ich.

Schlagartig stoppte er in seiner Bewegung, was ihn noch viel bekloppter aussehen ließ, weil er gerade das rechte Bein im Neunzig-Grad-Winkel angehoben hatte, seine Ellbogen weit nach außen zur Seite gestreckt und seine Hände am imaginären Hosenträger. Zu meinem Entsetzen drehte er den Kopf in meine Richtung und hatte sogar den typischen Urkel-Blick drauf!

„Das wäre aber jammerschade." Er brauchte nur zwei große Schritte, bis er bei mir war.

***

Ich guckte nicht heimlich durch den Spalt der Badezimmertür, auch wenn ich zweimal kurz davor war. Einen Schönheitswettbewerb würde wohl kein Penis der Welt gewinnen, egal wem er gehörte, aber wenn man nicht hinsah, waren die Dinger ja durchaus ziemlich praktisch. Deswegen reizte es mich auch nicht allzu sehr, die Tür noch ein Stückchen weiter aufzudrücken. Mich hätte höchstens interessiert, ob er nicht vielleicht zu groß war. Denn auch, wenn man das in dem Zustand, in dem er sich jetzt gerade hoffentlich befand, nicht abschließend beurteilen konnte, war ja zumindest eine Tendenz zu sehen. Und wie sagte Katharina immer? Lieber kürzer und dicker als lang und dünn. Und recht hatte sie.

Klasse Zoe, jetzt stellst du ihn dir die ganze Zeit vor, bis du ihn dann vielleicht mal gesehen hast.

Vielleicht sollte ich doch mal kurz ... Vorsichtig und auf Zehenspitzen schlich ich durch den Gang in Richtung Badezimmer. Zum dritten Mal. Gerade als ich mit der Spitze meines Zeigefingers gegen die angelehnte Tür tippen wollte, riss Finn sie schwungvoll auf und stand grinsend direkt vor mir. Mit einem weißen Handtuch um die Hüften.

„Erwischt!"

„Gar nicht", schmollte ich und schob die Unterlippe vor. „Ich wollte nur nachsehen, ob du endlich fertig bist, weil ich mir noch die Zähne putzen will."

„Klar, Zoe." Er gab mir einen Kuss und tippte mir auf die Nasenspitze. „Du bist niedlich, wenn du schwindelst."

Noch ein Kuss. Ein langer Kuss. Einer, der mich jeglichen Protest gegen seine unglaubliche Behauptung vergessen ließ. Er zog mich an sich und vergrub seine Hand, die er an meinen Nacken gelegt hatte, in meinen Haaren, während er die andere um meine Taille schlang und mich küsste, als gäbe es kein Morgen. Als er mir zärtlich über die Wange strich und mir verlegen grinsend bedeutete, dass er wohl noch ein paar Minuten brauchen würde, bis er in seine Jeans steigen konnte – was ich bereits wusste – war ich auch beruhigt, was die Sache mit der Größe anbelangte.

***

Die Führung war wirklich superinteressant. Vor allem die Tatsache, dass sich direkt vor der Station, die in einer Umweltschutzzone lag, das Brutgebiet von vielen vom Aussterben bedrohten Vogelarten befand. Man konnte von der Aussichtsplattform aus praktisch alles, was man gerade eben gehört hatte, live und in Farbe sehen. Das machte das Ganze natürlich auch unglaublich anschaulich. Allerdings hinterließen die Ausführungen des netten Herrn, der uns alles erklärte, auch einen ziemlich faden Beigeschmack. Schließlich lag es tatsächlich in erster Linie an uns Menschen, dass immer mehr von dem Lebensraum, den die Tiere so dringend benötigten, verschwand.

„Traurig, oder?"

„Allerdings. Und dabei sind es ja eigentlich nur Kleinigkeiten, die wir ändern müssten."

„Mir tun die echt leid. Wo sollen sie denn hin, wenn es keine Feuchtwiesen mehr gibt, sondern nur noch Ackerflächen?" Beim Gedanken an all die armen Vögel, die verzweifelt auf der Suche nach Nahrung und nach Plätzen waren, an denen sie brüten konnten, trieb es mir die Tränen in die Augen.

„Hey, Zoe, nicht weinen. Noch gibt's ja ein paar, und mit ein bisschen Glück werden es auch wieder mehr. Hier sind wirklich fachkundige Leute am Start, die tun alles dafür." Er schloss mich fest in seine Arme. Sein Kinn lag auf meinem Kopf, und als ich seine Hände streichelnd an meinem Rücken spürte, fühlte ich mich schlagartig besser. Zuversichtlicher.

„Gehen wir noch ein Eis essen?"

Er wich meinem fragenden Blick aus, drehte seinen Arm und sah auf seine Uhr. Einen Moment lang schien er mit sich zu ringen, doch dann nickte er. „Ja, können wir machen. Aber danach muss ich los, okay?"

„Bringt es was, wenn ich nein sage?"

Sein Lächeln wurde eine Spur ernster. „Leider nicht, nein."

„Wo musst du denn so dringend hin?"

War es vermessen, das zu fragen? Es ging mich ja eigentlich nichts an, was er mit seiner Zeit anstellte. Allerdings hatte er durchaus das eine oder andere Mal anklingen lassen, dass er eben mehr davon mit mir verbringen wollte. Solange es noch ging.

„Ist was Geschäftliches. Also ... so halb zumindest. Ist auch egal, nichts Schlimmes auf jeden Fall."

„Klingt aber irgendwie danach. Läuft deine Surfschule nicht so gut?“

Okay, das war vermessen, definitiv. Vielleicht sollte ich ihn gleich nach seinen Kontoauszügen fragen. Zumindest guckte er so, als hätte ich das eben getan.

„Sorry Finn, ich wollte nicht ... ich dachte nur, weil du ja anscheinend kein Auto hast und so ... na ja. Vergiss es bitte. Das ist allein deine Sache.“

„Ich hab kein Auto, weil ...“ Er zögerte und senkte den Kopf, bevor er weitersprach. „Ich fahre nicht Auto.“

„Oh, du hast keinen Schein? Das ist ja echt ungewöhnlich. Aus Überzeugung?“ Sofort dachte ich an Katharina und die Klimakleber. „Oder hast du einen Bleifuß?“, fügte ich schnell hinzu und musste grinsen.

Ich fuhr auch gerne schnell und war das eine oder andere Mal geblitzt worden. Allerdings ärgerte es mich immer, dass beispielsweise vor Kindergärten, Schulen oder Seniorenheimen kein Blitzer stand, dafür aber auf der Autobahn, wo dann eine kurze Strecke auf hundert beschränkt war und man genau wusste, dass das nur wegen eben dieses Blitzers der Fall war. Warum sonst sollte auf einer dreispurig ausgebauten Fahrbahn, die strikt geradeaus führte und deren linke Spur so gut wie immer leer war, die Geschwindigkeit kontrolliert werden?

„Überzeugung ist das falsche Wort. Ich fahre einfach nicht mehr.“

Das war’s. Es gab keine weitere Erklärung oder auch nur den Ansatz eines Grundes. Warum auch immer er so etwas Banales wie Autofahren zu seinem Tabuthema gemacht hatte – ich hakte nicht weiter nach. Irgendwann würde ich es schon erfahren, und bis dahin liefen wir einfach weiter in der Gegend herum. Vielleicht würde ich nächstes Mal einfach ein Taxi rufen, dann musste er nicht fahren und ich nicht laufen. Eine Win-Win-Lösung sozusagen.

„Wollen wir über den Deich zurückgehen?"

Bis ich auf der Aussichtsplattform der Vogelwarte gestanden hatte, hatte ich nicht gewusst, dass es hier überhaupt einen gab. Bevor ich in den Norden gefahren war, hatte ich gedacht, dass hier die ganze Küste von den herrlich grünen, langgezogenen Hügeln abgeschirmt wäre, aber Annelieses Haus stand anscheinend so weit weg vom Meer, dass es dort schlicht und einfach keinen gab. Oder aber ihr Häuschen wäre ein Kollateralschaden bei einer Sturmflut, aber weil es eben das einzige Gebäude war, das so nah am Strand stand, wollte niemand die Kosten tragen, um es zu schützen.

„Klar, warum nicht, vielleicht ist Helge auch gerade da. Den hab ich schon lange nicht mehr gesehen."

„Wer ist denn Helge?"

„Einer der Schäfer hier. Die Deiche werden doch beweidet."

„Klar, hab ich im Fernsehen gesehen. Ich liebe Schafe. Weißt du, was man tun muss, wenn man eins auf der Seite oder auf dem Rücken liegen sieht und es nicht aufsteht und wegläuft, wenn man näherkommt?"

„Nee, weiß ich natürlich nicht", antwortete er und konnte sich ein kleines Grinsen nicht verkneifen.

„Das hier!", rief ich lachend, nahm Anlauf und schubste ihn mit Schwung in die Wiese.

„Na hoffentlich bist du bei den Schafen dann nicht so grob wie bei mir", rief er immer noch grinsend und rieb sich den Ellenbogen.

Ich eilte ihm zu Hilfe und streckte ihm meine Hand entgegen, um ihm aufzuhelfen. „Zu Tieren bin ich immer lieb“, konnte ich noch rufen, bevor er mich mit einem Ruck zu sich nach unten auf den Boden zog und ich auf ihm landete.

„So, zu Tieren immer, ja? Und zu mir?“

„Na ja, du siehst beim Tanzen aus wie ein großer Bär, und wenn dir was nicht passt, dann grummelst du in deinen Stoppelbart, also ...“

„Okay, Zoe, du bist nicht niedlich, sondern verdammt fies.“

„Moin, Finn und unbekannte Lady, was macht’n ihr da? Habt ihr kein Zuhause?“

Schnell wie der Blitz rollte ich mich von ihm hinunter und sprang auf. Finn tat dasselbe, aber viel gemächlicher.

„Moin Helge, weißt du doch, nich?“

Uff, der Schäfer. Im ersten Augenblick dachte ich, die Küstenpolizei hätte sich unbemerkt angeschlichen und würde uns jetzt wegen Erregung öffentlichen Ärgernisses oder so was festnehmen.

„Ja ja, ihr jungen Leute. Sach ma, und wer is’n das da?“ Er nickte in meine Richtung und verzog den Mund zu einem anzüglichen Lächeln.

„Ach Helge, lass gut sein. Das ist Zoe, sie macht Urlaub hier.“

„Och Finn, wenn das deine ...“

„Wo sind denn die Schafe?“, unterbrach er den alten Mann, dessen schlohweiße lange Haare vom Wind in alle Richtungen gezerrt wurden.

„Hol ich jetzt.“

„Ah, gut, wir müssen jetzt nämlich los.“ Finn schnappte sich meine Hand, hob zwei Finger zum Gruß an die Schläfe und zog mich mit sich über das saftig grüne Gras bis zu dem niedergetrampelten Pfad, der oben auf dem Deich entlangführte.

Als wir außer Hörweite waren, stemmte ich meine Füße in den Boden und blieb stehen.

„Was war das denn bitte grad für ein Abgang? Und was hat er mit *Wenn das deine* gemeint?“

„Mutter wüsste“, kam es wie aus der Pistole geschossen. „Wenn das deine Mutter wüsste, das wollte er sagen.“

„Das glaubst du doch wohl selber nicht, oder? Anneliese ist doch total offen, und ich glaube, sie mag mich. Hätte sie denn wirklich ein Problem damit, wenn sie wüsste, dass wir ... na ja, dass wir uns mögen?“

„Nein, hätte sie nicht. Aber Helge ist eben Helge, weißt du. Bringt auch nichts, mit ihm da drüber zu diskutieren, also hab ich uns aus der Schussbahn geholt.“

„Hm, okay. Wenn du meinst ... aber komisch war das trotzdem.“

„Ach Zoe, wenn du erst mal alle hier kennst, mit allen Eigenarten und so, dann findest du das nicht mehr komisch.“

„Dürfte schwer werden in der kurzen Zeit.“

Alles Negative ausblenden, oder wie war das?

„Ja.“ Seine Schultern rutschten ein Stückchen nach unten. „Komm, die Eisdiele wartet.“

12

Finn hatte sich, gleich nachdem wir es geschafft hatten, diesen gigantischen, sündhaft leckeren Eisbecher, der mit Unmengen süß schmeckenden dunkelroten Erdbeeren gespickt war, auszulöffeln, auf den Weg gemacht. Er hatte kein Wort darüber verloren, was er zu tun hatte, und ich hatte auch nicht mehr danach gefragt. Wir wollten uns am nächsten Tag vormittags am Strand treffen, weil er mich unbedingt noch einmal auf einem Surfbrett sehen wollte.

„Zoe, du kannst das, glaub's mir. Und wenn du erst mal gefühlt hast, wie frei du dabei sein kannst, willst du immer wieder da raus."

Große Lust hatte ich nicht. Auf der anderen Seite aber käme ich wieder in den Genuss, ihn mit nacktem, nassem Oberkörper zu sehen. Und wer wusste schon, ob ich nicht wieder seine Hilfe benötigte, weil ich sonst unterging?

***

Als ob sie geahnt hätte, dass ich absolut keine Ahnung hatte, was ich in den nächsten Stunden tun sollte, rief Anneliese an. Gerade als ich die Eingangstür aufgeschlossen und die bunten Infobroschüren, die ich aus der Vogelwarte mitgenommen hatte, auf das Tischchen neben der Garderobe gelegt hatte. Sie fragte, ob ich Zeit hätte und sie auf einen Tee vorbeikommen dürfte. Ich bejahte beides. Natürlich, denn es machte wirklich Spaß, sich mit ihr über Gott und die Welt zu unterhalten. Finn hatte unglaublich viel von ihr an sich, allem voran dieses unverwechselbare Lachen, das so ansteckend war, dass ich gar nicht anders konnte, als mitzulachen. Zwar leider auch die Leidenschaft für diese rotbraune Brühe, aber darüber konnte ich großzügig hinwegsehen. Wenn ich ein Stück Kandis mehr hineingab, übertönte die Süße dann auch diesen komischen Teegeschmack, den ich aber ja schon nicht mehr ganz so schrecklich fand wie noch vor ein paar Tagen. Der Mensch war nun mal ein Gewohnheitstier, und wie dieses Wort schon implizierte, gewöhnte man sich irgendwann an – fast – alles. Wir verbrachten den restlichen Nachmittag damit, mit gefüllten Teetassen vor uns in der Sonne zu sitzen und über alles Mögliche zu schnacken, wie sie es nannte. Ich erzählte ihr von meinem Job und der Blockade, von Katharina und den kleinen Gässchen in der Nürnberger Altstadt, die mich ein bisschen an die hier im Ort erinnerten und von Maren und der Ente, wegen der ich eigentlich hier war.

Im Gegenzug erzählte sie mir den einen oder anderen Schwank aus ihrer Jugend. Teilweise waren die Dinge, die sie angestellt hatte, so unglaublich, dass ich aus dem Staunen und Lachen überhaupt nicht mehr herauskam. Sie übrigens auch nicht, und mit Tränen in den Augen hatte sie mir das Versprechen abgerungen, niemals auch nur ein Sterbenswörtchen von all dem an Finn heranzutragen. „Wirklich, Zoe, der nimmt mich doch sonst nie wieder ernst", hatte sie mit bebenden Schultern herausgepresst, bevor sie sich erneut gekringelt hatte.

Als es langsam dämmrig wurde, lud sie mich noch zu ihrem Lieblingsitaliener ein. Das kleine Lokal lag etwas versteckt in einer Seitenstraße, und die Pizzen schmeckten noch einmal besser als die des anderen Restaurants, das einen Lieferservice anbot. Als wir fertig gegessen hatten, brachte der nette Kellner uns ein Schnapsglas mit einer weißen, trüben Flüssigkeit darin. „Küstennebel", erklärte er auf meinen fragenden Blick hin und zwinkerte uns beiden zu. „Trinken nicht nur die Touristen."

„Okay, neblig sieht das Zeug wirklich aus, und nach was schmeckt es?" Skeptisch betrachtete ich das Gläschen.

„Zoe, weißt du, was man hier sagt? Nich lang schnacken, Kopp in Nacken!" Anneliese setzte den Schnaps an und kippte ihn in einem Zug hinunter.

Drei Küstennebel später und schon mehr als angeheitert machten wir uns schließlich auf den Rückweg. Sie wartete vorne an der Straße, bis ich am Gartentürchen des Ferienhauses angekommen war, winkte mir zu und ging dann die hundert Meter zurück bis zu ihrem Haus. Ich schaffte es noch, mich durch die Tüten mit den Klamotten zu wühlen, die ich bei Nina gekauft hatte, und in mein neues Nachthemd zu schlüpfen, bevor ich hundemüde ins Bett fiel und augenblicklich einschlief.

***

Durch ein lautes Hämmern wurde ich aus meinem wunderschönen Traum gerissen, in dem Finn gerade dabei war, mich zu küssen. Natürlich. Mit einem Ruck setzte ich mich auf und stieß dabei fast mit dem Kopf an die Dachschräge. Das Hämmern wurde immer lauter und immer wilder und verstummte auch nicht, als ich mir die Schläfe rieb und gleichzeitig versuchte, meine Füße mit den dicken Schlafsocken in die Badeschlappen zu quetschen.

„Ich komm ja schon!", rief ich und ließ die Schlappen Schlappen sein. Schlaftrunken schlurfte ich die Stufen der Treppe hinunter und hielt mich dabei am Geländer fest, weil ich die Augen kaum aufbekam. Ich hatte keine Ahnung, wie spät es war, aber die Sonne schien bereits durch die Fenster und tauchte das ganze Häuschen in ein gleißendes und für meinen Zustand viel zu helles Licht. Mein Kopf brummte nicht nur wegen der Dachschräge, sondern auch wegen des Küstennebels. „Der Name passt echt wie die Faust aufs Auge", murmelte ich und übersah dabei fast die letzte Stufe. Ich zwang mich, so schnell wie möglich die Quelle dieses frühmorgendlichen Lärms auszumachen, um sie abstellen zu können und blinzelte zur Terrassentür. Dort stand Finn und klopfte wie bekloppt gegen das Glas.

„Zoe!", konnte ich ihn brüllen hören.

Auch wenn hier weit und breit niemand war, den das hätte stören können – außer mir natürlich, denn ich wäre verdammt gerne noch ein paar Stunden länger in meinem kuscheligen Bett geblieben – sollte er sofort und augenblicklich damit aufhören. Er sprang da draußen herum wie Rumpelstilzchen höchstpersönlich.

Auch wenn er um einiges attraktiver war und höchstwahrscheinlich auch sehr viel liebenswerter.

Ganz automatisch streckte ich die Hand aus und drehte am Griff, doch noch bevor ich die Tür hatte öffnen können, fiel er im wahrsten Sinne des Wortes direkt mit ihr ins Haus.

„Mensch, bis du mal aufwachst!“, begrüßte er mich, lief ein paar Schritte ins Wohnzimmer hinein und blieb mitten im Raum stehen.

„Wunderschönen guten Morgen, ich freu mich auch, dich zu sehen“, antwortete ich und konnte mir ein Gähnen nicht verkneifen. „Musst du mal aufs Klo?“

„Hä? Nein, wieso?“

„Weil du so rumhampelst. Tee?“

„Nee, keine Zeit.“ Er musterte mich und grinste von einem Ohr zum anderen. „Hast du was zum Drüberziehen?“

Ich sah an mir hinunter und verkniff mir ein Lachen. „Wieso, was passt dir denn daran nicht?“

„Na ja, es ist so ... gepunktet. Eigentlich siehst du aus, als hättest du pinke Masern oder so was.“

„Nina hat gesagt, dass es mir bestimmt steht“, gab ich halb trotzig, halb amüsiert zurück.

„Ach, alles klar. Nina findet übrigens auch, dass die Achtziger modetechnisch gesehen ganz toll waren.“

„Waren sie ja auch!“

„Herrje, ich glaub, ich überleg mir das mit dir noch mal“, lachte er, wurde dann aber sofort wieder ernster.

„Sven hat mich grad angerufen, die Seehunde sind auf der Sandbank draußen. Er fährt gleich raus und hat gefragt, ob wir mit wollen.“ Er warf einen Blick auf das Display seines Smartphones, das er in der Hand hielt.

„Aber wir müssen uns jetzt echt beeilen, du hast ja ewig gebraucht."

„Hallo? Ich hab geschlafen! Wie spät ist es eigentlich?"

„Gleich sieben, aber er hat schon vor zwanzig Minuten angerufen."

„Moment, *Seehunde* hast du gesagt?"

Er nickte. Ich rannte zu meinen Tüten, in denen sich neben einem Paar quietschgelber Gummistiefel, die man laut Nina hier unbedingt brauchte, auch eine weiße Sommerhose befand, die mir bis zur Hälfte der Oberschenkel ging. Auch diese benötigte man laut ihrer Aussage ebenfalls unbedingt, wenn man hier Urlaub machte. Ich wollte ihr nicht erklären, warum *ich* sie nicht brauchen würde, und da sie auch ziemlich günstig gewesen war, hatte ich sie einfach zu den Sachen gelegt, die ich kaufen wollte.

„Fertig, wir können los!", rief ich und spurtete wieder um die Ecke, hinter der er noch immer stand.

Als er mich erblickte, sagte er nichts. Das musste er auch überhaupt nicht, denn seine Augen, die liebevoll an mir hinabwanderten und sein Lächeln, das sich währenddessen auf seine Lippen legte, sagten mehr, als es alle Worte dieser Welt in diesem Moment hätten tun können.

13

„Und jetzt nach rechts, ja?“

„Min Deern, rechts is aufm Schiff steuerbord.“

Sven, der genauso sympathisch war wie alle anderen Menschen, die ich bisher hatte kennenlernen dürfen, hatte mir tatsächlich erlaubt, mich ans Steuerrad zu stellen und seinen Kutter zu lenken. Das Boot war uralt und sah ein bisschen so aus, als wäre es schon zu Kolumbus' Zeiten übers Meer geschippert, genau wie Sven selbst, dessen wettergegerbtes Gesicht unter seinem dichten Vollbart kaum zu sehen war. Er erinnerte mich an Efraim Langstrumpf, den Vater von Pippi. Nur der große runde Ohrring fehlte ihm, und er war wohl auch ein paar Jahrzehnte älter als der König der Südsee.

„Ihr erinnert mich an irgendeine alte Kinderserie“, hatte Finn mir ins Ohr geflüstert, als der alte Seebär und ich nebeneinander auf dem Deck des Kutters standen. Sven grinste in seinen Bart hinein, was wohl der Tatsache geschuldet war, dass er, im Gegensatz zu dem uns immer noch grübelnd anstarrenden Finn, Pippi Langstrumpf kannte. Während Finn und ich am Strand entlang zu dem winzigen Hafen gelaufen waren, in dem der Kutter festgemacht war, hatte ich meine in alle Richtungen abstehenden Haare auch noch zu zwei seitlichen Zöpfen geflochten ...

„Alle Mann an Bord, die *Hoppetosse* legt ab!“, hatte Sven zwinkernd gerufen, und ich war innerlich vor Lachen zusammengebrochen.

„Finn! Da, guck mal!“ Sofort hörten die beiden auf, miteinander zu reden. Finn eilte herbei und stellte sich hinter mich. Er tastete sich mit seinen Händen um meine Taille herum und faltete sie vor meinem Bauch ineinander. „Das sind ja total viele!“

Wir kamen der Sandbank immer näher, und mit jedem Meter, den der Fischkutter zurücklegte, konnte ich die Seehunde besser erkennen. Bestimmt an die hundert Tiere lagen dort in der Sonne und ruhten sich aus.

„Die kleinen da, das sind die Jungen vom Juli. Die werden jetzt noch'n büschen gesäugt und in ein, zwei Wochen sind die dann auf sich gestellt.“

„Sind die niedlich!“ Meine Stimme überschlug sich fast, so begeistert war ich, diesen wunderschönen Tieren so nah sein zu können.

„Nich so gieksen, sonst denken die noch, wir haben einen Heuler an Bord.“ Sven lachte wieder und freute sich sichtlich darüber, dass ich mich so freute.

„Aber Sven, sind die Jungtiere nicht eigentlich weiß und flauschig?“ Ich meinte mich zu erinnern, in einem Bildband Fotos junger Seehunde gesehen zu haben, die ein dichtes Fell hatten. „Deswegen gibt‘s doch in Kanada auch diese grausame Jagd auf die Babys.“

„Richtig“, seufzte er. „'Ne Schande ist das, echt wahr. Nich wegen dem Fleisch, sondern nur wegen dem Pelz schlachten die die ab. Das da sind Seehunde, und die sind schon bei ihrer Geburt glatt und grau. Wahrscheinlich ihr Glück.“

Immer noch hatte ich meinen Blick nicht von dem Gewimmel auf der Sandbank abgewendet und darüber total vergessen, auf das Steuerrad aufzupassen. Wir trieben immer näher zur Sandbank. Plötzlich griff Sven zu und drehte das Rad an einer der auf Hochglanz polierten hölzernen Speichen schwungvoll nach rechts. Also nach steuerbord, wie ich ja bereits gelernt hatte.

„Tut mir leid“, entschuldigte ich mich und guckte betreten auf die Spitzen meiner Gummistiefel.

„Schon okay, ich kann mich auch immer noch nicht an denen satt sehen. Aber noch näher dürfen wir nicht, die sollen doch ihre Energie nicht verschwenden, nur weil sie vor irgendwelchen Trotteln flüchten müssen, nich wahr?“

Ich nickte und ließ mich von ihm bereitwillig wieder ans Steuer schieben. Finn war sein Lächeln die ganze Zeit über wie ins Gesicht gemeißelt. Als Sven ihm auf die Schulter schlug und ihm ein klein wenig zu laut zuraunte, dass er sich mich warmhalten sollte, schielte ich über meinen Zopf nach hinten und konnte sehen, wie er errötete, bevor er sich schnell zu den Seehunden drehte.

Sven lud uns ein, noch eine Extrarunde mit ihm zu drehen. „Dann könnt ihr ’n büschen Krabben pulen“, lockte er uns und warf das Netz aus, während Finn und ich uns einen Spaß daraus machten, wie Kate und Leo am Bug des Kutters zu stehen und uns mit weit ausgestreckten Armen dem Wind entgegenzulehnen.

***

Es war fast eins, als wir wieder in den Hafen einliefen. Zum Abschied wollte ich Sven die Hand geben und mich bei ihm bedanken, aber er winkte ab. Schneller als ich gucken konnte, hatte er mich in eine herzliche Umarmung gezogen. Von wegen nur ein knappes Moin, hier in Nienersiel umarmte man sich anscheinend doch.

„Hoffe, man sieht sich mal wieder, min Deern", murmelte er, kurz bevor er sich mit einem Handschlag und einem mehr als bedeutungsvollen Blick auch von Finn verabschiedete.

Hand in Hand schlenderten wir durch den warmen Sand zurück zu meinem Domizil auf Zeit. Finn trug meine Gummistiefel, in die ich meine Schlafsocken gesteckt hatte. Seine eigenen Turnschuhe baumelten zusammengebunden um seinen Hals und schlugen bei jedem Schritt gegen seine Brust.

„Morgen hast du da bestimmt blaue Flecken."

„Ich sag einfach, dass du das warst."

„Hey, du spinnst wohl!", rief ich entsetzt aus und pikste ihm in die Seite.

„Sieht doch sowieso niemand." Und ganz leise, fast unhörbar: „Außer dir vielleicht."

14

Abends wollte Finn wieder bei mir vorbeikommen. Ich hatte vorgeschlagen, für uns zu kochen. Nichts Großartiges, das würden die zwei kleinen Kochplatten auch gar nicht hergeben, aber so könnten wir heute noch ein bisschen mehr Zeit miteinander verbringen.

Als er die Straße hinuntergegangen und um die nächste Ecke verschwunden war, steckte ich hastig mein Nachthemd in den Bund der Hose, warf die Gummistiefel neben die Blumentöpfe vor dem Fenster und lief durch die Straßen bis zu dem kleinen Supermarkt, den ich bei unserem Spaziergang über den Deich entdeckt hatte. Ich wollte Nudeln, frische Tomaten und ein paar andere Kleinigkeiten einkaufen. Irgendwie war mir heute nicht danach, mit Fenja zu plaudern, obwohl ich ein wirklich schlechtes Gewissen hatte, weil es all das, was ich brauchte, auch bei ihr zu kaufen gab.

Hinter der automatischen Schiebetür befand sich auf der rechten Seite eine Bäckerei, die täglich frisch backte. So stand es zumindest auf der großen Schiefertafel, die an einen senkrechten Holzbalken gelehnt war. Der Duft, der mir augenblicklich das Wasser im Mund zusammenlaufen ließ, sprach ebenfalls dafür. Ich war noch pappsatt von den Krabben, und trotzdem fand ich mich im nächsten Moment an der Theke wieder. Die Auslage sah wirklich unglaublich aus. Niemals hätte ich damit gerechnet, in einem so kleinen Städtchen eine so riesige Auswahl vorzufinden. Alleine die Plunderteilchen, die sich in allen nur vorstellbaren Variationen hinter der Glasscheibe stapelten, nahmen eine Fläche ein, die größer war als meine Arme, wenn ich sie ausstreckte. Von den Kuchen und Torten und dem ganzen Dauergebäck mal ganz abgesehen, das sich schier endlos aneinanderreihte.

„Moin, was darf's denn sein?“ Eine junge Frau, vielleicht um die zwanzig Jahre alt, war durch die Hintertür in den Verkaufsraum getreten und lächelte mir fröhlich zu.

„Äh ... eigentlich wollte ich nur mal gucken.“ Entschuldigend lächelte ich zurück.

„Alles klar. Lassen Sie sich ruhig Zeit. Ist übrigens alles frisch und von heut Nacht.“

„Das riecht man auch. Sieht alles superlecker aus, wirklich.“

„Dankeschön, das gebe ich gerne so weiter. Ist eben ein Unterschied, ob das vorgebacken kommt oder ob's frisch gemacht wird.“

Überrascht blickte ich auf. „Ach, das ist hier gar keine Filiale von einer Großbäckerei?“

„Nö“, lachte sie. „Wir backen hier.“ Sie zeigte hinter sich. „Jetzt ist natürlich keiner mehr da, die fangen ja schon um zwei an.“

„Oh je, da muss man seinen Job aber echt lieben. Das erklärt auch, warum das alles so toll und handgemacht aussieht. Normalerweise sind doch aber in Supermärkten immer Bäckereiketten untergebracht?“

„Na ja, der Standort hier ist besser als in der Stadt. Die Promenade runter sind ja die ganzen Hotels, und wenn die Leute zum Strand gehen, kommen sie alle hier vorbei."

„Klar, versteh ich. Und ich glaub, ich hab mich entschieden."

Wenig später schob ich meinen Einkaufswagen durch die Gänge des Supermarktes. Er war halb gefüllt mit Tüten, in denen sich der überaus opulente, handgemachte Nachtisch in Form von Erdbeerkuchen, Käse-Sahne-Torte mit Mandarinen, Schokocroissants – ich hatte innerlich aufgejauchzt, als ich sie entdeckt hatte, nirgendwo sonst gab es sie im Sommer – Quarktaschen und noch einigem mehr für heute Abend befand.

***

Finn war überpünktlich. Genau genommen klopfte er sogar fast eine halbe Stunde vor der verabredeten Zeit an die sperrangelweit offen stehende Terrassentür. Ich stand frisch geduscht und nur mit Unterwäsche bekleidet, die glücklicherweise von meinem rosafarbenen flauschigen Bademantel verdeckt wurde, in den ich in weiser Voraussicht geschlüpft war, in der Küche und hatte gerade die Tomaten kleingeschnitten, die ich als Basis für die Sauce verwenden wollte. Meine Haare hingen in langen tropfenden Strähnen an mir herab. Nicht einmal das Gesicht hatte ich mir eingecremt, weil ich erst das Essen hatte vorbereiten wollen. Die Sauce hätte dann vor sich hin köcheln können, während ich mich zurechtgemacht hätte. Mein erster Impuls war, die restlichen Tomaten einfach im Ganzen in die

Pfanne zu schubsen und schnurstracks im Bad zu verschwinden, allerdings musste ich diesen Plan in dem Moment aufgeben, in dem ich das Messer zur Seite legte.

„Hey Zoe."

Finn stand in der Küchentür, sah an mir hinunter und grinste.

„Ich seh schon, du hast dich wieder extra schick gemacht."

„Jedem das, was er verdient."

Sein Grinsen wandelte sich zu einem Lächeln, als er hinter mich trat und seine Arme um meine Hüfte legte. Ich spürte seinen Atem seitlich an meinem Hals. Als seine Lippen sanft über meine Haut in Richtung Ohrläppchen glitten, begann sofort wieder dieses wunderbare Kribbeln in meinem Bauch.

„Hey, was wird denn das, wenn's fertig ist?" Sanft stieß ich ihn von mir weg.

„Na ja, ich dachte, wir könnten den Nachtisch ein bisschen vorziehen?" Seine Hand rutschte ganz langsam von meiner Hüfte ein paar Zentimeter tiefer.

Wortlos, denn ich war nicht dazu fähig, auch nur ein einziges von denen, an die ich dachte, laut auszusprechen, nahm ich seine Finger und hielt sie fest. Nur einen winzigen Augenblick später und die magische Grenze, vor der ich noch rationale Entscheidungen hätte treffen können, wäre überschritten gewesen. Obwohl ich mich nach nichts mehr sehnte, als ihn zu spüren.

Ein paar Sekunden später, in denen nichts unsere Vorstellung störte und in denen das schnelle Pulsieren unseres Herzschlags fast hörbar wurde, öffnete ich meine Augen wieder. Er stand immer noch genau so da, aber sein Gesicht, das eben noch vor Leidenschaft geglüht hatte, hatte wieder diesen sanften, zärtlichen Ausdruck angenommen, an dem ich mich wohl niemals würde sattsehen können.

„Was den Nachtisch angeht, da hab ich leider schon was vorbereitet.“ Mit meinem unschuldigsten Blick und einem Schulterzucken zeigte ich auf die vielen Tüten, die ich auf die Arbeitsplatte neben die Spüle gestellt hatte.

Natürlich erkannte er das aufgedruckte Logo und musste lachen. „Na klasse, dann hat Susanne mir also die Tour versaut.“

„Oha, die Tour versaut, ja? So einer bist du also?“ Ich stemmte die Hände in die Hüften und funkelte ihn aus zusammengekniffenen Augen an.

So schnell, wie er mich wieder an sich gezogen hatte, konnte ich überhaupt nicht reagieren. Noch schneller stampfte ich mein gespieltes Entsetzen ein, als er mir einen langen Kuss gab.

„Klar“, murmelte er zwischendrin. „Deswegen treff' ich mich ja auch ständig mit dir, ohne dass was passiert.“

„Pass nur auf, sonst passiert wirklich gleich was.“

Er erstickte mein Flüstern mit seinen leicht geöffneten Lippen und raunte: „Wie ich mich darauf freue ...“

„Schluss jetzt!“, quietschte ich mit hoher Stimme. „Ich muss unser Essen machen, die Tomaten waren teuer!“

Er ließ seine Hände, die mich bis gerade eben noch festgehalten hatten, fallen und lehnte sich gegen den Backofen. „Ich weiß“, seufzte er. „Tomaten sind im

Sommer echt unbezahlbar. Komm, ich helfe dir, du lässt ja die ganzen Kerne liegen."

„Äh ... ja? Weil sie die Sauce verwässern?!"

„Tun sie nicht, die geben nämlich auch Geschmack. Musst es eben nur ein bisschen länger köcheln lassen."

„Hab ich mir da einen kleinen Chefkoch geangelt, hm?", zog ich ihn grinsend auf, doch insgeheim war ich total fasziniert davon, dass er sich Gedanken über den Tomatenschmodder machte, den alle, die ich kannte, einfach wegwarfen. Scheinbar wusste er wirklich, was er da tat. In der Küche, beim Kochen! Ich mochte Menschen, die gerne kochten, denn die aßen auch gerne. Meistens stimmte es, was man ihnen nachsagte – sie waren Genießer durch und durch, und ihnen waren auch die ganzen Kleinigkeiten wichtig. Die Auffassung zu bestimmten Bereichen im Leben konnte man ja durchaus auf andere übertragen, und ... nun ja ... Die Leidenschaft in seinen Augen, die ich vorhin erlebt hatte und dieses Liebevolle in seinem Ausdruck, wann immer er mich ansah. Seine zärtlichen Hände und dass er mich so mochte, wie ich war ...

„Schön, dass du hier bist, Finn." Ich drehte mich zu ihm hinüber und streckte mich, um ihm einen Kuss auf die Drei-Tage-Bart-Wange zu geben.

„Find ich auch. Und jetzt hör mal wieder auf mit diesen homöopathischen Dosen und kipp' den ganzen Wein da rein."

***

„Das war fantastisch, Zoe, wirklich. Ich hab selten was so Leckeres gegessen." Er tupfte sich mit einem

Tuch der Küchenrolle, das ich als improvisierte Serviette neben unsere Teller gelegt hatte, die letzten Reste der fruchtigen Tomatensauce aus den Mundwinkeln.

„Du schwindelst, ohne rot zu werden. Unglaublich", gab ich zurück und stand lächelnd auf, um das Geschirr in die Küche zu bringen.

„Das war nicht geschwindelt! Aber ich muss ganz ehrlich sagen, dass vor allem der viele Wein und das Stück Schokolade die Sauce so delikat gemacht haben."

„Schon klar." Mit einer überzogenen Handbewegung fuchtelte ich mir vor der Nase herum. „Puh, riechst du das?"

Skeptisch atmete er tief ein, schüttelte dann den Kopf und guckte fragend zu mir. „Nö, was denn?"

„Eigenlob", antwortete ich und verkniff mir ein Lachen, als ich seinen Blick sah.

„Du bist unmöglich, Zoe. Okay, ein Friedensangebot: Magst du auch ein Glas Wein?" Er ging zur Terrassentür und zog eine Flasche Rotwein aus seinem Rucksack, den er dort abgestellt hatte.

„Sehr gerne, Chefkoch. Aber diesmal bitte ohne Nudeln."

Als er die einzigen beiden etwas größeren Gläser, die wir in Annelieses Küchenschränken gefunden hatten und die fast als Weingläser hätten durchgehen können, bis zum Rand eingeschenkt hatte, nahm er meine Hand und führte mich nach draußen. Wir setzten uns auf die untere der beiden Stufen und streckten unsere Beine aus, sodass unsere Waden und Füße knöcheltief im Sand versanken. Den Sonnenuntergang hatten wir verpasst, was aber überhaupt nicht schlimm war, so sehr ich es auch liebte, dieses malerische Farbenspiel anzusehen. Er saß neben mir, deswegen war alles andere absolut nebensächlich.

„Wen bekochst du denn eigentlich immer?“ Ich nahm einen großen Schluck und wusste nicht, ob ich seine Antwort auch tatsächlich hören wollte.

„Wie kommst du denn darauf, dass ich überhaupt für jemanden koche?“

Meine Augenbraue hob sich, als ich ihn ansah. „Also bitte, auf so was wie die Schokolade wäre ich nie gekommen, und ich koche echt gerne.“

„Kochsendungen.“

Einen kurzen Moment wartete ich ab, doch es kam nicht mehr als dieses eine dahingeworfene Wort.

„Ach ja?“, rief ich aus. „Bestimmt die von diesem Sternekoch aus Prag, der immer auf Französisch flucht, wenn seine Assistentin zu viel Schweinefilet in die Bouillabaisse geworfen hat und sie deswegen überkocht. Der ist echt klasse, und ich meine sogar, der hat da auch schon mal Zartbitterschokolade reingeraspelt.“

„Genau den meine ich.“ Sein Nicken fiel ein bisschen zu heftig aus. „Der kocht ja total innovativ, und von dem hab ich das alles.“

Ich schwieg, weil ich nicht wusste, mit was ich die Stille, die ihn umgab, durchbrechen sollte. Er wirkte mit einem Mal so verletzlich, dass ich ihn am liebsten in den Arm genommen hätte. Ihn gehalten hätte, so fest ich nur konnte. Um ihm zu zeigen, dass alles wieder gut werden würde, was immer ihn auch bedrückte. Doch irgendetwas an seiner Körperhaltung hinderte mich daran, und so suchte ich fieberhaft nach einem unverfänglichen Thema. Aber welches war schon unverfänglich, wenn selbst eine Frage, in der es ums Kochen ging, diese Reaktion in ihm auslöste?

Vor meinem inneren Auge tauchte plötzlich Anneliese auf. Bei einem meiner Spaziergänge hatte ich gesehen, wie sie mit einem Mädchen am Strand gespielt hatte. Die Kleine war vielleicht fünf oder sechs Jahre alt gewesen und hatte strohblonde Haare gehabt, die hoch in die Luft geflogen waren, als sie mit ihrer roten Gießkanne lachend durch den Sand gehopst war. Die beiden hatten eine Burg gebaut, und nicht weit entfernt hatte ein Pärchen auf einem großen Handtuch gelegen und den beiden dabei zugesehen. Wie liebevoll Anneliese mit ihr umgegangen war ... Bestimmt würde es ihr gefallen, irgendwann Oma zu werden.

„Möchtest du eigentlich Kinder haben?"

Wieder Stille, die diesmal nur vom leisen Geräusch unterbrochen wurde, das ich verursachte, weil ich auf meiner Unterlippe kaute.

„Also natürlich nicht in nächster Zeit. Ich meine irgendwann in der Zukunft", setzte ich nach, doch auch das machte es nicht wirklich besser.

Finn wirkte regelrecht in sich zusammengesunken. Wenn mich nicht alles täuschte, ließ der Lichtschein, der aus dem Wohnzimmer fiel, etwas auf seiner Wange glitzern. Noch immer schwieg er. Es war ja nicht so, dass er seine Jugend noch nicht hinter sich gelassen hätte, immerhin stand er mit beiden Beinen fest im Leben. Und ehrlich gesagt kannte ich niemanden, ganz egal welchen Geschlechts, der sich in diesem Alter noch keine Gedanken darüber gemacht hatte, ob er einmal Kinder bekommen wollte oder nicht. Gut, er hatte keine Freundin und hoffentlich auch keine Frau, aber so ganz generell wusste man doch eigentlich, wohin die Reise ging, oder nicht? Aber warum fiel seine Reaktion dann dermaßen heftig aus?

Oh Gott, bitte nicht!

Aus heiterem Himmel traf mich die Erkenntnis wie ein Blitzschlag. Es ging überhaupt nicht um meine Frage und darum, ob er Kinder bekommen wollte. Weil er es nicht konnte! Aus irgendeinem Grund war es ihm nicht möglich, Nachwuchs zu zeugen, und ich olles Trampeltier hatte quasi mit meiner ach so unverfänglichen Frage direkt ins Wespennest gestochen. Hätte ich sie doch bloß nicht auch noch erklärt ... So musste es sein. Das war die einzige plausible Erklärung für sein Verhalten.

„Na ja, Kinder werden ja auch immer überbewertet. Ich kenne so viele Paare, die ohne ein richtig glückliches und ausgefülltes Leben führen. Und eigentlich kann man doch froh sein, wenn man nicht ständig irgendein quengeliges Kleinkind am Rockzipfel hängen hat, oder?"

Als ich meine Ausführungen beendet hatte, sah er mich zwar immer noch nicht an, aber er nahm meine Hand und drückte sie ganz leicht.

„Ich kann mir jedenfalls definitiv nicht vorstellen, eins zu bekommen. Später nicht und in naher Zukunft erst recht nicht. Na ja, irgendwann ist es ja dann auch zu spät, stimmt's?"

Das Lachen, das von irgendwoher tief aus mir kam, war leise und klang furchtbar quietschig. Und alles andere als echt. Was erzählte ich hier auch für einen Quatsch? Ich wollte keine Kinder haben? Natürlich wollte ich das, mindestens drei oder vier! Und auch wenn ich nicht wusste, an was es bei ihm genau lag, gab es doch heutzutage so viele Möglichkeiten, sich den Wunsch nach einem Kind doch noch zu erfüllen. In dieser Thematik war ich zwar absolut nicht firm, aber man könnte ja, wenn es denn irgendwann so weit sein sollte, einen Termin für ein Gespräch in einer Kinderwunschklinik anfragen.

Ehrlich gesagt fand ich es auch etwas merkwürdig, dass er um diese Sache so großen Wind machte. Wir standen schließlich noch ganz am Anfang, von was auch immer, und wenn aus uns nichts würde, wäre das Thema für mich und ihn doch sowieso nicht mehr relevant. Hätte er einfach nein gesagt, dann wäre es gut gewesen. Auf der anderen Seite waren vielleicht seine Gefühle, die er hoffentlich für mich hatte, Anlass gewesen, um hier, und genau in diesem Moment, inmitten dieser wunderschönen Umgebung, einen imaginären und ganz heimlichen Blick in die Zukunft zu wagen. Nur für sich selbst. Und wenn er sich in dieser als Papa sah, aber genau wusste, dass dies nicht möglich war, dann konnte ich verstehen, warum er sich so verhielt. Und warum die Traurigkeit, die in seinen Augen lag, so tief und so dunkel war wie ein Bergsee in der allerschwärzesten Nacht. Ich hatte mich vorhin nicht getäuscht, denn als er mich jetzt ansah, glitzerte nicht nur die Tränenspur auf seiner Wange. Auch seine Augenwinkel waren feucht und er wirkte nicht nur schrecklich müde, sondern sah auch so aus.

„Lass gut sein, Zoe." Wie bemüht sein Lächeln wirkte ...

„Okay. Ich wollte das auch nur klarstellen. Einfach so. Nur damit du's weißt."

Das Rauschen der Wellen, das ich in den letzten Minuten überhaupt nicht bemerkt hatte, schwoll wieder an, und eine langgezogene, neblige Wolke schob sich vor den Mond und verdeckte ihn, sodass alles um uns herum noch ein bisschen dunkler wurde, als es sowieso schon war. Seine Hand lag immer noch in meiner.

„Magst du auch noch ein Glas?“, fragte ich vorsichtig und stand auf.

Er nickte, und ich ging in die Küche. Als ich barfuß über die warmen Dielen zurück zur Terrasse lief, sah ich, wie er sein Handy wieder in die Hosentasche steckte.

Den restlichen Abend verbrachten wir damit, mit eine weiteren Flasche Wein auf den Stufen der Veranda zu sitzen und uns über alles Mögliche zu unterhalten, während die Stunden verstrichen, als seien sie nur Sekunden. Autos und Kinder klammerten wir strikt aus, was für mich und den Moment absolut in Ordnung war. Jeder hatte seine Tabuthemen, und die Gründe dafür musste ja nicht jeder nachvollziehen können. Er fragte mich schließlich auch nicht, ob und warum ich ein Problem mit meinem Körper hatte.

Die erste halbe Stunde herrschte ab und zu Schweigen zwischen uns, das aber keiner als wirklich unangenehm empfand. Recht schnell hatte er sich auch wieder gefangen und wir konnten wirklich wieder so miteinander reden, als hätte ich das Thema gar nicht erst angeschnitten.

Als die Flasche leer war und der Nachtwind kühler wurde, verzogen wir uns aufs Sofa, um uns einen Film anzusehen. Ganz nah aneinandergekuschelt lagen wir da, ich vor ihm, und während die erste Szene von *Safe*

Haven auf dem Fernsehbildschirm ablief, schlang er den Arm, den er nicht dazu benötigte, seinen Kopf zu stützen, noch ein kleines bisschen fester um mich.

Der Film war noch nicht einmal zu Ende, als mir immer wieder die Augen zufielen. Das Letzte, was ich noch richtig mitbekam, war, dass er mir eine Haarsträhne aus der Stirn strich und sich ganz vorsichtig ein Stückchen über mich beugte, um mir einen zärtlichen Kuss auf die Stirn zu hauchen.

„Gute Nacht, wunderschöne Zoe", flüsterte er.

Mit einem Lächeln auf den Lippen schlief ich ein.

15

Die Sonnenstrahlen, die durchs Wohnzimmerfenster fielen, kitzelten mich in der Nase. Ich rutschte mit dem Po ein Stückchen nach hinten, um mich an Finn zu kuscheln, aber da war nichts. Noch ein Stückchen. Doch ich spürte nur die Sofalehne in meinem Rücken. Schlaftrunken öffnete ich die Augen und tastete mit der Hand auf dem Polster herum, um mich zu vergewissern, dass der Platz hinter mir wirklich verlassen war. Auch aus der Küche waren keine Geräusche zu hören, und das Badezimmer war ebenfalls leer, was ich über die Sofalehne und durch die sperrangelweit offen stehende Tür sehen konnte. Meine Augen scannten den Couchtisch, doch es lag kein Zettel neben der Fernbedienung.

Schnell sprang ich auf und spähte durch die Terrassentür. Kein Finn und auch hier keine Nachricht. Unsere Handynummern hatten wir noch nicht ausgetauscht, also konnte er mir auch keine WhatsApp geschrieben haben. Wo verdammt nochmal war er denn? Ich hätte ihn niemals so eingeschätzt, dass er sich einfach aus dem Staub machte, und wenn er zu einem Termin musste, ein Surfschüler auf ihn wartete oder was weiß denn ich was passiert war, dann hätte er mir doch zumindest Bescheid sagen können! Gestern Abend noch hatten wir beschlossen, dass wir all die leckeren Dinge, die ich in der Bäckerei gekauft hatte, heute zum Frühstück essen wollten.

Tief in mir regte sich etwas, das nichts Gutes verheißen ließ. Etwas Unheilvolles. Ich konnte dieses Gefühl nicht wirklich in Worte fassen, aber ich wusste einfach, dass hier irgendetwas ganz und gar nicht stimmte. Nachdem ich das komplette Haus abgesucht hatte und nirgendwo etwas gefunden hatte, was mir einen Hinweis darauf hätte geben können, warum und wohin er sich verzogen hatte, lief ich zurück in die Küche. Ich brauchte einen klaren Kopf, und den bekam ich nur durch eine Tasse Kaffee. Katharina brauchte ich gar nicht erst anzurufen. Sie würde nur versuchen, mich zu beruhigen und mir einzutrichtern, dass er eben ein Mann war und deswegen mit Sicherheit einfach vergessen hatte, mir etwas auf einen Zettel zu kritzeln. Anneliese fiel mir als Nächste ein, aber nach kurzem Nachdenken kam mir das dann doch zu kindisch vor. Außerdem, was hätte ich ihr denn bitte sagen sollen? *Hey, Anneliese, dein Sohn hat mit mir auf deinem Sofa übernachtet und ist dann frühmorgens aus dem Haus gegangen, bevor ich aufgewacht bin. Jetzt mache ich mir Sorgen. Weißt du vielleicht, wo er steckt?* Mit Sicherheit würde ich das nicht tun. Das wäre in ihren Augen garantiert eine vollkommen übertriebene Reaktion.

Leider hatte ich keine Ahnung, wo in Nienersiel er wohnte, sonst hätte ich mir ein Taxi gerufen und wäre einfach dort vorbeigefahren.

Die Surfschule! Wie von der Tarantel gestochen rannte ich ins Schlafzimmer und schlüpfte in meine

Jogginghose, während ich versuchte, ein paar Schlucke aus meiner Tasse zu nehmen, ohne dass ich den Inhalt komplett verschüttete. Nur ein paar Sekunden später rannte ich auf die Terrasse und nahm die Treppenstufen, auf denen wir letzte Nacht noch so schöne Stunden in trauter Zweisamkeit verbracht hatten, mit einem Satz. Ich spurtete barfuß über den Weg durch die Dünen. Gerade noch bekam ich die Kurve nach links, ohne im Sand auszurutschen. Schon von weitem sah ich die Bude, an der drei bunte Surfbretter lehnten. Und auch, dass die Tür verrammelt war. Finn benutzte immer eine Holzlatte dafür, weil die Hütte dermaßen windschief dort stand und sonst die Tür ständig von selbst wieder aufschlug. Enttäuscht verlangsamte ich mein Tempo. Als ich mich im Inneren davon überzeugt hatte, dass sein Surfanzug über dem Holzstuhl hing und er auch nicht irgendwo hinter der Bude im Sand saß, schlich ich mit hängenden Schultern wieder zurück zum Ferienhaus.

16

Finn

Wie süß sie ausgesehen hatte. Ein Lächeln schlich sich auf ihr Gesicht, als ich ihr einen letzten Kuss auf die Stirn gegeben hatte. Ganz leise und vorsichtig war ich aufgestanden, um sie nicht aufzuwecken. Und um ihr nicht das Herz zu brechen. Und wahrscheinlich auch, um jeglichen Erklärungen aus dem Weg zu gehen. Ja, das war vielleicht sogar der hauptsächliche Grund für mein klammheimliches Verschwinden gewesen. Meine Feigheit. Und die Tatsache, dass das mit uns absolut keine Zukunft hatte. Sie hatte unmissverständlich zum Ausdruck gebracht, dass sie keine Kinder haben wollte. Was natürlich vollkommen in Ordnung war, schließlich sollte und durfte das jeder für sich selbst entscheiden. Und trotzdem war mein Herz bei ihren Worten in tausend Scherben zersprungen. Ja, ich hatte mich in sie verliebt und ja, ich sehnte mich in jeder Sekunde, in der ich nicht bei ihr sein konnte, nach ihr ... Nach ihrem wunderschönen Lächeln und nach ihren liebevollen Blicken. Wenn ich in ihren Augen versinken konnte, war einfach alles, was mich sorgte, schlagartig wie weggeblasen. Ausgemerzt und schlichtweg nicht mehr vorhanden. Wenn ich mit ihr zusammen war, hätte ich die ganze Welt umarmen können. Ihre zärtlichen Berührungen, ihre Fingerspitzen auf meiner Haut, die in meinem ganzen Körper ein wohliges Kribbeln auslösten. Und ja, natürlich fand ich sie attraktiv! Sogar mehr als das. Sie war wunderschön, alles an ihr, und jedes Mal, wenn ich mir vorstellte, wie ich ihr langsam diese von ihr so heißgeliebte schreckliche Schlabberhose über die Hüften nach unten streifen würde, dann ...

Es war das allererste Mal seit damals, dass eine Frau in mir diese Achterbahn der Gefühle ausgelöst hatte. Oder besser gesagt, dass ich das überhaupt zugelassen hatte. Es war das erste Mal seit so langer Zeit, dass ich mir wünschte, ich könnte jede einzelne Minute meines restlichen Lebens mit einer Frau verbringen. Mit dieser Frau. Niemals hätte ich geglaubt, dass ich dazu fähig wäre, noch einmal so zu fühlen. Mit Zoe passte es einfach. Alles war mit ihr schöner. Und trotzdem durfte es nicht sein. Sie wollte ja nicht einmal eigene Kinder, was würde sie also dazu sagen, wenn sie gemeinsam mit mir eines bekäme? Eines, das noch dazu eine andere Frau als Mutter hatte? Ich wollte mir ihre Reaktion nicht einmal im Ansatz ausmalen. Was aber noch schwerer wog, war die Tatsache, dass ich Marie um jeden Preis – und damit meinte ich wirklich jeden – davor beschützen musste, noch einmal jemanden zu verlieren, den sie liebte und der ihr wichtig war. Wenn ich es irgendwie verhindern konnte, dass ihr erneut ihr kleines Herz gebrochen wurde, dann würde ich es tun. Und genau das würde passieren, wenn Zoe abreiste.

Oder spätestens dann, wenn der Kontakt zwischen uns abbrechen würde. Sie hatte bereits mehrfach erwähnt, dass sie sich zwar vorstellen könnte, eine Fernbeziehung zu führen, aber im gleichen Atemzug hatte sie mir auch gestanden, dass sie das Ganze doch für eher schwierig hielt und nicht wusste, wie lange das letztendlich gutgehen würde. Und ihr Lebensmittelpunkt lag nun mal in Nürnberg. Marie aber war hier fest verwurzelt, hatte ihre Freundinnen, meine Mutter und alles, was ihr ein stabiles Umfeld bot, das sie nach der langen Phase der Trauer mehr benötigte als alles andere. Niemals würde ich sie hier herausreißen. Und niemals würde ich es zulassen, dass sie wieder jemanden so vermissen musste. Zoe allerdings hatte definitiv das Potenzial dazu, denn ich wusste einfach, dass die beiden sich mögen würden. Wahrscheinlich sogar mehr als das und auch viel schneller, als die beiden selbst es für möglich hielten. Und genau das musste ich verhindern. Deswegen war ich gegangen, bevor es zu spät war. Und deswegen würde ich sie auch niemals wiedersehen.

17

Zoe

Die schwere graue Wolkendecke hing tief über dem Meer, fast zum Greifen nah. Als wüsste der Himmel, was los war. Der strahlende Sonnenschein, der mich seit meiner Ankunft hier oben fast ununterbrochen verwöhnt hatte, war Schnee von gestern. Der Wind blies merklich kühler als in den Tagen zuvor und auch viel stärker. Das Meer sah dunkelgrau und furchtbar aufgewühlt aus. Die Wellen türmten sich bedrohlich auf und wurden auch nicht kleiner, bis sie auf den Strand trafen. Vom Wellensaum, an dem das Wasser sonst sanft und klar auslief, war nichts mehr zu sehen. Ich stand am Geländer der Veranda und schlang die dünne Strickjacke fester um meinen zitternden Körper. Meine Haare wurden von einer Windböe nach der anderen erfasst und so hoch in die Luft gewirbelt, dass sie schon ganz zerzaust und verheddert waren. Wahrscheinlich würde ich Tage brauchen, um sie wieder zu entknoten. Der Regen fiel nicht in Tropfen herab, sondern hangelte sich in dünnen, langen Bindfäden vom Himmel. Ich war schon längst bis auf die Haut durchnässt, aber all das war mir egal. Ich stand hier, weil ich nicht wusste, was ich sonst hätte tun sollen, mit mir selbst hätte anfangen sollen. Heute Mittag war ich kurz in der Stadt gewesen, doch auch hier im Norden hatten sonntags die Läden natürlich geschlossen. In der Eisdiele wusste niemand, wo Finn war, und ganz egal, wo ich auch hingelaufen war, ich hatte niemanden getroffen, den ich zumindest vom Sehen her kannte und den ich nach ihm hätte fragen können. Bei diesem Wetter würde er definitiv auch niemandem Unterricht geben und auch selber nicht aufs Meer hinausgehen, also konnte ich mir den Weg zur Bretterbude heute sparen.

Hatte ich etwas falsch gemacht? Vielleicht etwas Falsches gesagt? Nach meiner Frage mit den Kindern hatten wir uns doch wieder ganz normal unterhalten, und beim Film ansehen hatte er sich ganz dicht an mich gekuschelt. Der Gute Nacht-Kuss war doch auch keine Einbildung gewesen! Ich ertappte mich dabei, wie ich ständig nach links blickte und das Ende der Straße scannte, nur um meinen Kopf gleich wieder nach rechts zu drehen, damit ich ihn auch ja sofort entdeckte, falls er doch am Strand gewesen war und zufällig in Richtung des *Friesenhuus'* lief. Doch ich wartete vergebens.

***

Katharina tat genau das, was ich erwartet hatte und was ich eigentlich auch so an ihr liebte. Eigentlich, denn im Moment halfen mir ihre beruhigend gemeinten Worte leider überhaupt nicht weiter. Sicher war Finn ein Mann, aber das Bild, das sie sich während ihres bisherigen Lebens über Männer gemacht hatte, war erstens nicht das beste und zweitens ein ganz anderes, als ich es mir gebildet hatte. Trotz des Desasters mit Matthias glaubte ich insgeheim ganz fest an die Liebe und daran, dass für jeden Topf irgendwo da draußen der passende Deckel herumlief. An Vertrauen und an das Kribbeln im Bauch und daran, dass man sich bis an sein Lebensende wirklich lieben konnte. Vielleicht veränderte sich das Gefühl, und vielleicht war man irgendwann nicht mehr verliebt, so wie man es am Anfang einer Beziehung war. Aber ich war davon überzeugt, dass Liebe stärker werden konnte und viel tiefer als jedes andere Gefühl. Dass es wunderschön war, wenn man füreinander da war und sich gegenseitig Halt gab. Wenn man genau wusste, dass der andere einen nicht nur tolerierte, sondern so akzeptierte, wie man war. Mit allen Stärken und auch Schwächen, die wir doch alle hatten. Und aus vollem Herzen lieben zu können, war das schönste Geschenk, das wir auf unseren Weg mitbekommen hatten.

Ich sehnte mich nach Finns Umarmung und nach dem Duft des salzigen Sommerwindes, der ihn umgab. Danach, meine Gedanken mit ihm zu teilen und ihm alles zu erzählen, was mich beschäftigte. Was mich ausmachte. Danach, seine warmen Atemzüge in meinem Nacken zu spüren und Seehundbabys zu beobachten und vor Lachen fast an einem Gummifrosch zu ersticken, weil er doofe Witze erzählte und schon losprustete, bevor man die Pointe auch nur erahnen konnte. Aber am allermeisten sehnte ich mich danach, mich in seinem sanften Blick und in seinen blitzblauen Augen, deren Leuchten so oft von diesem Hauch von Traurigkeit abgeschwächt wurde, zu verlieren.

***

Irgendwann nachmittags ging ich wie ferngesteuert in die Küche, schaltete den Wasserkocher an und fand mich wenig später auf dem Sofa wieder. Vor mir auf dem Couchtisch stand eine Tasse unkonventionell zubereiteter dampfender Tee. Daneben das kleine Kännchen mit Sahne, das Anneliese immer verwendete, und die Keramikdose mit dem Kandiszucker. „Kluntjes", flüsterte ich wehmütig und ließ einen Klumpen nach dem anderen in die Tasse plumpsen. Des Knisterns wegen, denn nach dem vierten Kandis wurde zumindest der letzte Teil des Tees so dermaßen süß, dass er wahrscheinlich selbst für mich nicht mehr trinkbar war. Wie die Tradition es verlangte, rührte ich nicht um und nippte nur, weil das Lieblingsgetränk der Friesen trotz der Sahne noch viel zu heiß war und ich mir nicht alles bis hinunter in den Magen verbrühen wollte. Das Lieblingsgetränk der Friesen ... Finns Lieblingsgetränk. Der kräftige Geschmack lag mir auf der Zunge und nahm viel mehr von mir ein, als ich es jemals für möglich gehalten hätte – noch lange nachdem ich die Tasse ausgetrunken hatte.

***

Abends regnete es immer noch. Trotzdem setzte ich mich auf die Stufen der Veranda, in der Hoffnung, seine Silhouette aus der Dämmerung heraustreten zu sehen. Auf einen Sonnenuntergang wartete ich natürlich vergebens, weil der komplette Himmel bis zum Horizont genauso dunkelgrau und aufgewühlt war wie die stürmische See. So weit mein Auge reichte, war nichts um mich herum außer dem Dunst des Regens, der in derselben Sekunde verdampfte, in der er auf den Sand traf. Windböen peitschten mir mit ihrer ganzen Wucht ins Gesicht, und die Regentropfen fühlten sich auf meinen Armen an wie tausend Nadelstiche. Es wurde immer dunkler, und irgendwann gab ich die Hoffnung auf. Er würde nicht kommen. Heute bestimmt nicht mehr, und morgen wahrscheinlich auch nicht. Vielleicht überhaupt nicht mehr ...

Das Pfeifen des Windes wurde noch lauter. Er rüttelte an den weißen Fensterläden und wirbelte den Sand, der auf dem Bohlenweg lag, hoch in die Luft. Weit draußen auf dem Meer blinkte ein Licht. Es sah aus, als wäre einer der unsichtbaren Sterne vom schwarzen Himmel in die stürmischen Wellen gefallen. Wer auch immer da draußen gegen den Sturm kämpfte ... er war genauso verloren, wie ich mich fühlte.

***

Total gerädert und mit dunklen Schatten unter den Augen wachte ich aus einem unruhigen Schlaf auf. Mein Rücken fühlte sich an, als wäre er heute Nacht in der Mitte entzwei gebrochen, und mir tat jeder einzelne Knochen weh. Langsam schlich ich die Treppe hinunter und schlurfte vorsichtig um die Ecke in die Küche, um mir einen Kaffee zu machen. Mein Kopf würde bei der ersten schnelleren Bewegung platzen, da war ich mir ganz sicher. Ich bewegte ihn trotzdem ein kleines Stückchen nach links, in der Hoffnung, Finn würde vielleicht einfach auf dem Sofa sitzen und mich mit seinem schelmischen Grinsen erwarten. Meinetwegen hätte er auch heulen, sauer sein oder jegliche Reaktion zeigen können, die er, aus welchem Grund auch immer, für angebracht hielt. Ich wollte, dass er einfach nur da war. Natürlich löste sich meine Hoffnung in Luft auf, denn das Sofa war, bis auf die paar bunten Kissen, leer. Die Küche auch und alles andere ebenfalls. Der Kaffee half überhaupt nicht, und ich hatte auch leider nicht daran gedacht, mir ein paar Ibuprofen einzupacken, also würde ich entweder diese ohrenbetäubenden Kopfschmerzen aushalten oder ins Städtchen laufen müssen, in der Hoffnung, dass ich dort irgendwo eine Apotheke fand. Ich entschied mich für Letzteres, zog mir nach einem ernüchterten Blick aus zusammengekniffenen Augen in den Spiegel meine immer noch fleckige Jeans und meine übergroße Sweatjacke an und machte mich auf den Weg.

***

Glücklicherweise brauchte ich gar nicht bis zum Marktplatz zu laufen. Denn auch, wenn ich versuchte, meine Schlappen so vorsichtig wie möglich aufzusetzen, dröhnte mein Kopf jedes Mal noch ein bisschen stärker, wenn ich einen Schritt machte. Anneliese kam mir noch vor dem Durchgang an der Eisdiele entgegen. Schon von weitem sah ich sie hektisch gestikulieren.

„Zoe!“, rief sie mir entgegen, und als wir schließlich voreinander standen, platzte es gleich aus ihr heraus.

„Zoe, wie geht's dir? Es tut mir leid, wirklich. Das ist so ein Döspaddel."

„Döspaddel?", fragte ich verständnislos nach, so schnell es mir möglich war.

„Ja, und was für einer. Jeder Strandkorb würde das eher begreifen als er. Da kannste wirklich reden, wie du willst."

Sie legte mir ihre Hand auf die Schulter. „Du siehst schrecklich aus, Zoe. Kann ich irgendwas für dich tun? Brauchst du was?"

„Für den Anfang würde eine Schmerztablette reichen. Mein Kopf fühlt sich an, als hätten wir gestern ein paar von diesen Nebelschnäpsen zu viel gekippt."

Wieder kniff ich meine Augen zusammen, denn obwohl sich die Sonne genauso wenig zeigte wie gestern, war das Tageslicht für meinen Geschmack und meine Verfassung immer noch viel zu hell. Eilig kramte sie in der großen Strandtasche, die sie immer als Handtasche nutzte und hielt mir kurze Zeit später einen ganzen Blisterstreifen vor die Nase.

„Hier, kannst du behalten", sagte sie und drückte mir die Tabletten in die Hand.

Mit zitternden Händen drückte ich gleich zwei heraus und schluckte sie ohne Wasser. Ich war viel zu müde, um mich darüber zu wundern, denn normalerweise bekam ich selbst die winzigsten Pillen nur mit einem Getränk herunter, das Kohlensäure enthielt. Sobald ich etwas auf meiner Zunge spürte, bekam ich augenblicklich eine Schlucksperre, also musste ich mich selber austricksen und die Tabletten mithilfe der Kohlensäure im Mund aufwirbeln.

„Anneliese, was heißt dieses Wort?"

„Welches Wort?“

„Dös...irgendwas.“

„Döspaddel?“ Sie lachte kurz auf, wurde dann aber sofort wieder ruhig. „Du kannst ihn nennen, wie du willst. Sturkopf, Dummkopf oder meinetwegen auch hohle Nuss. Meinen Segen hast du.“

Überrascht blickte ich auf. „Finn?“

„Ja, so heißt er eigentlich. Aber die anderen Namen passen grad besser.“

Ich war mir unsicher, ob sie so über ihn redete, weil sie wusste, dass er den Kontakt zu mir abgebrochen hatte. Falls sie es aber deswegen tat, musste sie mehr darüber wissen, sonst würde sie ihren eigenen Sohn doch nicht als Dummkopf bezeichnen. Und wenn sie ihn so betitelte, hieß das ja eigentlich auch, dass sie seinen Grund dafür kannte und ihn bescheuert fand, oder?

„Weißt du, warum er sich nicht mehr bei mir meldet?“, wagte ich einen Vorstoß.

Sofort schlich sich ein betretener Ausdruck in ihr Gesicht. „Ja, das weiß ich, Zoe. Aber so gerne ich auch würde, ich kann es dir nicht erzählen. Das muss er selber machen. Du bist eine wundervolle junge Frau, und ich wünschte, er hätte nicht ganz so viel Sturheit von mir geerbt, denn dann würde er einfach Tacheles reden und dich nicht so im Regen stehen lassen.“ Sie rümpfte die Nase und schaute nach oben. „Im wahrsten Sinne des Wortes. Komm mit, wir sind ja schon klatschnass.“

Sie hakte sich bei mir ein und steuerte uns den Weg, den sie zu mir gelaufen war, zurück und schob mich durch die Tür der Eisdiele. Nachdem wir uns an einen Tisch in der hintersten Ecke gesetzt hatten und sie zwei

Eisbecher mit einer Extraportion Eierlikör bestellt hatte – meinen Protest wegen der Tabletten, die ich ja erst kurz zuvor eingenommen hatte, tat sie mit einer Handbewegung einfach ab – erzählte ich ihr, was passiert war. Immer wieder reichte sie mir eine der Servietten, die in einem Holzständer in der Mitte unseres Tisches standen. Ihr Blick wurde düsterer, je mehr sie von meiner Sicht der Dinge erfuhr. Als ich schließlich aufhörte zu reden, schüttelte sie ihren Wuschelkopf. „Weißt du, Zoe, er hat seine Gründe. Für alles, wirklich. Und ich verstehe diese Gründe auch. Aber ich bin mir ganz sicher, dass das, was er sich da in den Windungen seines Gehirns ausgemalt hat, bei dir nicht zutrifft. Dass diese ganzen Zweifel bei dir total unbegründet sind. Frag mich bitte nicht wieso, aber ich hab da ein Gespür für."

„Er zweifelt also. Aber an was denn nur?" Wieder unterbrach ein Schluchzen meine Worte. „Anneliese, ich bin noch nicht lange hier, aber ich schwöre dir, dass ich nach so einer kurzen Zeit noch nie solche Gefühle für jemanden hatte."

„Das musst du mir nicht sagen, Zoe." Sie rückte ein Stückchen näher an mich heran und legte ihren Löffel zurück auf den Unterteller. „Das sehe ich. Und ich weiß, dass Finn das auch gesehen hat."

„Aber warum will er denn dann keinen Kontakt mehr zu mir? Ich versteh das einfach nicht."

„Das kannst du auch nicht verstehen." In ihrem zaghaften Lächeln lag die gleiche Traurigkeit, die ich so oft in Finns Augen gesehen hatte.

War es seltsam, dass ich mit seiner Mutter über all das geredet hatte? Wahrscheinlich. Aber sie war nicht nur seine Mutter, sondern in der Zeit, die ich hier am Meer verbracht hatte, auch so etwas wie eine Vertraute für mich geworden. Sie wusste fast mehr über mich als Katharina, und sie war eine der warmherzigsten Personen, die ich jemals kennengelernt hatte. Wenn sie lächelte, schien die Sonne noch ein bisschen heller, und wenn sie mir die Hand auf den Arm legte, ging eine Wärme von ihr aus, die sich bis in mein Herz ausbreitete. Bei ihr fühlte man sich geborgen, wo immer man auch gerade war und in welcher Stimmung man sich befand. Ich wusste, dass das Verhältnis der beiden eines war, dass man sich von beiden Seiten aus nur wünschen konnte. Umso heftiger fand ich daher ihre Reaktion auf das, was Finn getan hatte. Sie stand auf meiner Seite, sofern man hier überhaupt von Seiten sprechen konnte. Und doch konnte sie scheinbar nichts tun, als zu versuchen, mir irgendwie beizustehen. Was ich irgendwie verstand, auch wenn ich so ziemlich alles dafür getan hätte, wenn sie es trotzdem gewagt hätte.

Nicht einmal die Hälfte meines Eisbechers hatte ich geschafft, als sie auf ihre Armbanduhr blickte. „Zoe, tut mir leid, aber ich muss los. Auch wenn ich dich eigentlich nicht alleine lassen möchte."

„Schon okay, Anneliese. Das Reden mit dir hat gutgetan."

„Ach Mensch, ich weiß gar nicht, was ich sagen soll. Ich versuch noch mal, mit ihm zu reden, versprochen. Und du hältst die Ohren steif, ja?" Sie stand auf und beugte sich zu mir herunter. Als ich ihre Umarmung spürte, musste ich mich zusammenreißen, um nicht einfach loszuheulen. „Du weißt, wo du mich findest. Jederzeit, Zoe."

Ich nickte, weil ich zu beschäftigt damit war, meine Tränen herunterzuschlucken, als dass ich irgendetwas hätte antworten können. Noch ein letzter, mitfühlender Blick, der direkt aus ihrem Herzen zu kommen schien, und sie war verschwunden.

Die Leere in mir war in der letzten Stunde noch stärker geworden, denn jetzt wusste ich zwar, dass Finn an irgendetwas zweifelte, aber auch, dass er glaubte, dass meine Gefühle für ihn echt waren. Und er hatte mich verlassen, obwohl auch er Gefühle für mich hatte. Genau das war es, was mich verzweifeln ließ. Es gab doch keinen einzigen vernünftigen Grund dafür, dass sich jemand abwendete, obwohl das Verliebtsein auf Gegenseitigkeit beruhte!

Während ich zum Häuschen zurücklief, schwenkte diese unsägliche Traurigkeit in mir langsam um in etwas, das ich so von mir überhaupt nicht kannte. Ich stieß die Tür auf und warf einen Blick in alle Räume, nur um – natürlich – festzustellen, dass ich alleine war.

Was bildete er sich eigentlich ein? Selbst seine eigene Mutter fand das, was er da abzog, ja scheinbar unmöglich. War ich denn wirklich so schrecklich, dass ich es nicht einmal verdient hatte, eine Erklärung von ihm zu bekommen? Wer war er denn bitte, dass er mich so sang- und klanglos zurückließ und einfach sein bequemes Leben weiterlebte, in dem es ja scheinbar keinen Platz für mich gab? Hatte ich das wirklich nötig? Nein! Definitiv nicht. Nach meinem blöden Ex hatte ich mir geschworen, dass ich mich niemals wieder von einem Mann so behandeln lassen würde. Auch wenn Finn mich nicht betrogen hatte, hinterließ das Ganze mit ihm jetzt doch irgendwie denselben faden Beigeschmack wie bei Matthias damals. Gefühle hin oder her, wenn er meinte, er musste sich einfach verziehen, dann sollte er das eben tun. Und von mir aus bleiben, wo der Pfeffer wuchs.

Mein Schlüsselbund fiel klirrend in die Keramikschale auf der Anrichte. Die Sweatjacke warf ich einfach daneben auf den Boden. Das ganze Haus war durch die Sonnentage noch mollig warm, und da auch niemand hier war, den das stören konnte, zog ich die in den letzten Tagen etwas zu eng gewordene Jeans aus und schlüpfte wieder in die kurze Hose. Sie hatte einen breiten weichen Stretchbund und würde mir nichts abschnüren, wenn ich mich in meiner typischen Pose mit dem Laptop aufs Sofa lümmeln würde.

Ab jetzt würde ich Männern keinen Raum mehr geben. Sie alle konnten mir gestohlen bleiben, denn nun würde ich mich auf das konzentrieren, was wirklich wichtig war. Und ich hatte schließlich immer noch ein Buch zu schreiben. Das Schreiben und das Abtauchen in meine Geschichten waren das, was ich wollte. Das, was mich ausmachte und das, was ich konnte. Und genau dafür hatte ich die Zeit, bis ich mein neues Auto abholen konnte, doch nutzen wollen. Die Zeit, bis ich endlich wieder zurück nach Hause fahren würde.

Meine Gedanken sprudelten nur so aus mir heraus. So schnell, dass ich mit dem Tippen gar nicht mehr hinterherkam und teilweise so wirr, dass ich noch überhaupt nicht wusste, was letztendlich daraus werden sollte. Da die Rohfassung aber sowieso noch einige Male von mir und natürlich auch von meiner tollen Lektorin überarbeitet werden würde, machte ich mir darum nicht wirklich Gedanken und ließ meine Finger einfach über die Tasten fliegen. Zwischendurch, immer wenn meine Kaffeetasse leer war, stand ich kurz auf und knetete auf dem Weg in die Küche meine steif gewordenen Hände, um danach sofort wieder weiterzuschreiben. Ich merkte nicht, dass die Dämmerung hereinbrach und auch nicht, dass die schweren Regenwolken vom Wind weitergetrieben wurden und den Blick auf den Sternenhimmel freigaben. Das Rufen der Eule, das durch die tiefschwarze Nacht tönte und das ich inzwischen auch mit all dem hier verband, beflügelte meine Phantasie nur noch. Wie in Trance tippte ich einen um den anderen Absatz. Der Bildschirm, der mich noch bis vor kurzem mit seinem strahlenden Weiß verhöhnt hatte, füllte sich seitenweise mit schwarzen Buchstaben. Die Zahl der Wörter, die links unten eingeblendet war, wurde bereits fünfstellig, als mich das sanfte, warme Licht der Morgendämmerung, die sich Zentimeter um Zentimeter durch das Wohnzimmerfenster tastete, aus meinem Schreibwahn holte. Vollkommen erschöpft, aber mit einer tiefen Zufriedenheit in mir klappte ich den Laptop zu, stellte ihn auf dem Tischchen ab und ließ mich zurück ins weiche Polster fallen. Ich hörte noch den wunderschönen Gesang des Amselhahns, der jeden Morgen auf dem Geländer saß, wenn ich normalerweise meinen Kaffee trank, bevor mir die bleischweren Lider zufielen.

***

Erst nachmittags wachte ich wieder auf, und noch immer regte sich tiefer Groll in mir, wenn ich an Finn dachte. Ich beschloss, diese Wut zu nutzen und weiterzuschreiben, denn das hatte heute Nacht ja auch mehr als hervorragend geklappt, wie ich nach einem Blick auf die Wortzahl feststellte. Heute schien wieder die Sonne, und so machte ich es mir am Tisch auf der Terrasse bequem. Die Mühe, Ausschau nach etwas zu halten, was sowieso nicht erschien, machte ich mir erst gar nicht. Um wieder in die Geschichte hineinzufinden, las ich mir immer die letzten Absätze durch, die ich geschrieben hatte. Nach einem großen Schluck aus meiner Kaffeetasse lehnte ich mich zurück und ließ meine Augen über das Dokument gleiten. Allerdings hatte das, was dort stand, nicht im Entferntesten etwas mit dem zu tun, was ich hatte schreiben wollen. Und selbst wenn das der Fall gewesen wäre, so wäre es das genaue Gegenteil von dem gewesen, was der Verlag und auch meine Leserinnen und Leser von mir erwarteten.

Er war unfähig, das raue Seil, das sich in seine Handgelenke gefressen hatte wie scharfkantiger Draht durch ein Stück Seife, abzustreifen. Die hallenden Schritte auf der steinernen Treppe, die hinunter zu seinem dunklen Verlies führte, wurden lauter. Seine staubtrockene Kehle schnürte sich zu, als sie die Klinke der schweren Eisentür ganz langsam nach unten drückte.

Was war denn das?! Herrgott nochmal, ich war Liebesromanautorin! Ich griff schon panisch zur Fernbedienung, wenn nur die Vorschau für irgendetwas Gruseliges lief! Blitzschnell überflog ich auch die anderen Seiten. Von Liebe war in dem, was ich da geschrieben hatte, überhaupt keine Spur vorhanden. Von Gefühlen schon, allerdings mutete eine Szene düsterer an als die andere. Ich hatte den Anfang eines verdammten Thrillers geschrieben und es nicht einmal bemerkt.

„So eine Scheiße!", rief ich und schlug den Laptop so fest zu, dass er gegen meine Tasse rutschte und sich die braune Flüssigkeit über den ganzen Tisch ergoss.

***

„Na ja, wenigstens hast du mal die Seiten getauscht. Gibt's so was schon? Also, dass der Mann das Opfer ist?" Katharina kicherte leise vor sich hin. „Gefällt mir. Vielleicht solltest du das Genre wechseln."

„Nicht witzig. Mal davon abgesehen, dass ich die ganze Nacht durchgetippt hab und mich echt drüber gefreut habe, dass ich wieder schreiben kann, will ich gar nicht wissen, was das über meine Psyche aussagt."

„Ach Süße, ist doch klar. Der Typ hat dich verletzt, und jetzt hast du Rachegedanken. Halb so schlimm, hab ich andauernd."

„Du meinst, ich würde Finn gerne leidend in einem Kellerverlies sehen?"

„Oder gefesselt und dir vollkommen ausgeliefert. Kannste dir jetzt aussuchen. Hat beides seine Vorzüge."

„Du bist komplett verrückt, weißt du das eigentlich?" Ich hatte eine Psychopathin als beste Freundin. Was das über mich sagte, wollte ich erst recht nicht wissen.

„Ach Zoe, nimm's nicht so schwer. Der isses echt nicht wert, dass du dir jetzt die ganze Zeit deswegen 'nen Kopf machst."

„Du hast leicht reden", seufzte ich.

„Ich weiß, aber die anderthalb Tage bekommst du jetzt auch noch irgendwie rum. Und dann steigst du in deine tolle Ente und kommst ganz schnell wieder zurück zu mir.

„Hmm."

„Ich lad dich dann auch sofort auf eine Waffel ein. Oder zwei. Und meinetwegen hocken wir uns auf deine doofe Liebesinsel. Okay?"

Ihr Angebot war ein wirkliches Entgegenkommen, und süß war es auch. Sie hatte eben ihre ganz eigene Art, jemanden aufzumuntern, und meistens schaffte sie das auch. Im Moment allerdings regte ich mich viel zu sehr über mich selbst auf, als dass sich diese Gefühle durch ein Gespräch am Telefon hätten abschwächen lassen können. Alles hier schien mich plötzlich zu erdrücken. Ich ertrug weder den Anblick des Notebooks eine einzige Sekunde länger, noch die blöde geringelte Teetasse, aus der Finn immer getrunken hatte. Das Sofa, auf dem wir gekuschelt und uns so oft so zärtlich geküsst hatten, ging mir tierisch auf den Keks und auch diese verdammten Stufen da draußen konnte ich nicht mehr sehen. Oder das Badezimmer. Und das Bild, das ich von ihm dort immer noch vor Augen hatte, erst recht nicht.

Die Haustür knallte hinter mir ins Schloss und wenig später stapfte ich in meinen Badeschlappen über den Bohlenweg, der durch den stürmischen Wind gestern fast vollständig vom Sand bedeckt wurde. Wenn ich es sonst nicht ertragen konnte, auch nur eine winzige Fluse zwischen den Zehen stecken zu haben, störte es mich heute nicht einmal, dass sich gefühlt der halbe Strand zwischen ihnen versammelt hatte.

Als ich an der Surfbude vorbeikam, blickte ich demonstrativ nach rechts aufs Meer. Wie immer in den letzten Tagen stand sein Brett an die verrammelte Tür gelehnt, aber man konnte ja nie wissen. Außerdem wollte ich überhaupt nichts mehr sehen, was zu ihm gehörte.

Vereinzelt lagen kleine Kieselsteine im Sand, und jeden von ihnen kickte ich in hohem Bogen nach vorne. Meistens blieben sie liegen und das Einzige, was in die Luft flog, war eine Fontäne aus feinen Sandkörnern, die vom Wind ein paar Meter weiter geweht wurden, aber das war mir vollkommen egal. Über den belebteren Strandabschnitt vor den Hotels rannte ich sogar, einfach weil ich nicht wusste, wohin ich mit all der negativen Energie sollte, die in mir brodelte. Ein paar der sich sonnenden Touristen sahen mich komisch an. Mein Gesicht fühlte sich an, als würde es gleich platzen, und mein Herzschlag, den ich pulsierend und viel zu schnell in meinen Ohren widerhallen hörte, sagte mir, dass ich wahrscheinlich aussah wie eine Tomate auf zwei Beinen – nackte Beine übrigens, weil ich immer noch die kurze Hose anhatte.

Noch nie hatte ich mich so befreit gefühlt. Das musste dieses Scheißegal-Gefühl sein, von dem Katharina immer erzählt hatte. Ungefähr die Hälfte der Leute hier hatte mindestens die gleiche Figur wie ich, und sie schämten sich nicht, in Bikinis am Strand zu brutzeln oder zum Abkühlen ins Meer zu laufen. Wie recht sie damit hatten! Der Rest sollte ruhig gucken, ich würde ja sowieso niemanden von ihnen jemals wiedersehen. So wie Finn …

18

Als ich die Promenade erreichte, lief mir der Schweiß in einem Rinnsal zwischen den Brüsten hinunter, und auf meinem Spaghettiträgertop hatten sich an mehreren Stellen nasse Flecken gebildet, die sich immer weiter ausbreiteten. Genau genommen war ich eine Zumutung für jedes geschlossene Gebäude und alle, die sich darin befanden, aber mein Hals war genauso trocken wie der des leidenden Hauptprotagonisten in meinem neuesten Thriller. Als ich mich suchend umsah, fiel mir ein im Vergleich zu den umliegenden Hotels winziges weißes Haus mit einem Dach aus Reet auf, das eingequetscht zwischen einem Obst- und Gemüsemarkt auf der einen und einem Souvenirladen auf der anderen Seite stand. Als ich näherkam, konnte ich das dunkelgrüne Schild lesen, das an der Fassade über der dunkelbraunen Eingangstür angebracht war. *Brady's* stand in goldenen Lettern darauf, und darunter, etwas kleiner, *Irish Pub.* Finn hatte mir ziemlich am Anfang erzählt, dass es hier einen schönen Pub gab, den er öfter mal besuchte, als ich ihm davon berichtet hatte, wohin ich in Nürnberg am Wochenende gerne ging.

Ich liebte Pubs. Neben guter Musik und der gemütlichen Atmosphäre gab es dort eisgekühlte Limo. Und einen großen Pint Guinness. Die Treppe, die vom Strand über den steinernen Deich, wie ich die gepflasterte Rundung bezeichnete, zur Promenade hochführte, war mir zu weit entfernt, also ging ich auf alle Viere und kletterte einfach an Ort und Stelle nach oben. Meine verschwitzten Hände bekamen auf den rauen roten Steinen keinen richtigen Halt. Als ich endlich, ohne abzustürzen, oben angekommen war, schleppte ich mich die letzten Meter regelrecht durch die Fußgängerzone und schlängelte mich durch die geschäftig umherwuselnden Menschen, bis ich schließlich die Tür des Pubs erreichte. Ein letztes Mal sah ich mich um und hatte meine Hand schon auf die Klinke gelegt, als mich fast der Schlag traf.

„Das ist doch …“, murmelte ich und machte einen Schritt zur Seite, um mich im ein Stückchen nach hinten versetzten Eingangsbereich zu verstecken. Vorsichtig streckte ich meinen Kopf nach vorne und spähte ungläubig um die Ecke. Tatsächlich, ich hatte mich nicht getäuscht: Mitten auf der Promenade stand Finn, vertieft in ein Gespräch mit einer blonden Frau, die ungefähr so alt war wie ich. Sie trug ein bunt geblümtes kurzes Sommerkleid und sah auf den ersten Blick – und für jemanden, der nicht gerade dem Mann, in den er sich Hals über Kopf verliebt hatte, dabei zusehen musste, wie er sich mit ihr unterhielt – total sympathisch aus. Er legte ihr seine Hand auf den Unterarm, was sie damit quittierte, ihn in ihre Arme zu schließen. Dabei lachte sie so herzlich, dass ich ihr am liebsten vor die Füße gekotzt hätte. Wie vertraut die beiden miteinander umgingen, ließ mich innerlich aufschreien. War sie der Grund dafür, dass er mich hatte fallenlassen wie eine heiße Kartoffel? Diese Tussi da? Ein blondes

Möchtegern-Model, das mit ihrem aufreizenden Lächeln wahrscheinlich dachte, sie bekäme jeden?

Zoe, reiß dich zusammen, die weiß wahrscheinlich nicht mal was davon. Genauso wenig, wie er dir reinen Wein eingeschenkt hatte.

Was für ein Arschloch! Es war einfach unglaublich! Man sollte doch wirklich meinen, dass man es nach dem ersten Mal besser wusste, oder? Es hatte so viele Hinweise darauf gegeben, dass ich für ihn nicht mehr war als ein oberflächlicher Flirt, und jetzt hatte er gemerkt, dass ich eben nicht schon in den ersten Tagen mit irgendeinem dahergelaufenen Vollidioten ins Bett hüpfte. Ständig hatte er auf die Uhr oder auf sein Handy geschielt. Er hatte mir seine Nummer nicht gegeben. Gut, ich hatte auch nicht danach gefragt. Aber so lief er nicht Gefahr, dass ich anrufen würde, während er bei dieser blöden Kuh war.

„Zoe, ich muss jetzt weg, es ist etwas halb Geschäftliches", äffte ich ihn nach. Klar und deutlich und vor allem verdammt bildhaft konnte ich jetzt vor mir sehen, was das für ein halber Geschäftstermin gewesen war. Sollte er doch weiterhin mit Frauen rummachen, die nicht die Körperform eines Knollengemüses hatten. Eigentlich sollte ich ihm dankbar dafür sein, dass er sich verkrümelt hatte, bevor wir aufs Ganze gegangen waren. Die Scham, die ich jetzt empfinden würde, hätte kein Wasser der Welt abwaschen können. Seltsamerweise aber fühlte ich mich trotzdem so, auch wenn wir nicht miteinander geschlafen hatten.

Ich wollte mir nicht weiter mitansehen, wie die Frau ihn anschmachtete, und erst recht wollte ich seine

Reaktion darauf nicht mehr mitbekommen. Sollten die beiden doch glücklich miteinander werden.

„Blöder Fischkopp!" Meine Worte waren nur ein Zischen, das durch meine fest aufeinandergepressten Lippen entwich. Meine Schultern strafften sich, und mit hochgerecktem Kinn betrat ich den Pub. Meinen letzten Abend hier würde ich mir von ihm nicht auch noch versauen lassen, so viel stand fest. Und ab morgen wäre er glücklicherweise sowieso Geschichte.

Man merkte, dass der Abend nahte, denn es gab nur noch einen einzigen freien Tisch. Ich ließ mich auf den herrlich bequemen Stuhl fallen und streckte erschöpft meine Beine weit von mir, als auch schon der freundlich dreinblickende Wirt auf mich zukam.

„Hi, was darf's denn sein?"

Ich pfiff auf die Limo und bestellte zur Feier des Tages gleich ein Guinness.

***

Der Lärmpegel war trotz der vielen Menschen absolut erträglich und auch die leise vor sich hin dudelnde irische Musik trug dazu bei, dass ich mich nach kurzer Zeit schon viel besser fühlte. Zumindest versuchte ich, mir das einzureden. Der Pub war klimatisiert, und während die Schweißflecke auf meinen Klamotten langsam trockneten und meine Haare nicht mehr ganz so schlimm an meinem Nacken klebten, guckte ich mich ein bisschen um. Alles war so eingerichtet, wie ich es von anderen Pubs her kannte. Dunkles Mobiliar, schummerige Lampen und die unzähligen Flaschen mit dem Hochprozentigen gut sichtbar in offenen

Regalen hinter dem Tresen. Auf mit dunklem Leder bezogenen verschnörkelten Barhockern saßen bärtige ältere Männer, die von hier zu stammen schienen und die kumpelhaft mit dem Wirt herumschäkerten. In einer Ecke stand zwischen nicht benötigten, schief aufeinandergestapelten Stühlen eine uralte, wild vor sich hin blinkende Musikbox und überall an den Wänden hingen Erinnerungsstücke und bunte Wimpel. Als tauchte man in eine andere Welt ein. Diese Art von Bars verband ich schon immer mit fröhlicher Geselligkeit. Man quatschte miteinander, trank etwas und streifte einfach den Alltag für ein paar Stündchen ab. Denn der hatte an einem Ort wie diesem nichts zu suchen. Hier hatte man keine Sorgen, sondern befand sich quasi in einem zeitlosen Raum. Im Hier und Jetzt. Vielleicht fand ich Pubs deswegen schon immer so klasse.

Auch jetzt schaffte ich es innerhalb weniger Minuten, mich wenigstens halbwegs zu entspannen. Die flirrende Sommerhitze war draußen vor der Tür geblieben und die Gedanken an zwei ganz bestimmte Personen, die sich da auf der Straße wahrscheinlich gerade abknutschten, ebenfalls.

Mein Pint war fast ausgetrunken, als der Wirt mich vom Tresen aus fragend ansah. Ich lächelte und nickte, und eine Minute später stellte er mir grinsend ein neues auf den Tisch und nahm das leere Glas gleich mit. Wie sagte Anneliese immer? Der erste ist für den Durst, der zweite für den Genuss. Gut, sie meinte damit Schnäpse, aber das konnte man sicherlich auch auf dieses leckere, fast schwarze Gesöff hier übertragen. Meine Arme wurden ein bisschen schwerer und mein Kopf ein bisschen leerer, und als ich mich zurücklehnte, sank mein Rücken in die weich gepolsterte Lehne. Diese Pubbesitzer waren schon echt ausgefuchst, dachte ich gerade, als ich einen Namen hörte, der mich trotz allem aufhorchen ließ. Die beiden Männer, die rechts außen am Tresen saßen und sich in meiner Hörweite befanden, machten mit einem Mal sehr betretene Mienen.

„Schrecklich so was ... und noch so jung“, sagte der mit dem schneeweißen Vollbart. Der mit der dunkelblauen Fischermütze auf dem Kopf nickte. „Nu ja, wie damals auch, nich? Da hat die Marie ja auch ihre Mama verloren.“

„Ja, die Marie ... tragischer Unfall. Wenigstens ist sie ihm nicht genommen worden.“

„Ich hab den Finn grad vorhin am Hafen getroffen. Der sieht ja nich goot aus, ne?“

„Nu ja, is ja auch kein Wunder, nich? Die Anneliese hat jesacht, dass der verliebt is. Aber nich in eine von hier. Und is ja noch schwieriger wegen der Marie, nich wahr?“

Finn und Anneliese? Ich hatte noch von niemand anderem außer den beiden gehört, der genauso hieß. Und Marie war die blonde Frau da draußen, oder wie? Moment, das passte ja hinten und vorne nicht. Der Mützenmann hatte doch gesagt, dass diese Marie ihre Mutter verloren hatte und der Bartmann, dass es ein tragischer Unfall war. Demnach klang es so, als wäre Marie ein Kind ...

Schlagartig hatte ich wieder die Szene vor mir, als Anneliese mit dem kleinen Mädchen am Strand gespielt hatte. Das Pärchen, von dem ich dachte, es wären die Eltern der Kleinen, hatte schon noch etwas weiter entfernt gelegen. Sie hatten also nicht unbedingt zu ihnen gehören müssen. Und Finn hatte sich die ganze Zeit über standhaft geweigert, ein Taxi zu nehmen und damals, als ich ihn gefragt hatte, ob er keinen Führerschein hatte, da sagte er doch, dass er einfach nicht mehr fuhr. Vielleicht spann ich mir hier nur irgendetwas zusammen und das, über was die beiden Männer da redeten, hatte überhaupt nichts mit dem Finn, den ich kannte, zu tun. Schließlich konnte es ja durchaus sein, dass es im Umkreis von ein paar Kilometern noch mehr Männer gab, die diesen Namen trugen, so selten war er ja nun nicht. Aber Finn und Anneliese? Mir schlug das Herz bis zum Hals. Es würde einfach alles so verdammt gut passen! Und auch, wenn die Frau da draußen nicht Marie hieße und er vielleicht sogar eigentlich mit ihr zusammen war, musste ich es wissen. Wenn wirklich er damit gemeint war, dann wollte ich herausbekommen, warum er mir nichts davon erzählt hatte.

Ich sprang auf, kramte in der Hosentasche und legte einen Zwanzig-Euro-Schein unter mein halbvolles Guinness. In weniger als zehn Sekunden hatte ich mir einen Weg zur Tür gebahnt, sie aufgerissen und war auf die Promenade hinausgetreten. Blitzschnell versuchte ich, mir einen Überblick zu verschaffen. Mittlerweile war es schon ziemlich dunkel, und auch wenn sich die Straßenlaternen, die die Straße säumten, bereits eingeschaltet hatten, konnte ich in ihrem Lichtkegel nirgendwo auch nur eine Spur von Finn oder meinetwegen auch der blonden Frau entdecken.

Die einzige Person, die mir jetzt helfen konnte, war Anneliese. Am liebsten wäre ich ja gleich zu Finn nach

Hause gelaufen. Auch auf die Gefahr hin, dass ich ihn bei etwas störte, das ich mir unter normalen Umständen niemals hätte ansehen wollen, weil ich die Bilder wohl für immer und ewig in meinem Kopf behalten würde.

Ich befand mich am anderen Ende von Nienersiel, und so gerne ich auch wollte, den Weg über den Strand zurück würde ich nicht noch einmal schaffen. Mein letztes Geld hatte ich eben im Pub gelassen, also fiel auch ein Taxi aus. Annelieses Telefonnummer, die sie mir auf einen Zettel geschrieben hatte, lag auf der Kommode neben dem Telefon im *Friesenhuus*. Ich spürte schon das Kitzeln, das von aufsteigenden Tränen herrührte, und reckte daher mein Gesicht schnell nach oben, um zu verhindern, dass sie mir die Wangen herunterrannen. Am Himmel, der in dunklen Rot- und Violetttönen erstrahlte, standen schon die ersten Sterne. In dem Moment, als ich meine Augen schließen wollte, um tief durchzuatmen, sauste eine Sternschnuppe vorbei und verglühte über dem Horizont.

„Bitte mach, dass ich jetzt sofort irgendwie zu Finn komme."

„Moin, Zoe", ertönte eine tiefe Stimme direkt hinter mir.

Ich fuhr erschrocken zusammen. Mit einem Ruck drehte ich mich um und seufzte erleichtert auf. Vor mir stand ein riesiger Mann mit ziemlich wenigen Haaren auf dem Kopf und einem fröhlichen Lächeln im Gesicht.

„Hab die Schnuppe auch gesehen. Aber du darfst das nicht laut sagen, weißt du?", murmelte er, während er mich an sich drückte. „Hast Glück, dass ich es war, der das gehört hat. Jetzt geht dein Wunsch trotzdem in Erfüllung."

„Wie? Du weißt, wo Finn wohnt?", fragte ich mit dünner Stimme.

„Ich bring dich sogar hin, wenn du willst", lachte er und entließ mich wieder aus seinen Armen. „Bin sowieso fertig." Er zeigte auf den großen geflochtenen Korb, den er neben sich auf der Straße abgestellt hatte und in dem so viel Gemüse lag, dass der Laden neben dem Pub gerade eben mit Sicherheit das Geschäft des Tages gemacht hatte.

„Bitte", flüsterte ich nickend und konnte nichts dagegen tun, dass die Tränen, die ich versucht hatte wegzublinzeln, hemmungslos aus mir herausbrachen. Gleichzeitig tat Kalle mir unglaublich leid, weil er mit mir und dem Heulkrampf, der mich schüttelte, heillos überfordert war.

Als er hilflos anfing, meine Schulter zu tätscheln, war es dann bei mir ganz vorbei. Er machte kurzen Prozess und bugsierte mich so schnell er konnte durch eine schmale Gasse, in der er sein Auto geparkt hatte, öffnete die Beifahrertür und drückte mich auf den Sitz hinunter.

„Was hat der Döspaddel denn angestellt, dass er damit ein so tolles Mädchen wie dich zum Plinsen bringt, hm?"

„Ach Kalle", schniefte ich. „Ist alles nicht so einfach zu erklären."

„Hm", machte er wieder. Es klang wie eine Zustimmung.

***

Wir fuhren ein kurzes Stück über eine Landstraße, weil er nicht mitten durch die Stadt fahren wollte. Ich hatte den Kopf gegen die kühle Fensterscheibe gelehnt und starrte durch einen Tränenschleier hinaus. Die Dunkelheit flog an mir vorbei, und ich wünschte mir, jetzt bei Finn zu sein. Ich wollte, dass er mich schief angrinste oder mich anlächelte. Gleichzeitig war ich jedoch immer noch so sauer auf ihn. Wegen dem, was er getan hatte und wegen dem, was er nicht gesagt hatte. Ganz egal, was das auch wäre. Ich hasste mich dafür, dass ich mich danach sehnte, in seinen Armen zu liegen und durch seine zerzausten Haare zu wuscheln. Er war der erste Mann, dem das nichts ausmachte, weil es ihm vollkommen egal war, wie sie aussahen. Ich hasste mich dafür, dass ich soweit gewesen war, seinetwegen darüber nachzudenken, alle Zelte in Nürnberg abzubrechen, weil er mir so unglaublich wichtig war. Ich hasste ihn dafür, dass er alles, was wir hatten und all das, was noch hätte werden können, im Keim erstickt hatte.

Kalle verlangsamte das Tempo und bremste schließlich ab, als wir das Ortsschild passierten. Kurz darauf bog er links in eine Straße, in der sich zu beiden Seiten weitläufige Grundstücke erstreckten, auf denen reetgedeckte Einfamilienhäuser standen. Die Straße war so schmal, dass keine zwei Autos aneinander vorbeigepasst hätten, wenn nicht eines von beiden auf den Gehsteig auswich. Vor dem dritten Haus auf der rechten Seite hielt er an, zog die Handbremse mit einem rasselnden Geräusch bis zum Anschlag und wandte sich mir zu.

„Zoe, pass mal auf. Der Finn, der ist in Ordnung. Büschen tüddelig manchmal, aber in Ordnung. Der braucht jemanden, der für ihn da ist."

„Danach sieht das aber bisher nicht aus", erwiderte ich.

Doch sicher war ich mir nicht mehr. Hatte Anneliese nicht gesagt, dass sie den Grund verstand, aus dem er den Kontakt zu mir abgebrochen hatte? Ich wusste, dass sie mich mochte, und da würde sie es wohl kaum tolerieren oder gar verstehen, wenn er zweigleisig fuhr.

„Glaub's mir. Knall ihm einfach mal eins vorn Latz, und dann kommt der auch wieder zur Besinnung, hm?"

Dankbar für seine lieb gemeinten Worte nickte ich. Ehe ich mich versah, legte er wieder seine Pranken um mich. Dieses Mal aber war die Umarmung vorhersehbar, und schmunzelnd legte auch ich meine Arme um seinen massigen Oberkörper. „Danke, Kalle."

„Da nich für, Zoe. Holl de Ohren stiev."

Was das hieß, wusste ich bereits, und genau das würde ich auch tun. Egal was jetzt auf mich zukam. Ich hatte ja schließlich nichts zu verlieren – im Gegenteil.

Ich warf einen letzten Blick zurück, um mich zu vergewissern, dass ich auch ganz sicher vor dem richtigen Haus stand. Als Kalle nickte und zum Gruß die Hand hob, bevor er davonfuhr, nahm ich all meinen Mut zusammen. Das schmiedeeiserne schwarze Gartentor war halbhoch und nur angelehnt. Es quietschte genauso in den Angeln wie das Türchen vorm Ferienhaus, als ich es vorsichtig aufstieß und ein paar Schritte durch den Garten ging. Durch die Fenster des Hauses schien warmes Licht nach draußen, und die mannshohen Büsche, die entlang des Kiesweges gepflanzt waren, warfen unheimliche lange Schatten auf das vertrocknete Gras. Bei jedem weiteren Schritt, den ich machte, knirschten die Kieselsteine unter meinen Schlappen. Der Mond, der aufgegangen war, als Kalle und ich im Auto hierhergefahren waren, stand links von mir weit oben am Himmel und tauchte den Garten, der zu Finns Haus gehörte, in ein unwirkliches bläuliches Licht. Die helle Fassade schimmerte geheimnisvoll, und die hohen Tannen, die das Grundstück zu beiden Seiten vor neugierigen Blicken schützten, ließen ihre Wipfel im sanften Wind hin und her wiegen. Ich wusste nicht, wo ich mich befand, aber allzu weit weg vom Meer konnte es nicht sein, da ich noch immer das Salz in der Luft riechen konnte. Und die Rosenblüten.

Je näher ich der Haustür kam, desto schlechter wurde mir. Durch die Fenster, in die ich vom Weg aus spähte, konnte ich nichts außer weißen Wänden erkennen, an denen große gerahmte Fotos oder Poster hingen, und einer deckenhohen Pflanze, die ihre riesigen Blätter vor die transparente Gardine geschoben hatte. Vor der Tür gab es keine Stufen, nur einen braunen Abtreter, auf dem Finns Turnschuhe standen. Ich war also richtig hier. Ihr Anblick versetzte mir einen Stich mitten ins Herz. Im Briefkasten steckte ein ganzer Schwung Werbeprospekte, und neben dem runden Klingelknopf steckten noch die kleinen Schräubchen in der Wand, mit denen einmal ein Namensschild dort montiert gewesen war. Gerade als ich meine Hand hob, um auf den Knopf zu drücken, hörte ich Geräusche von drinnen. Angestrengt lauschte ich, doch außer Schritten konnte ich nichts anderes mehr hören. In der Sekunde, in der mich mein Mut verließ und ich mich entschlossen hatte, doch lieber auf dem Absatz kehrtzumachen und hinaus in die dunkle Nacht zu verschwinden, passierte es. Die Haustür wurde aufgerissen, und während er „Bin gleich wieder da, Prinzessin“ rief und seinen Kopf nach vorne drehte, stolperte er vor Schreck nach vorne und stand schließlich mit weit aufgerissenen Augen direkt vor mir.

19

Finn

„Äh ... was machst du denn hier?“ Schnell zog ich die Tür hinter mir zu.

„Nette Begrüßung nach dem, was du abgezogen hast.“ Sie stand mit fest vor der Brust verschränkten Armen da.

Am liebsten hätte ich sie sofort an mich gezogen und nie wieder losgelassen.

„Zoe, ich ...“, setzte ich an, aber eigentlich war jedes Wort, das ich hätte sagen können, überflüssig. Genau wie irgendwelche Rechtfertigungen. Denn sie hatte recht. Das, was ich da abgezogen hatte – um es mit ihren Worten auszudrücken – war mit nichts zu rechtfertigen.

„Wer ist Marie?“

Wow. Damit hatte ich allerdings nicht gerechnet. In keinem der Szenarien, die sich ständig in meinem Kopf abgespielt hatten, seit ich von ihr weggegangen war, war Marie vorgekommen. Woher wusste sie von ihr?

„Es tut mir leid …“, stammelte ich, immer noch bei meinen vorherigen Gedanken, dass ich mich nicht rechtfertigen, sondern entschuldigen wollte.

„Also ist das doch die Blonde in dem Kleidchen, mit der ich dich vorhin gesehen hab, ja?“

Ihr ganzer Körper zitterte. Ich kannte sie gut genug, um zu wissen, dass sie mit den Tränen kämpfte.

Oh Zoe, wie sehr ich mir wünschte, ich könnte dir alles erzählen.

„Nein, das war Lenja.“

„Lenja also, aha. Na gut, dann reden wir eben erst mal über Lenja. Warum hast du mir nichts von ihr erzählt?“ Sie starrte mir direkt in die Augen.

Wenn ich mir nicht ziemlich sicher gewesen wäre, dass Blicke nicht töten konnten, dann hätte ich spätestens jetzt die Beine in die Hand genommen.

„Was hätte ich dir denn von ihr erzählen sollen?“

„Wer sie ist, wo sie wohnt, wie ihre Sozialversicherungsnummer lautet und warum du sie vögelst, zum Beispiel.“

„Zoe, das ist lächerlich.“

„Lächerlich, ja? Du hast doch nicht mehr alle Latten am Zaun, Finn! *Ich* bin lächerlich? Und dass du mich die ganze Zeit belogen hast, ist natürlich nicht lächerlich, ja?“

„Naja, lächerlich nicht, nein. Aber du hast recht.“ Ich betrachtete den Fußabtreter unter mir. Es war immer noch das gleiche hässliche Ding, das schon hier gelegen hatte, als ich das Haus gekauft hatte.

„Also hast du mich belogen?“

Ich nickte langsam. „Aber nicht so, wie du denkst.“ Meine Stimme wurde kratzig.

„Was ich denke, kannst du ruhig mir überlassen. Dazu brauch ich dich nicht. Und für alles andere auch nicht."

Als ich in ihre Augen sah, wusste ich, dass das genauso wenig stimmte wie das, was ich mir die letzten Tage über versucht hatte einzureden.

Aus dem Wohnzimmer erklang das Intro von *Thunderstruck* in einer ohrenbetäubenden Lautstärke, und als sich das *Thunder* in die E-Gitarre mischte, klirrten sogar die Fensterscheiben. Obwohl die ganze Situation einfach nur noch traurig war, konnte ich mir ein winziges Schmunzeln nicht verkneifen. Wie oft hatte ich gesagt, dass wir abends Musik nur in Zimmerlautstärke hören dürften, weil sich die Nachbarn sonst gestört fühlen könnten? Und kaum war ich aus der Tür, drehte der Frechdachs voll auf.

„Spinnt deine Anlage?"

„Die Anlage nicht, nee."

„Rückst du jetzt endlich mal mit der Sprache raus, oder soll ich gehen?"

„Zoe, das ist alles viel komplizierter, als du es dir vorstellen kannst, und ich will dir nicht ..."

„Okay, damit wäre dann alles gesagt. Adieu, Finn, auf Nimmerwiedersehen." Sie drehte sich auf dem Absatz um und stapfte mit großen Schritten den Weg entlang zum offen stehenden Gartentor, sodass der Kies nur so herumflog. „Oh, und viel Spaß mit Lenja und Marie und allen, die es sonst noch so gibt."

Ihr Anblick zerriss mir das Herz. Sie hatte sich noch einmal zu mir gewandt. Im Licht der Straßenlaterne, die direkt vor dem Grundstück stand, sah ich, dass ihre Schultern bebten. Ihre wunderschönen langen Locken hatte sie zu diesem zusammengetüddelten Zopf hochgebunden, und die einzelnen Strähnen, die sich ständig verselbstständigten, rahmten ihr hübsches Gesicht ein. Die Sehnsucht, die sie ausstrahlte, konnte ich am ganzen Körper spüren. Weil es mir ganz genauso ging. Und ihre Augen erst ... groß und so abgrundtief traurig, mit glitzernden Tränen, die ihre Wangen hinabrannen und auf das dünne weiße Shirt tropften, das ihren zitternden Oberkörper bedeckte.

Wenigstens etwas Gutes hatte das Ganze, dachte ich, als mein Blick an ihr nach unten wanderte. Sie traute sich endlich, das anzuziehen, worauf sie Lust hatte. Und wenn es kurze Hosen waren. Sie war wunderschön, und jeder, der das anders sah, hatte sie schlicht und einfach nicht verdient. Ich hatte das leider auch nicht.

„Pass auf dich auf, Zoe", flüsterte ich und wandte mich ab, bevor sie sehen konnte, dass auch meine Augenwinkel feucht wurden.

„Papa, warum weinst du denn? Und warum darf die Frau das mit dem Finger machen und ich nicht?"

Mir gefror das Blut in den Adern. Marie hatte die Tür so leise geöffnet, dass ich es nicht bemerkt hatte, und ihren blonden Kopf durch den Spalt gesteckt. Schnell drehte ich meinen Kopf wieder in Richtung Garten, wo Zoe gerade ihre Hand sinken ließ. Den Mittelfinger hatte sie noch ausgestreckt. Mit weit geöffnetem Mund starrte sie fassungslos zu uns herüber.

„Marie, ich ...", setzte ich an, doch meine Kehle war plötzlich so trocken, dass ich kein weiteres Wort mehr herausbrachte.

20

Zoe

„Das ist Marie?“ Neben Finn stand das blonde Mädchen vom Strand. Es hatte die kleinen Fäuste in die Seiten gestemmt und fragte noch einmal, warum sie denn bitteschön niemandem den Finger zeigen durfte, wenn ich das doch tat, ohne Ärger zu bekommen. Finn wusste keine Antwort darauf, weil es natürlich keine gab, und so eilte ich ihm zur Hilfe.

„Hallo Marie, ich bin Zoe. Ich darf das eigentlich auch nicht. Zumindest nicht hier, wo du wohnst. Das war jetzt wirklich blöd von mir. Ich komme aus einem ganz kleinen Dorf. Das liegt ganz weit von hier entfernt, und da sagt man sich so auf Wiedersehen, weißt du.“

„Genau, aber das darf man eben eigentlich nur in diesem Ort, machen, aus dem Zoe kommt. Überall anders ist das eine ganz schlimme Beleidigung. Schlimmer noch als das A-Wort. Und Zoe wollte sich das auch wieder abgewöhnen, weil sie ja nicht möchte, dass Oma und die ganzen anderen hier böse auf sie sind, wenn sie das sehen.“

„Das stimmt“, redete ich weiter. „Bei deinem Papa ...“ Ich stockte kurz und blickte fragend zu Finn auf, der erst für den Bruchteil einer Sekunde die Augen schloss und dann kaum merklich nickte. „... Also bei deinem Papa ist das jetzt nicht ganz so schlimm, weil der ja weiß, dass ich das ganz lieb meine. Aber die anderen wissen das eben nicht.“

Er streichelte seiner Tochter liebevoll über die Haare.

„Du meintest das ganz lieb, ja?“, fragte er dabei leise und streifte wie zufällig mit seiner Hand meinen Arm.

„Wir werden noch ausdiskutieren, wie ich was gemeint habe“, flüsterte ich zurück.

Was für eine absurde Situation! Ich war hier zu Finns Haus gekommen, um ihn zur Rede zu stellen, und jetzt erklärten wir gemeinsam seiner kleinen Tochter, von der ich bis gerade eben überhaupt nichts wusste, dass es einen Ort gab, an dem man sich per Stinkefinger Adieu sagte? Unglaublich, wirklich!

Finn sah das wohl ähnlich, denn als er Marie wieder durch die Tür ins Haus zurückschob und gleichzeitig hinter sich griff, um meine Hand in seine zu nehmen, brach er in Gelächter aus.

„Meine Güte, Zoe, ist das bescheuert.“ Womit er absolut recht hatte.

***

Er zog mich mit ins Haus, und nachdem er seiner Tochter erlaubt hatte, die Blu-ray vom Konzert von AC/DC mit Kopfhörern und nicht zu laut weiter anzusehen, gingen wir in die Küche. An dem langgezogenen Tisch standen zwei weiße Holzstühle. Unter dem großen Sprossenfenster stand ein dritter, auf dem ein hellbrauner Teddybär saß. Er hatte zwei rote Plüschherzen im Arm und ein freundliches Gesicht, das zum Fenster hinaufzeigte. Es sah so aus, als würde er lächelnd die Sterne am rabenschwarzen Himmel beobachten.

Wir setzten uns auf die beiden freien Stühle. Finn, der mit dem hochmodernen Vollautomaten zwei Tassen Kaffee zubereitet hatte, während ich den Teddy betrachtete, stieß einen tiefen Seufzer aus. Er lauschte kurz in Richtung Wohnzimmer, rührte dann kurz in seiner Tasse und lehnte sich anschließend zurück.

„Okay. Was möchtest du wissen?“

„Alles, Finn. Ich möchte alles wissen.“

Und so begann er zu erzählen. Von seiner Freundin und der Geburt von Marie. Von ihren ersten zwei Jahren als kleine glückliche Familie. Und von dem schrecklichen Unfall, der sie gnadenlos auseinandergerissen hatte.

„Von der einen Sekunde auf die andere war alles anders. Es war ein verschneiter Nachmittag im Winter. Meine Freundin war mit Marie beim Kinderturnen im Nachbarort und wollte nach Hause fahren.“ Sein Blick ruhte auf der Tischplatte. Nach einem kurzen Moment, in dem er tief Luft holte, fuhr er fort. „Die Landstraße war schneebedeckt, und in einer Kurve kam ihnen ein anderes Auto entgegen. Viel zu schnell, sodass sie gar nicht rechtzeitig hätte reagieren können. Es ist auf ihre Spur gerutscht und hat ihren Wagen touchiert, sodass sie von der Straße abgekommen und frontal gegen einen Baum geprallt sind. Der einzige Trost, den ich hatte, war der, dass sie wohl sofort tot gewesen ist. Der

Fahrer des anderen Autos ist einfach abgehauen, aber zwei Spaziergänger, die mit ihren Hunden auf einem Weg neben der Landstraße unterwegs waren, haben den Unfall beobachtet und sofort die Rettungskräfte verständigt. Auch zu dem anderen beteiligten Auto hatten sie Hinweise geben können." Er seufzte wieder leise auf. „Letztendlich hat die Polizei den Fahrer ein paar Ortschaften weiter ausfindig machen können. Noch zwei Stunden nach dem Unfall hat der Bluttest auf der Wache einen Alkoholgehalt von 1,6 Promille ergeben. Marie war damals erst zwei. Glücklicherweise war sie nur leicht verletzt. Alles, was sie zurückbehalten hat – zumindest physisch – ist eine kleine Narbe auf ihrem rechten Unterarm."

Immer wieder stiegen ihm Tränen in die Augen, während er mir das alles erzählte. Die ganze Zeit über hatte ich sanft seine Hand gestreichelt.

„Vier Jahre ist das jetzt her, und in diesen vier Jahren habe ich mir jeden Tag aufs Neue geschworen, dass ich mich niemals wieder verlieben werde. Weil ich es nicht ertragen könnte, noch einmal jemanden zu verlieren."

„Aber warum hast du denn nichts gesagt? Verdammt, Finn, wir haben doch so offen über alles reden können, eigentlich vom ersten Augenblick an. So schrecklich dieser Unfall auch war, du hättest mir doch schon viel früher davon erzählen können."

„Und was hätte sich dann geändert?"

„Hallo?! Alles! Du hättest nicht einfach abhauen müssen und ich hätte mir nicht die ganze Zeit Gedanken gemacht. Und das ist noch milde umschrieben." Ich hielt kurz inne, und trotz dieser Situation schlich sich ein kleines Schmunzeln auf meine Lippen. „Auf der anderen Seite wüsste ich dann jetzt nicht, dass ich das Zeug zur Thrillerautorin habe.“

„Hä?“

„Später“, winkte ich ab. „Und wer ist Lenja?“

„Maries Lehrerin. Außerdem war sie die beste Freundin von Anja.“

Ich hielt mich an meiner Kaffeetasse fest.

„Sie hat mir damals echt geholfen. Ohne sie und meine Mutter hätte ich das wohl nicht geschafft. Auch das mit Marie nicht.“

Und ich hatte ihm an den Kopf geworfen, dass er mit ihr schlief. Und das auch noch auf eine ziemlich vulgäre Art und Weise.

„Es tut mir leid.“

„Muss es nicht.“

„Oh doch.“

„Noch einen Kaffee?“ Er stand auf und nahm unsere Tassen, um sie wieder auf die Tropfschale des Vollautomaten zu stellen. „Ich hab gelernt, damit umzugehen. Es ist ja nicht erst gestern passiert. Aber ich hab einfach Angst, mich auf etwas einzulassen, das ich nicht unter Kontrolle habe.“ Er drückte auf die Taste mit der großen Kaffeetasse. „Und das mit dir … das ist …“ Seine Stimme brach.

Wir schwiegen, bis beide Tassen gefüllt waren und er sich wieder hingesetzt hatte.

„Finn, ich versteh dich.“ Ich stand auf und umrundete den Tisch.

Er rutschte überrascht auf seinem Stuhl herum, bis seine angewinkelten Beine zu mir zeigten. Meine Hände legten sich wie von selbst und als ob sie genau dort und nirgendwo anders hingehörten um seinen

Nacken. In dem Moment, in dem ich seine warmen Hände auf meinem Hintern spürte und er mich auf seinen Schoß zog, verschmolzen unsere Lippen zu einem langen, zärtlichen Kuss, in dem eine solche Sehnsucht lag und ein Hunger, den wir beide uns so sehr gewünscht hatten, endlich stillen zu können. Meine Finger glitten in den Ausschnitt seines Shirts, seinen Rücken so weit hinunter, wie sie es schafften, ohne ihn zu strangulieren. Dieses kleine Bisschen von Berührung reichte aus, um in mir dieses wunderbare Kribbeln zu verursachen, das sich langsam vom Unterleib nach oben hin ausbreitete. Weil so viel Gefühl in all dem lag und so viel Wollen. Sein Griff wurde fester. Während seine linke Hand sich unter mein Top schob, drückte er mich an sich. Unsere Küsse wurden immer fordernder. Mir wurde immer heißer. Als ich durch den Stoff meiner Hose hindurch spürte, dass es ihm nicht anders erging, hielt er plötzlich in seiner Bewegung inne.

„Wir können nicht ...“, keuchte er.

„Ich weiß. Wie machst du so was denn normalerweise?“

„Gar nicht“, flüsterte er verlegen mit immer noch leicht geöffneten Lippen. Sein Blick hätte leidenschaftlicher nicht sein können. „Warte, ich hab ’ne Idee.“ Er schob mich sanft von seinem Schoß, stand auf und ging hinüber zur Kaffeemaschine, neben der sein Handy lag.

„Moin Finn“, hörte ich Annelieses Stimme aus dem Lautsprecher. Sie klang ziemlich erwartungsvoll, als sie fragte, ob er bei irgendetwas ihre Hilfe bräuchte oder warum er sie sonst auf einmal wieder anrief, nachdem sie einen ganzen Tag lang nichts von ihm gehört hatte.

„Könntest du heute Abend auf Marie aufpassen?“
„Triffst du dich mit Zoe?“
Wir mussten lachen.
„Sie ist hier bei uns, Mama.“
„Bin schon unterwegs, mein Junge. Soll ich meine Zahnbürste mitbringen?“ Ihre Stimme überschlug sich fast, als Finn mit einem Blick auf mich antwortete, dass sie das sehr gerne tun könne, wenn es ihr nichts ausmachte.

***

Die Zeit, in der wir auf sie warteten, verbrachten wir mit Marie zusammen im Wohnzimmer. Die Kleine wollte unbedingt, dass ich mich neben sie setzte, und natürlich kam ich dem sofort nach. Ehrlich gesagt fühlte ich mich sogar ziemlich geehrt, schließlich hatten wir uns ja heute zum ersten Mal gesehen. Wahrscheinlich lag das aber zum größten Teil an der Sache mit dem Mittelfinger, doch damit konnte ich fürs Erste leben.

Finn ließ sich mit lang ausgestreckten Beinen vor uns auf dem weichen hellgrünen Teppich nieder und stellte den Fernseher so um, dass der Ton nicht mehr durch Maries Kopfhörer kam, sondern wir alle ihn aus den angeschlossenen Boxen hören konnten. Marie erklärte mir, wie cool sie es fände, wenn ich mit ihr mal auf ein AC/DC-Konzert ginge, weil ihr Papa nämlich immer sagte, dass sie dafür noch zu jung wäre und er erst mit ihr hingehen würde, wenn sie achtzehn wäre.

Plötzlich drehte sich ein Schlüssel im Schloss der Haustür, und kurz darauf trat Anneliese mit strahlenden Augen ins Zimmer. Ihre erste Amtshandlung war, Marie und mich gleichzeitig in ihre Arme zu schließen und an sich zu drücken, so fest sie nur konnte. Sie gab erst ihrer Enkeltochter einen Kuss auf die Stirn und vergrub danach ihr Gesicht in meinen Haaren.

„Mensch Zoe, ich freu mich so", wisperte sie, ließ uns wieder los und wuschelte ihrem Sohn durch die zerzausten Strähnen. „Und du bist wieder zur Vernunft gekommen, ja?"

„Könnte man so sagen, ja", antwortete er verlegen lächelnd und stand ein bisschen mühsam auf.

Marie schlang ihre kurzen Ärmchen um seinen Bauch, woraufhin er sich zu ihr hinunterbeugte, unter ihre Achseln fasste und sie zu sich nach oben hob. „Und du bist brav und hörst auf das, was Oma sagt, ja?" Er stupste ihr mit dem Finger auf die Nasenspitze. Die Kleine lachte und drückte ihren Papa noch stärker, als sie es sowieso schon tat.

„Ich werte das mal als ein ja, Prinzessin." Auf ihre Frage, was wir denn jetzt machen würden, antwortete er, dass wir nur ein bisschen am Strand spazieren gehen würden. „Und danach schlafen wir in Omas Ferienhaus, das steht ja viel näher am Strand als unser Haus hier."

„Und wenn du magst, bringen wir euch morgen Frühstück mit, wenn wir wiederkommen. Magst du Schokocroissants? Ich weiß nämlich zufällig, wo es die mit der meisten Schokolade drin gibt", klinkte ich mich ein. Als Antwort beugte sie sich zu mir herüber und umarmte mich fast genauso fest wie ihren Papa, der sie nur mit Mühe davon abhalten konnte, hintenüberzufallen.

„Schokocroissants ziehen immer", lachte ich schulterzuckend und streichelte Marie über die feinen blonden Haare.

„Nu macht mal hinne, die Nacht wird nicht länger, nur weil ihr rumtrödelt." Anneliese pflückte die Kleine aus Finns Armen und scheuchte uns in den Flur.

„Ich glaube, wir haben noch ziemlich viele Nächte zusammen, oder?"

„Glaub ich auch", gab ich lächelnd zurück und hielt seine Hand.

„Dann fangt mal an, die erste davon zu nutzen. Menschenskinners nochmal, raus mit euch!" Lachend winkte sie uns zu, als wir den Weg zum Tor entlang liefen. Marie winkte auch. Wir konnten noch hören, wie sie ihre Oma fragte, warum wir denn noch viele Nächte zusammen hätten.

„Das erklär ich dir gleich, mein Spatz. Bei einer schönen Tasse Tee."

„Mutter!", brüllte Finn über die Schulter.

„Ja ja, schon gut, sie bekommt eine heiße Schokolade."

„Sie kann's einfach nicht lassen", grinste Finn, als die Tür ins Schloss fiel. „Zu dir?"

„Hast du deiner Tochter nicht eben noch gesagt, dass wir einen Strandspaziergang machen? Du solltest das mit dem Schwindeln echt lassen."

„Gut, dann eben zum Strand."

„Das ist von hier aus der schnellste Weg zu mir, oder?"

Er nickte und fing lachend gerade noch meinen Boxschlag in seine Seite ab.

***

Den ganzen Weg über ließen wir uns nicht los. Als ich endlich erkannte, wo wir uns befanden, seufzte ich laut auf. „Das dauert ja noch eine halbe Ewigkeit!"

„Ach Quatsch, wir sind doch gleich da. Kennst du die Abkürzung noch nicht?", fragte er und zeigte sich verwundert, als ich meinen Kopf schüttelte. Ich wusste zwar, dass der Strand eine langgezogene Kurve machte, aber bisher hatte mir der Teil des Städtchens gereicht, in dem ich bislang unterwegs gewesen war. Auf die Idee, irgendwelche Schleichwege zu suchen, war ich noch nicht gekommen.

„Komm mit!", rief er und zog mich quer durch die Dünen. Er hatte recht, nicht einmal fünf Minuten später standen wir vor dem *Friesenhuus*.

„Möchtest du mich denn gar nicht fragen, ob ich noch auf einen Kaffee mit reinkommen will?" Seine Hände umfassten meine Hüfte, und seine Augenbrauen hoben sich ein Stückchen.

Natürlich spielte ich sein Spiel mit. „Lieber Finn, möchtest du noch auf einen Kaffee mit reinkommen?"

„Nein danke, aber ich würde sehr gerne ein Glas Wein mit dir auf der Terrasse trinken."

„Du bist echt bescheuert." Ich legte meinen Kopf in den Nacken und musste lachen. „Na gut, aber eigentlich dachte ich, dass wir ..."

„Geduld Zoe, Geduld." Seine Augen funkelten geheimnisvoll im Licht des Mondes.

Am liebsten hätte ich ihm gesagt, dass er sich seine Geduld sonst wohin stecken konnte und mich ihm hier an Ort und Stelle an den Hals geworfen, aber ich wollte mich vorher zumindest noch kurz abduschen, wenn ich jetzt schon die Gelegenheit dazu hatte. Der Tag war echt anstrengend gewesen – in jeglicher Hinsicht. Wenn ich an mein schweißgetränktes Top dachte und daran, dass es vorhin in seiner Küche ziemlich dicht an seiner Nase gewesen war ... Nein, auch wenn das alles anders ausgegangen wäre und er jetzt nicht neben mir stehen würde, wäre ich noch schnell unter die Dusche gehüpft, bevor ich hundemüde ins Bett gefallen wäre.

***

Als ich mit nassen Haaren und nach süßen Himbeeren duftend wieder zurück auf die Terrasse kam, saß er ans Geländer gelehnt auf dem Boden. Seinen Kopf hatte er in den Nacken gelegt. Obwohl er die Augen geschlossen hielt, wusste ich, dass er bis eben in den Sternenhimmel gesehen hatte. Ein Lächeln lag auf seinen Lippen, das noch breiter wurde, als ich mich neben ihn setzte und er seine Augen wieder aufschlug.

„Hey, wunderschöne Frau", flüsterte er und legte seinen Arm um mich.

Mein Gesicht lag geneigt in der Kuhle zwischen seinem Hals und seiner Schulter. So tief ich konnte, sog ich seinen Duft ein. Ich hatte ihn so vermisst ...

Er reichte mir ein Glas und hob seins ein Stückchen in die Höhe. „Auf dich und dass du heute bei mir aufgetaucht bist. Wirklich, Zoe, du glaubst gar nicht, wie dankbar ich dir dafür bin." Seine Lippen hauchten mir einen Kuss auf die Wange.

„Auf deine Tochter, denn ohne sie hättest du weder meine lieb gemeinte Geste gesehen, noch wärst du jetzt hier", antwortete ich und stieß mein Glas mit einem leisen Klirren gegen seins. „Wollen wir ein Stückchen gehen?“

Finns Augen wurden noch eine Spur dunkler. Auch meinte ich, wieder etwas von dem Verlangen von vorhin in ihnen entdecken zu können.

„Wohin immer du möchtest.“

***

Die Nachtluft war rein und klar. Während wir langsam die Stufen hinabstiegen, zirpten die Grillen, die sich in den dichten Grasbüscheln versteckten. Aus dem Wohnzimmer fiel das Licht der Stehlampe nach draußen und zauberte mystisch anmutende Schatten in die Dünen vor uns. Die Rosenbüsche, die überall um uns herum standen und ihren betörenden Duft, der meinen Himbeergeruch spielend leicht noch um ein Vielfaches übertönte, selbst im Dunkeln auf den Weg schickten, wiegten sich sanft im Wind hin und her. Von weit entfernt hörten wir die Eule wieder durch die Nacht rufen. Vor uns lag das Meer, dessen Oberfläche im fahlen Schein des Mondlichtes bläulich glitzerte und fast ebenso still war wie die sonstige Welt, die uns umgab. Die gedimmte Lampe draußen an der Fassade, die tapfer versuchte, einen Teil des Gartens zu beleuchten, schien seitlich auf sein Gesicht und tauchte es in einen geheimnisvollen goldenen Schimmer. Seine Augen lagen dabei im Dunkeln, und doch konnte ich die feinen Fältchen erahnen, die sich immer um sie herum bildeten, wenn er lächelte.

Wortlos schritten wir den Weg entlang, den der Wind fast gänzlich wieder vom Sand befreit hatte. Das Holz unter unseren nackten Füßen war noch warm. Immer wieder ruhte Finns Blick auf mir, als wollte er sich vergewissern, dass ich noch bei ihm war. Hinter der Bretterbude bog er nach links ab, und ich folgte ihm. Ich wäre ihm überall hin gefolgt, und wenn wir direkt ins unheimlich anmutende schwarze Meer gelaufen wären.

Das Geräusch der rauschenden Wellen wurde ein bisschen leiser, und wieder umgab uns diese wundersame Stille, die ich nur hier spüren konnte. Hier am Nordseestrand, weit weg von meiner Heimat. Und doch fühlte es sich so vertraut an. Alles.

Als ich vor ihm durch den hügeligen Sand lief, sanft gesteuert von seinen Händen auf meinen Schultern, fuhr eine Windböe unter mein Shirt. Sogleich spürte ich seine Hand, die die Gelegenheit nutzte und sich an der aufgedeckten Stelle von hinten zärtlich auf meine Haut legte.

„Zoe ..." Es war nicht mehr als ein Flüstern, und doch mehr als das. Er blieb stehen und schob auch seine andere Hand unter mein Top.

Noch während ich mich in seinen Armen zu ihm drehte, spürte ich seinen warmen Atem an meinem Hals. Als ich in seine Augen blickte, wusste ich, dass sich etwas verändert hatte. Die Traurigkeit, die so oft von ihnen und von ihm Besitz ergriffen hatte und auch diese allumfassende Sehnsucht waren komplett verschwunden. Ich fühlte genau das, was ich in diesem Moment in seinem aufgewühlten Blick sah. Er wusste, was er wollte, und das war genau das gleiche wie das, was ich mir wünschte. Nicht nur für jetzt und hier, sondern für immer. Niemals zuvor hatte ich diesen Ausdruck bei einem Mann gesehen. Niemals hatte mir ein Mann zuvor erlaubt, durch seine Augen hindurch direkt in sein Herz zu sehen. Ihn nur durch etwas so Simples wie einen Blick zu spüren und all das zu fühlen, was auch er fühlte.

Ganz langsam kam sein Gesicht dem meinen näher. Mein Herz überschlug sich fast, weil ich es kaum erwarten konnte, mit ihm im zärtlichsten Kuss zu versinken, den er mir je gegeben hatte.

Wie in Zeitlupe sanken wir hinab. Ich lag noch in seinen Armen, und er hielt mich, bis mein Rücken den warmen Sand berührte. Nicht einen einzigen winzigen Moment lang ließen seine Lippen von mir ab. Als er sie langsam über mein Kinn wandern ließ und seine kurzen Bartstoppeln meinen Hals entlangkitzelten, schienen die Sterne über uns noch ein bisschen heller zu funkeln. Seine Finger strichen über meine nach hinten gestreckten Arme, streiften sanft meine Achseln und glitten seitlich weiter nach unten, um sich unter meinem Shirt behutsam wieder nach oben zu tasten. Als seine Hände sanft meine Brüste berührten, hörte er kurz auf, meinen Hals mit Küssen zu bedecken und hob den Kopf. Sein Blick war so intensiv, auf eine wunderschöne Art und Weise achtsam und gleichzeitig auch voller Begehren, dass ich mir nichts sehnlicher wünschte, als ihn und seine Leidenschaft endlich zu spüren. Und so beantwortete ich die Frage, die in seinen dunklen blitzenden Augen lag und ließ mich ganz und gar fallen, während er genau da weitermachte, wo er aufgehört hatte.

***

„Darf ich dich was fragen?“

Wir lagen eng aneinandergekuschelt im Sand. Mein Kopf hob und senkte sich mit jedem von Finns Atemzügen, die noch immer ein bisschen schneller gingen.

„Natürlich Zoe.“ Er zog mich fester an sich.

„Warum hast du mir nichts von deiner Tochter erzählt?“

Diese Frage war es, die noch zwischen uns stand. Zumindest tat sie das für mich, denn noch immer konnte ich nicht verstehen, warum er so ein Geheimnis aus Marie gemacht hatte.

„Dann wäre es nämlich auch nicht so weit gekommen, weißt du.“

Er winkelte den Arm, den er nicht um mich gelegt hatte, an und schob ihn unter seinen Kopf. „Kannst du dich dran erinnern, als du mich gefragt hast, ob ich Kinder haben möchte?“

Ich nickte.

„Da war ich ganz kurz davor, dir von ihr zu erzählen. Ehrlich. Aber dann hast du gesagt, dass du eben keine bekommen möchtest.“

Ruckartig setzte ich mich auf. „Aber Finn, das hab ich doch nur gesagt, weil ich dachte, dass du keine zeugen kannst! Du hast nicht auf die Frage geantwortet, und das war für mich die einzig logische Erklärung dafür.“

Nach einem kurzen Moment der Stille wandte er seinen Blick vom Himmel ab und schaute zu mir auf. „Kannst du es dir denn vorstellen?“

Er wirkte plötzlich wieder unsicher. Doch das musste er gar nicht sein, denn ich wusste genau, was ich wollte. Eigentlich hatte ich das schon von Anfang an getan. Spätestens aber nach dem, was heute Abend und gerade eben passiert war, war ich mir so sicher wie noch bei nichts zuvor. Diese einzigartige Verbindung, die zwischen uns bestand wie ein unsichtbares Band, die hatte heute noch eine vollkommen neue und viel stärkere Dimension angenommen.

„Ja, Finn. Das kann ich."

„Komm wieder her", flüsterte er und zog mich sanft zu sich nach unten. Der Kuss, den er mir auf die Stirn gab, drückte alles aus, was es hätte zu sagen geben können.

21

„Na ihr beiden?“ Anneliese riss die Haustür in dem Moment auf, als wir durch das Gartentor gingen.

Gemächlich schlenderten wir den Kiesweg entlang und mussten grinsen, weil sie aufgeregt von einem Fuß auf den anderen trat und so aussah, als könnte sie es gar nicht erwarten, endlich zu erfahren, wie es denn jetzt zwischen uns aussah.

Als Finn meine Hand ergriff, fing sie an zu strahlen und kam uns das restliche Stück entgegengelaufen. Auch Marie steckte wieder ihren Kopf um die Ecke, allerdings schielte sie nicht auf uns, sondern auf die beiden riesigen Tüten, die wir dabeihatten.

„Prinzessin, zwei Schokocroissants nur für dich!“, rief Finn und lachte, als Marie vor Freude ihre Ärmchen in die Luft warf und wild im Kreis herumhüpfte.

„Sie liebt die Teile und darf sonst nur eins, ist heute also wie Geburtstag und Weihnachten zusammen“, raunte er mir als Erklärung zu, und ich drückte seine Hand ein bisschen fester.

„Und? Was habt ihr heute noch vor?“, fragte Anneliese, als wir gemeinsam im Wohnzimmer am Esstisch saßen und frühstückten. Marie hatte, schon nachdem sie nur ein halbes Croissant in sich hineingestopft hatte, einen total verschmierten Schokoladenmund und sah ziemlich glücklich aus.

Finn und ich sahen uns an. Annelieses Blick ruhte erst auf mir und wechselte dann zu ihm. Schlagartig schlichen sich tiefe Sorgenfalten auf ihre Stirn. Als ich ihn betrachtete, konnte ich auch sehen, warum. Seine Miene hatte sich verändert. Er saß in sich zusammengesunken auf seinem Stuhl, der plötzlich etwas zu groß für ihn zu sein schien.

„Na ja, ich hole ja heute mein neues Auto ab, und dann wollte ich eigentlich zurück nach Nürnberg fahren", setzte ich an. In Finns Augen war ein Fünkchen Hoffnung aufgetaucht.

„Eigentlich?"

Wir hatten noch überhaupt nicht darüber geredet, was heute passieren würde. Trotz der letzten Nacht war er davon ausgegangen, dass wir uns voneinander verabschieden würden müssen. Mein Herz wurde ganz schwer, als mir klar wurde, dass er wirklich dazu bereit war, mich in seine kleine Familie aufzunehmen. Und das, obwohl er nicht wusste, wie es weitergehen würde. Und ob überhaupt die Möglichkeit bestand, dass es das tat. Ich war schließlich diejenige, die einfach abreisen und ihm und allem, was zu ihm und seinem Leben dazugehörte, Lebewohl sagen konnte. Und trotzdem hatte er sich mir komplett geöffnet. Auch auf die Gefahr hin, furchtbar verletzt zu werden.

„Finn, ich muss zurückfahren. Ich hab meine Wohnung dort. Die Stadt ist wirklich schön, und Katharina wohnt ja auch nicht weit von mir entfernt ..."

Meine Stimme brach, weil ich seinen Blick nicht ertragen konnte. Mit meinen Worten hatte ich gerade seinen Funken Hoffnung ausgelöscht, obwohl ich doch mit keiner Silbe erwähnt hatte, dass ich nicht wieder zu ihm zurückkommen würde.

„Ich verstehe", war alles, was er erwiderte.

Das Lächeln, das er mir schenkte, war alles andere als echt, und das wussten wir beide.

Anneliese auch, denn sie stand hastig auf, lief in die Küche und hantierte in der leeren Spüle herum.

„Finn, ich verspreche dir, dass wir uns so schnell wie möglich wiedersehen werden. Hoch und heilig."

Er nickte bloß und ließ meine Hand los.

22

Finn

Ich wusste überhaupt nicht, was ich sagen sollte. Eigentlich gab es auch keine Worte dafür. Von Anfang an war mir klar gewesen, auf was das Ganze hinauslaufen würde, wenn sie die Wahrheit erfuhr. Jetzt wusste sie alles und so, wie sie in mein Leben geplatzt war und alles so wunderschön durcheinandergewirbelt hatte, so schnell würde sie auch wieder daraus verschwinden. Wenigstens hatte sie nicht allzu viel Zeit mit Marie verbracht. Abgesehen von den Schokocroissants würde diese Zoe also nicht wirklich vermissen. Hoffte ich zumindest. Und auch ich würde irgendwie über sie hinwegkommen. Ich hatte schon Schlimmeres erlebt. Überlebt. Und doch hatte sie mir gerade eben mein Herz gebrochen. Oder vielmehr herausgerissen. Und dann zwischen ihren kleinen, zärtlichen Fingern zerquetscht und anschließend weggeworfen. Genau wie all das, was sie letzte Nacht gesagt hatte. Wie das, was zwischen uns war und alles, was ich für sie empfand. Sie würde von hier wegfahren, weg von mir, und ich würde sie nie wieder sehen.

Zögerlich stand sie auf, was ich ihr nicht verübeln konnte. Die Stimmung war furchtbar. Meine Mutter stand immer noch an der Spüle, drehte aber ihren Kopf in unsere Richtung, als sie hörte, dass ein Stuhl über den Boden geschoben wurde. Ich wusste, dass sie seit Ewigkeiten hoffte, ich würde die Schutzmauer, die ich um mich gezogen hatte, durchbrechen und endlich wieder Gefühle zulassen können. Dann kam durch Zufall Zoe hier an, und vom ersten Moment an hatten sich die beiden gemocht. Selten hatte ich sie mit einer Frau so ausgelassen gesehen, selbst mit Anja nicht, und stundenlanges Quatschen gehörte eigentlich auch nicht zu ihren Vorlieben, vor allem nicht mit ein und derselben Person. Aber Zoe war eben anders als alle anderen. Sie war etwas ganz Besonderes. Und in ein paar Minuten würde sie aus der Tür gehen und wäre einfach nicht mehr da. Nicht für mich und nicht für Marie. Genau das hatte ich mit aller Kraft verhindern wollen, aber, wie ich gerade merkte, nicht nur als Schutz meiner Tochter.

***

„Bringst du mich noch bis zur Tür?" Wortlos stand ich auf und versuchte krampfhaft lächelnd, mir nichts anmerken zu lassen.

Meine Mutter nahm Zoe noch einmal in die Arme und ich konnte hören, dass sie ihr eine gute Fahrt wünschte. Und dass sie ja wusste, wo sie immer von Herzen willkommen wäre.

Mein Magen zog sich zusammen.

Marie mampfte ihr zweites Croissant, hatte aber schon seit längerem nicht mehr dazwischengeredet, wie sie es immer und furchtbar gerne tat.

„Duhu, Zoe ...“, sagte sie jetzt mit vollem Mund. Zoe ging vor ihrem Stuhl in die Hocke und strich ihr übers Haar, als mir die erste Träne vom Kinn tropfte.

„Ja, Marie?“

Und da geschah es. Urplötzlich drehte sich die Welt schneller. Viel zu schnell, und ich hatte das Gefühl, jemand würde mir den Boden unter den Füßen wegziehen.

Meine Tochter hatte ihre Arme um Zoes Hals geschlungen und war vom Stuhl hinunter auf ihren Schoß gerutscht.

„Du bist echt cool.“ Grinsend und mit strahlenden Augen nahm sie eine dicke Strähne von Zoes feuerroten Haaren in die Hand und drückte ihren kleinen, mit Schokolade verschmierten Mund mit einem lauten Schmatzer auf ihre Wange. Wir starrten die beiden mit weit aufgerissenen Augen an und konnten nicht fassen, was hier gerade passierte. Auch Zoe entglitten für einen Moment die Gesichtszüge, doch schon im nächsten Moment drückte sie Marie, die wieder beide Arme um sie gelegt hatte, fest an sich und gab ihr einen sanften Kuss auf die Haare.

„Du auch, Süße“, hauchte sie mit tränenerstickter Stimme und bebenden Schultern. „Wenn ich wiederkomme, dann bring ich dir die besten Waffeln der Welt mit, ja?“

Versprich nichts, was du nicht halten kannst, Zoe.

Marie blickte überrascht auf. „Brauchst du gar nicht, die können wir doch schon jeden Tag essen, weil's die nämlich hier gibt und nicht bei dir."

„Sie meint die Waffelbäckerei vorne in der alten Mühle", erklärte Anneliese und beugte sich seufzend zu den beiden hinunter. „Na komm, Marie, lass Zoe mal ihr Auto abholen, hm?"

Nur widerwillig ließ Marie es zu, dass ihre Oma sie an die Hand nahm.

„Darf ich dann mal bei dir mitfahren?"

Nicht einmal zu einem warnenden Blick war ich mehr fähig. „Das entscheiden wir, wenn Zoe wieder hier ist, ja?" Trotz allem wollte ich ihr irgendwie das Gefühl vermitteln, dass alles in Ordnung war.

Marie blieb mit meiner Mutter im Wohnzimmer, während Zoe und ich zur Tür gingen.

„Soll ich dir ein Taxi rufen?", fragte ich und wagte es nicht, sie dabei anzusehen.

„Ich kenne doch jetzt eine Abkürzung." Ihre Stimme klang seltsam belegt, als wüsste sie ganz genau, dass wir uns in diesem Moment zum letzten Mal in die Augen blicken konnten. Und genau das tat ich jetzt, nachdem ich all meinen Mut zusammengenommen hatte, weil ich mir nicht sicher war, ob ich das, was sich in ihnen zeigte, ertragen könnte.

„Finn, ich komme wieder. Wirklich." Sie ergriff meine Hand. „Glaub mir bitte."

Wieder nickte ich nur, und sie seufzte leise und irgendwie auch resigniert auf.

Nebeneinander gingen wir vor zum Tor, und ein allerletztes Mal schloss ich sie in meine Arme. Ich hielt sie fest. So fest ich konnte, und mit aller Macht wünschte ich mir, sie würde dieses verdammte Auto einfach Auto sein lassen und stattdessen noch einen Tag länger bei mir bleiben. Jede einzelne Sekunde mit ihr war so wertvoll, dass kein Gold der Welt sie hätte aufwiegen können. Und doch löste sie sich von mir. Sie gab mir noch einen Kuss, bevor sie gegen das Tor drückte, hindurchging und sich nicht mehr umdrehte, bis sie hinter den Tannen verschwunden war.

„Zoe, warte!“, brüllte Marie, die neben ihrer Oma aus dem geöffneten Wohnzimmerfenster hing, und tatsächlich kam Zoe ein paar Schritte zurückgelaufen und tauchte wieder vor dem Zaun auf. Ihre Augen glänzten feucht und anscheinend hatte sie heute Morgen ihre Wimpern getuscht, denn über ihr Gesicht zogen sich pechschwarze Tränenspuren. „Tschüss Zoe, auf Wiedersehen!“

Zoes Mundwinkel hoben sich, und als sie lachen musste, obwohl sie doch eigentlich bitterlich weinte, drehte ich mich um.

23

Zoe

Marie lehnte aus dem Fenster und grinste dabei genauso verschmitzt und lausbubenhaft, wie es auch ihr Papa manchmal tat. Ihre Hand hielt sie weit nach vorne gestreckt. Als ich erkannte, was sie da machte, konnte ich nicht anders, als laut loszulachen. Finn, der mich immer noch ansah, jetzt aber doch leicht entgeistert, drehte sich zum Haus um. Seine Tochter zeigte mir mit der einen Hand den Mittelfinger und winkte mit der anderen, so schnell und wild sie nur konnte. Anneliese stand daneben und sah noch um einiges fassungsloser aus als Finn, weshalb ich noch lauter lachen musste.

„Finn, es tut mir leid“, rief ich durch den Garten. „Ich mach das wieder gut!“

Langsam drehte sich sein Kopf wieder in meine Richtung.

„Bis bald, Marie!“, rief ich der Kleinen zu und hob meine Hand in die Luft über den hohen Gartenzaun, damit sie auch meinen Gruß sehen konnte. Den Gruß, mit dem man sich nur dort, wo ich herkam, verabschieden durfte. Mein letzter Blick aber galt Finn, der immer noch vorne am Tor stand. Hastig ließ ich meine Hand sinken, kramte in meiner Tasche und holte die drei Perlen heraus, die ich gedreht hatte. Die grüne würde ich für mich behalten, aber die anderen beiden wollte ich Finn und Marie geben. Wenn sie sie überhaupt haben wollten. Mit ein paar Schritten war ich wieder bei ihm und legte ihm die beiden Perlen in die Hand. Ich musste nichts sagen, denn sofort schloss er seine Finger ganz behutsam und schützend über ihnen und nickte fast unmerklich. Er fing den Kuss, den ich ihm zuwarf, während ich den Gehsteig entlanglief, ein und lächelte traurig.

***

Mir fiel es unglaublich schwer, meine Sachen zusammenzupacken. Trotz der kurzen Zeit, die ich hier verbracht hatte, war dieses Häuschen inmitten des weiten, wunderschönen Nichts doch irgendwie so etwas wie ein Zuhause geworden. Natürlich lag das nicht am Gebäude an sich, so niedlich es auch war, das wusste ich. Aber es verband mich eben mit Finn. Auch, wenn ich natürlich wieder hierherkommen wollte, weil ich mir im Augenblick gar nicht mehr vorstellen konnte, ohne ihn zu sein, war es ja leider doch oft so, wie es der Volksmund besagte: aus den Augen, aus dem Sinn. Deswegen hielt ich auch nichts von Fernbeziehungen. Klar, es konnte gutgehen, aber eigentlich war das doch nur etwas für masochistisch veranlagte Menschen. Man verbrachte das Wochenende miteinander und verzehrte sich dann von Montag bis Freitag nach dem anderen.

Und bei der Entfernung, die zwischen uns lag, würden wir uns wohl auch nicht jedes Wochenende sehen können. Von den Benzinpreisen und, in Finns Fall, den Kosten für ein Bahnticket mal ganz abgesehen, brauchte man ja schon zwei Tage für die Fahrt. Ich konnte mir nicht vorstellen, dass wir das lange aushalten würden. Oder besser gesagt, dass ich das lange aushalten würde. Die ganze Zeit über war ich fest entschlossen gewesen, es zu versuchen, aber je länger ich darüber nachdachte, desto schwerer fiel es mir, daran zu glauben.

Das grüne Kleid mit dem Riss hing immer noch über dem Stuhl. Liebevoll strich ich über den glatten Stoff, bevor ich es zu den anderen Sachen in meine Reisetasche quetschte. Ein letztes Mal betrachtete ich die geringelten Tassen und den alten Teekessel, der so laut pfeifen konnte, dass man einen Hörschaden bekam. Als ich am Wohnzimmer vorbeikam, ließ ich meinen Blick noch einmal über die Terrasse, durch die Dünen hinüber zum Meer schweifen. Durch die Tür konnte ich den Amselhahn singen und die Spatzen schimpfen hören, während sich die duftenden pinken Rosen leicht im Wind wiegten.

„Das wird mir fehlen“, seufzte ich.

Wenn ich mich wirklich dazu entschließen sollte, mich nicht mehr bei Finn zu melden, würde er hoffentlich schnell über mich hinwegkommen. Zumindest wünschte ich ihm das. Von ganzem Herzen.

***

Das Treffen mit Maren brachte ich schnell hinter mich. Auch wenn sie mir unglaublich sympathisch war, wollte ich einfach nur noch in dieses Auto steigen und zurück nach Hause fahren. Als ich ihr das Geld überreicht und sie mir im Gegenzug die ganzen Dokumente ausgehändigt hatte, verabschiedeten wir uns voneinander.

Schon als ich die Wagentür öffnete, breitete sich ein aufgeregtes Kribbeln in mir aus. Wie sehr mich die Ente doch an früher erinnerte ... Wieder blitzten die Bilder von damals vor meinem inneren Auge auf.

„Ach Papa, ich wünschte, du wärst jetzt hier", flüsterte ich, als ich ehrfürchtig meine Hände aufs Lenkrad legte. „Du wüsstest, was ich tun soll."

Das hatte er immer gewusst. Mit allen Problemen und Sorgen hatte ich immer zu ihm kommen können. Er wäre niemals auf die Idee gekommen, mich für irgendeinen Mist, den ich wieder gebaut hatte, zu verurteilen. Vielleicht weil wir uns ziemlich ähnlich gewesen waren. Ich vermisste ihn wirklich sehr, und in diesem Moment, als ich in diesem Auto saß, fühlte ich mich ihm näher als je zuvor, seit er gestorben war. Oft hatte ich an seine Ente gedacht. An unsere Ente. Und wie schade es war, dass wir sie nach seinem Tod hatten verkaufen müssen. Aber meine Mutter hatte schon recht gehabt, anders hätten wir die Zeit nicht überbrücken können, bis das Haus veräußert war.

„Egal, jetzt hab ich ja dich. Und irgendwie seid ihr Enten doch alle miteinander verwandt, oder?" Ich startete den Motor und spürte einen Stich. Selbst dieses Geräusch hörte sich an wie damals ...

Bevor ich losfuhr, holte ich meine grüne Perle aus der Hosentasche und legte sie in die kleine schmale Ablage links über dem Tacho. Sie sollte mein Glücksbringer sein und mich immer an die Zeit hier oben erinnern. Egal was die Zukunft auch brachte, Finn und Marie würden ganz sicher für immer in meinem Herzen bleiben.

24

Der Himmel färbte sich langsam rosa, als ich nach etwa zwanzig Minuten auf die Beschleunigungsspur der A29 fuhr. Es war nicht viel los, und so konnte ich in aller Ruhe auf die rechte Spur wechseln. Die ersten Kilometer musste ich mich an das mir natürlich vollkommen unbekannte Fahrverhalten meines neuen Autos gewöhnen, aber alles klappte so gut, dass ich schon bald total entspannt mit knappen neunzig Stundenkilometern hinter einem LKW her zuckelte. Viel schneller hätte ich auch nicht fahren können, weil der Motor das gar nicht hergab, aber ich hatte ja schließlich auch keinen Rennwagen gekauft.

Am Kreuz Oldenburg Nord fuhr ich gerade parallel zu den Fahrspuren, die auf die Autobahn in Richtung Süden führten, als ein schwarzer Golf auftauchte. Wie ein Bekloppter raste er den Asphalt entlang und wurde im Rückspiegel immer größer. Jeder normale Mensch wäre hinter mir auf die Autobahn gefahren, aber er überholte mich noch und zog ruckartig das Lenkrad nach links. Ich stieg voll in die Eisen, als er zwischen mir und dem LKW einscherte und danach sofort auf die linke Spur wechselte und das Gaspedal durchtrat.

„Du Arschloch!", brüllte ich ihm hinterher und beeilte mich mit dem Schalten, um wieder beschleunigen zu können. Ich konnte mich über solche Leute wirklich aufregen! Wegen dieser rücksichtslosen Vollidioten wurden andere Verkehrsteilnehmer gefährdet. Wenn ich das Sagen hätte, würden die Führerscheine von diesen Verkehrsrowdys sofort und lebenslang eingezogen.

Um mich so schnell wie möglich wieder beruhigen zu können, drehte ich am runden Knopf des Radios und versuchte, Empfang zu bekommen. Das Teil war wirklich das einzige Utensil im ganzen Auto, das anders war als in dem von meinem Papa damals. Maren hatte erzählt, dass ihr Ex-Mann es eingebaut hatte, weil sie nicht ohne Musik fahren wollte. Und dafür war ich ihm jetzt ziemlich dankbar. Das Tolle an Songs war, dass sie es schon mit den ersten Tönen schafften, Erinnerungen zu wecken und einen in Sekundenschnelle in die Zeit zurückversetzten, in der man sich eben diese Erinnerungen geschaffen hatte. Beim dritten Drücken auf die Speichertaste erwischte ich einen Sender, bei dem man durch das leise Rauschen hindurch auch sphärische Klänge hörte, die mir bekannt vorkamen. Im nächsten Moment war der Empfang besser, und ich wusste, welcher Song da aus den kleinen Lautsprechern tönte.

„Echt jetzt?"

Love is bigger than anything in its way ...

Nur mit Mühe schaffte ich es, den Impuls, meine Augen schließen zu müssen, zu unterdrücken.

U2 hatte ich schon gehört, als ich noch nicht einmal hatte laufen können, weil mein Papa die Platten rauf und runter gespielt hatte. Und jetzt saß ich hier in einer Ente, brachte Kilometer um Kilometer zwischen Finn und mich, und es kam ausgerechnet dieser Song im Radio? Seufzend lehnte ich mich zurück. Meine Finger tippten im Takt auf dem Lenkrad, und ich ließ mich voll und ganz auf das Lied ein. Auch wenn meine Stimme immer heiserer wurde und der Kloß in meinem Hals immer größer und ich nach dem ersten Refrain ständig blinzeln musste, um klar sehen zu können. Ein blauer Audi tauchte im Rückspiegel auf, dem irgendetwas Graues aus dem Fenster hing. Als er den Blinker gesetzt hatte und mich überholte, erkannte ich, dass ein kleiner Junge auf der Rücksitzbank saß und ein Kuscheltier aus dem halb geöffneten Fenster hielt. Es sah so aus, als würde er es neben dem Auto herfliegen lassen wollen. Als wir auf gleicher Höhe waren, winkte er fröhlich zu mir herüber. Ich winkte zurück und lächelte ihm und seinem kleinen Freund zu. Wenig später scherte der Mann am Steuer vor mir ein. Diesmal aber mit Abstand. Ich wollte das Radio gerade noch etwas lauter drehen, als es einen lauten Schlag gab, ich mich fast zu Tode erschreckte und schon wieder auf die Bremse trat. Das Kuscheltier, das der Junge aus dem Fenster gehalten hatte, war mir auf die Windschutzscheibe geknallt und direkt zwischen den beiden Scheibenwischern gelandet. Da die Scheibe eben war und nicht die Spur einer Wölbung aufwies, blieb das Tierchen einfach dort liegen.

Im Auto vor mir wurde wild gestikuliert, und als das Gesicht des Jungen vor der Heckscheibe auftauchte, winkte ich nach rechts und schaltete den Blinker ein. Wir waren gerade an einem Schild vorbeigefahren, das einen Rastplatz ankündigte. Wenn der Mann dort abfuhr, könnte ich ihm hinterherfahren, und das Kind würde sein Plüschtier wiederbekommen.

Bornhorster Wiesen West hieß der Parkplatz. Wir fuhren bis hinter die Toilettenanlage und hielten dort vor der Grünfläche auf den Stellplätzen, die für PKW vorgesehen waren. Überglücklich schloss der Junge seinen Freund wieder in die Arme, nachdem er seinem Vater das Versprechen geben musste, ihn ab jetzt nicht mehr aus dem Fenster zu halten.

„Sonst ist die Robbe nämlich irgendwann weg", mahnte er, woraufhin der Junge die Augen verdrehte und sagte: „Mann, Papa, das ist ein Seehund, das weiß doch jedes Kind."

Ja, und ich wusste das seit Kurzem auch.

Die beiden bedankten sich noch einmal bei mir, stiegen wieder in ihr Auto und fuhren zurück auf die Autobahn.

Eigentlich hatte ich große Lust auf einen Kaffee, aber hier gab es nur das Toilettenhaus, also stieg auch ich wieder ein und parkte aus. Auf der Zubringerspur gab ich Gas und rutschte wieder ein bisschen tiefer in den Sitz. Plötzlich sah ich im Scheinwerferlicht von vorne rechts etwas Schwarzes heranflitzen. Instinktiv trat ich wieder voll auf die Bremse, wurde mit dem Oberkörper nach vorne ans Lenkrad geschleudert und kam gerade noch zum Stehen, bevor ich das schwarze Etwas, das jetzt direkt vor mir auf dem Asphalt stand und genauso geschockt zu sein schien wie ich, überfahren hätte. Glücklicherweise hatte auch diese Ente eine nachgerüstete Warnblinkanlage, die ich anschaltete, bevor ich ausstieg. Meine Beine fühlten sich noch viel wackeliger an als während meiner ersten Surfstunde, und meine Finger zitterten. Ich liebte Tiere und wollte niemals in die schreckliche Situation kommen, eines an- oder gar zu überfahren. Ganz langsam ging ich neben meinem Auto in die Hocke. Ich wollte sehen, wie der große wuschelige Hund auf mich reagierte. Wenn er ängstlich war, würde ich ihn nicht sichern können, und ich wollte unbedingt verhindern, dass er auf die Autobahn flüchtete. Vorsichtig streckte ich die Hand aus und wartete ab. Er zögerte, kam dann aber Schritt für Schritt näher, bis er schließlich neugierig an meinen Fingern schnüffelte.

„Ich hab leider nichts zu fressen für dich, du Süßer. Aber wenn du mitkommst, dann kauf ich dir an der nächsten Raststätte eine Bockwurst. Was hältst du davon?“ Er wedelte mit der Rute. „Das heißt dann wohl, dass du einverstanden bist“, lächelte ich und stand vorsichtig auf, damit er sich nicht doch noch erschreckte. Langsam ging ich hinten um mein Auto herum, um die Beifahrertür zu öffnen, wobei ich den Hund kurz aus den Augen lassen musste. Als ich die Tür aufzog und meinen Kopf ins Wageninnere steckte, um nach ihm zu sehen, blickte ich in zwei große dunkelbraune Hundeaugen.

„Was bist du denn für ein Frechdachs?“ Natürlich hatte ich die Fahrertür nicht hinter mir geschlossen, und da war er eben einfach ins Auto gehüpft. Aufgeregt trippelte er auf dem Sitz herum, als ich wieder zurückging.

„Und was machen wir jetzt mit dir?“, fragte ich ihn.

Als hätte er mich verstanden, leckte er sich mit seiner langen rosafarbenen Zunge über die Schnauze.

„Ja natürlich, erst mal bekommst du deine Wurst. Hab ich dir ja versprochen.“ Lächelnd wuschelte ich ihm durchs Fell.

Während er fraß, würde ich die Polizei verständigen, damit sie in den umliegenden Tierheimen Bescheid sagen konnte. Vielleicht könnte er ja erst einmal mit mir nach Nürnberg fahren, wenn es keine entsprechende Suchmeldung gab, und wenn ich dann wusste, ob er gechippt war, würden wir weitersehen.

„Gleich geht's los", flüsterte ich ihm zu und schloss erschöpft die Augen. Jetzt durfte ich das, schließlich war der Motor immer noch aus, und hinter mir waren weit und breit auch keine Lichter eines anderen Autos zu sehen, das den Parkplatz verlassen wollte.

Oh Finn, dachte ich. *Ich wünschte, du könntest mich jetzt in deine Arme schließen.* Ich hatte immer noch seinen Duft in der Nase. Wie er mich angesehen hatte, als wir heute Nacht am Strand lagen. Er war so sanft gewesen, so unglaublich zärtlich. Und jetzt war er viel zu weit weg.

„Ich vermiss dich so", flüsterte ich tonlos und wischte mir eine Träne aus dem Gesicht. Ich brauchte jetzt ganz dringend etwas, an dem ich mich festhalten konnte, und so streichelte ich mit der rechten Hand den Hund, der sich auf dem Sitz zusammengekringelt hatte und kaum noch die Augen offenhalten konnte und mit der linken griff ich leise seufzend in die Ablage, um meine Perle in die Hand zu nehmen. Doch da war nichts. Gähnende Leere, wohin meine Finger auch tasteten. Das konnte doch nicht wahr sein ... War sie bei einem der Bremsmanöver herausgeflogen? Ich überlegte fieberhaft, ob beide Fenster die ganze Fahrt über auch sicher verschlossen gewesen und nicht hochgeklappt waren. Definitiv waren sie das, weil ich sonst diesem Vollidioten in seinem blöden Golf Maries Lieblingshandzeichen mitgegeben hätte. Die Perle musste also zumindest noch hier im Auto liegen. Im Rückspiegel sah ich nur, dass sich auf meiner Stirn kleine Schweißperlen gebildet hatten, für alles andere war das Licht viel zu schwach. Sie war aber doch das einzige kleine Ding, das mich an Finn erinnerte! Das ich anfassen konnte und das immer da sein würde. Immer dann, wenn ich ihn brauchte ...

Mit verschwitzten Händen öffnete ich die Tür wieder, ging in die Hocke und suchte den Fußraum ab. Nichts! Auch nicht auf der Beifahrerseite. Der Hund störte sich nicht daran, dass ich unter ihm auf dem Polster herumfuhrwerkte, aber auch dort ertastete ich nichts Kleines, Rundes. Erneut lief ich ums Auto herum und riss eine der beiden hinteren Türen auf. Auch hier sah ich nichts Grünes im Fußraum liegen, also widmete ich mich den Sitzen. Nirgendwo konnte ich etwas entdecken – im Gegenteil. Maren hatte alles aus dem Auto geräumt, bevor sie mir den Schlüssel übergeben hatte.

Meine Knie gaben nach, und ich konnte mich gerade noch mit den Unterarmen auf dem Polster abfangen. Mein Kopf sank auf den Bezug, und meine Knie schlugen hart auf dem Asphalt auf. Ich begann hemmungslos zu weinen. Wegen der Perle, wegen Finn und wegen des armen Hundes. Wegen einfach allem. Mein Körper wurde durchgeschüttelt, und es dauerte bestimmt fünf Minuten, bis ich mich wieder einigermaßen dazu imstande fühlte, aufzustehen. Als ich meine Augen öffnete und versuchte, mich aufzurichten, fiel mein Blick auf den Spalt zwischen der Sitzbank und der Karosserie. Und wenn die Perle dort hineingefallen war? Die Wahrscheinlichkeit dafür ging zwar gegen null, aber es war die einzige Möglichkeit, die ich noch hatte. Sonst müsste ich ohne sie zurück nach Hause fahren.

Mit einem Mal durchströmte mich ein Kribbeln, als hätte ich einen elektrischen Schlag bekommen. Hastig zog ich mein Handy aus der Hosentasche. Die Taschenlampe war zwar nicht besonders hell, aber das Licht würde ausreichen. Mit zitternder Hand hielt ich das Smartphone in den Schlitz und presste meinen Kopf an die Tür. Im nächsten Augenblick japste ich nach Luft und für einen klitzekleinen Moment wurde mir schwarz vor Augen. Tatsächlich lag meine Perle da unten, aber sie war nicht alleine. Direkt daneben glänzte etwas, das ich vor sehr langer Zeit schon einmal gesehen hatte. Etwas, das mir damals und auch jetzt die Welt bedeutete, weil ich es wiedergefunden hatte. Und weil es in diesem Augenblick, in dem es im Licht meiner funzeligen Smartphone-Taschenlampe aufgetaucht war, mein Leben verändert hatte.

Zwischen mir und der Autobahn, auf meiner Seite der Leitplanke, war ein schmaler Wiesenstreifen, auf dem vertrocknete Büsche ihre knorrigen Zweige mit letzter Kraft in den schwarzblauen Nachthimmel reckten. Schnell schaltete ich die Zündung ein, damit ich im Licht der Scheinwerfer einen dünnen Stock suchen konnte. Als ich einen passenden gefunden hatte, rannte ich zurück und steckte ihn in den Spalt. Tatsächlich schaffte ich es, erst die Perle und dann auch den kleinen Anhänger auf dem Ästchen, das ich fest an die Tür gepresst hielt, langsam und vorsichtig nach oben zu befördern. Ich hatte mich nicht getäuscht. Es war mein Anhänger. Der, den mein Papa mir geschenkt hatte, als wir damals das erste Mal zu dritt mit seiner Ente in die

Stadt gefahren waren. Der Charm für mein Bettelarmband, das ich schon damals immer getragen hatte. Als wir wieder zu Hause gewesen waren, hatte die Schmuckschachtel, die er mir überreicht hatte, neben mir auf der Rücksitzbank gelegen, aber die Krone mit dem pinken Glitzerstein war weg gewesen. Eigentlich hatte ich gedacht, ich hätte sie irgendwo in der Stadt verloren, weil ich sie so wunderschön fand und deswegen ständig den Deckel aufgeklappt hatte, um sie zu bewundern.

***

Die grüne Perle und die Krone lagen geschützt in meiner Hand, die ich so fest zudrückte, dass sich beide Schmuckstücke in meine Haut bohrten. Ich lehnte mit dem Rücken an meiner Ente und sah in den Himmel über mir. Der Hund schlief tief und fest und schnarchte leise. Wahrscheinlich war er genauso erschöpft wie ich. Keine einzige Wolke verdeckte die Sicht auf den Mond, der riesengroß und rund da oben stand. Überall um ihn herum funkelten kleine und ein bisschen größere Sterne. Der größte und hellste von allen war unserer.

Zoe, wenn ich mal nicht bei dir sein kann, dann guck einfach zu diesem Stern da. Ich tue das gleiche, egal, wo ich gerade bin.

„Und dann gucken wir zusammen“, vollendete ich flüsternd seine Worte. „Danke, Papa.“

25

Ein lautes Hupen ertönte und ließ mich zusammenzucken. Entschuldigend hob ich die Hand und sprang in mein Auto. In unser Auto. Krachend legte ich den Gang ein und trat das Gaspedal durch.

„So, du Süßer, jetzt holen wir dir deine Bockwurst, und dann fahren wir nach Hause."

Das Radio hatte sich ausgeschaltet. Als ich wieder am Knopf drehte, hämmerte gerade AC/DC mit *Thunderstruck* los. Ich drehte voll auf, klappte das Fenster nach oben und warf lachend meinen Kopf in den Nacken.

Mein tierischer Mitfahrer hatte nicht nur eine Bockwurst bekommen, sondern drei. Er kaute zufrieden an der letzten, als ich, mit einem Becher heißen Kaffees zwischen den Beinen, aus dem Parkplatz des Rasthofs fuhr. Allerdings nicht nach links, sondern nach rechts. Ein Stückchen Landstraße, wieder nach rechts und unter der Autobahn durch. Als ich die Auffahrt hochraste, zeigte der Tacho fast sechzig Sachen an, was sich schon fast wie Fliegen anfühlte.

„Wilhelmshaven", las ich dem schwarzen Wuschel vor. „Genau das ist unsere Richtung."

***

Eine knappe Stunde später hielt ich mit quietschenden Reifen und Kaffeeflecken auf dem Shirt vor Finns Haus, stieß die Autotür auf und rannte durch das Gartentor. Der Hund sprang aufgeregt um mich herum und lief dann hinüber zu den großen Tannen. Ich klopfte leise an die Tür, weil es schon ziemlich spät war und ich Marie nicht aufwecken wollte, die mit Sicherheit schon tief und fest schlief.

Ich klopfte ein zweites und ein drittes Mal. Gerade, als ich mich bückte, um Kieselsteinchen vom Weg aufzusammeln, um sie an alle Fenster zu werfen, die ich mit meinen bescheidenen Wurfkünsten hätte erreichen können, öffnete sich endlich die Haustür. Anneliese steckte schlaftrunken den Kopf heraus und rieb sich die Augen, als sie mich dort stehen sah.

„Zoe!", rief sie dann und lief mir entgegen. „Ist das wahr?"

„Ich bin es, ja."

Augenblicklich fing alles an ihr an zu strahlen. Ihr Lächeln fiel ihr fast aus dem Gesicht, so breit war es, als sie mich an sich zog und drückte. „Was machst du denn hier? Hast du was vergessen?"

„Allerdings, Anneliese, das habe ich tatsächlich."

Bedauernd senkte sie den Kopf. „Er ist nicht da." Zerknirscht sah sie mich an. „Ich glaub, ihn hat das mit dir ziemlich mitgenommen, weißt du."

Ich nickte. „Ganz bestimmt sogar, und deswegen muss ich auch sofort mit ihm sprechen. Weißt du, wo er ist?"

„Na entweder am Strand, bei Kalle oder im Pub. Oder erst im Pub und dann am Strand. Obwohl ... Kalle hat auch 'ne ordentliche Auswahl an Hochprozentigem." Sie grinste.

„Okay, dann klappere ich jetzt alle der Reihe nach ab", antwortete ich, drückte sie noch einmal kurz an mich und wandte mich ab. „Ach ja, könntest du vielleicht solange auf ihn da aufpassen?" Ich zeigte auf die Tannen, zwischen denen der große Wuschel gerade wieder hervorgerannt kam und jetzt auch Anneliese freudig begrüßte.

„Ja klar", lachte sie und kraulte dem Hund die Flanken. „Ich liebe Hunde. Und jetzt los, Zoe, sonst bekommt der Kerl am Ende gar nicht mehr mit, dass du vor ihm stehst!"

Ich rannte wieder zurück zum Auto und flitzte als Erstes zum Strand. Irgendetwas zog mich dort hin. Eine gute Entscheidung, wie ich erkannte, als ich geparkt hatte und über die Dünen in Richtung Meer lief. Ganz vorne, auf dem letzten Streifen trockenen Sandes, bevor das Watt anfing, saß er im Sand. Ich erkannte ihn schon, als ich noch fünfzig Meter entfernt war. An seiner Silhouette und seinen zerzausten Haaren, die der Wind in alle Richtungen trieb. Und an seinen hängenden Schultern, die ihn viel kleiner wirken ließen, als er eigentlich war. Einfach an allem.

„Moin", sagte ich leise, um ihn nicht zu erschrecken. Nur für den Fall, dass er doch noch nicht so viel getrunken hatte, wie Anneliese befürchtete. „Ich wollte fragen, ob Sie das *Friesenhuus* auch an Dauergäste vermieten."

Seine Schultern sackten noch ein paar Millimeter weiter nach unten und er fing an, ein klein wenig zu zittern. Er streckte seine Hand zur Seite und stellte die Weinflasche, die er gehalten hatte, neben sich.

„Dauergäste gibt's hier nicht", antwortete er, ohne sich umzudrehen.

Ich stand jetzt direkt hinter ihm. „Entweder man macht hier zwei Wochen Urlaub und fährt dann wieder nach Hause in sein altes Leben. Lässt alles hinter sich, obwohl es einem mehr als alles andere bedeutet. Und bricht Herzen. Oder man ist hier zu Hause."

„Du pokerst aber ganz schön hoch."

Langsam stand er auf. Ich war ganz nah an ihn herangetreten. So nah, dass ich ihn riechen konnte. Ihn und das Meer. Meine beiden neuen Lieblingsdüfte. Er fasste hinter sich, umschloss mit seinen Fingern mein Handgelenk und zog mich sanft vor sich. Der Mondschein und das Strahlen der Sterne reichten aus, um zu sehen, dass seine Augen knallrot waren und dunkle Schatten unter ihnen lagen.

„Weil ich dich nicht verlieren will."

„Ich hab doch gesagt, dass ich wiederkomme."

„Und hast selbst nicht dran geglaubt."

Nur mein Herz, das wild in meiner Brust schlug, übertönte mein Schweigen.

Sein Atem ging schneller. „Warum bist du hier?"

„Schicksal", antwortete ich.

„Und wie viel Zeit gibt uns das Schicksal?"

„Das weiß ich nicht", gab ich zurück und zuckte mit den Schultern. Er ließ meine Hand wieder los und drehte sich weg.

„Aber solange ich lebe, bleibe ich hier. Es sei denn, du willst mich irgendwann nicht mehr."

Ruckartig drehte er sich abermals zu mir, so schnell, dass er fast über seine eigenen Füße stolperte.

„Du bleibst? Wirklich?“

„Wirklich.“

Wie sehr ich mir in den letzten Stunden gewünscht hatte, sein wunderschönes Lächeln wiederzusehen und in seinen Armen versinken zu dürfen, mein Gesicht an seine Brust schmiegen zu können und einfach nur von ihm gehalten zu werden. Mich sicher fühlen zu dürfen. Und seine weichen Lippen auf meinen zu spüren. All das wurde in dieser Sekunde Wirklichkeit.

***

„Weißt du, was jetzt wirklich blöd daran ist, dass ich wieder hier bin?“ Wir schlenderten Arm in Arm durch die Straße, in der Finn wohnte. Den Rest der Nacht hatten wir im Ferienhaus verbracht, aber da Anneliese um halb neun zum Zahnarzt musste, hatte uns der Wecker unbarmherzig und nach nur zwei Stunden Schlaf aus dem Bett geklingelt.

„Nö, was denn?“

Ich war mir ganz sicher, dass seine inneren Alarmglocken in den höchsten Tönen schrillten, also beeilte ich mich mit meiner Antwort. „Ich hab Marie doch versprochen, dass ich ihr die besten Waffeln der Welt mitbringe, aber ich hab ja vorher die Richtung gewechselt.“

„Komm mit“, rief er, fasste mich an der Hand und rannte mit mir an mindestens zehn Grundstücken vorbei, bis mein Auto in Sichtweite kam. Erst dann wurde er ein bisschen langsamer und setzte sein verschmitztes Grinsen auf, das ich so an ihm liebte.

„Was hast du denn vor?“, fragte ich außer Atem und blieb stehen, sobald wir bei der Ente angekommen waren. „Ich hab ja jetzt schon Seitenstechen.“

„Ja, an deiner Kondition müssen wir noch ein bisschen arbeiten, mein Schatz.“

„Die letzten beiden Worte find ich süß, den Rest nicht“, schnaufte ich und hielt mir die Seite.

„Mach mal auf.“

„Was?“

„Na dein Auto.“

Ich schloss die Tür auf.

„Die hier bitte auch“, sagte er und zeigte auf die Beifahrerseite.

„Hä? Was wird das denn jetzt?“

„Na ja, du hast ihr doch die besten Waffeln der Welt versprochen, und die gibt’s nicht in Nürnberg, sondern hier.“

Seine Hände zitterten unmerklich, als er die Tür aufzog und sich etwas steif auf den Beifahrersitz fallen ließ. Vollkommen überrascht stieg ich ebenfalls ein und steckte den Schlüssel ins Zündschloss.

„Die Straße wieder zurück und an der Kreuzung da vorne nach links.“

Seine Finger wurden um die Knöchel herum ganz weiß, weil sie sich in den Bezug krallten.

„Finn, bist du sicher ...?“

Entschlossen nickte er. „Aber selber fahren werde ich niemals.“ Er beugte sich zu mir herüber und gab mir einen Kuss auf die Wange. „Dafür hab ich ja jetzt dich.“

Natürlich fuhr ich so umsichtig, wie ich nur konnte. Als ich an besagter Kreuzung links abgebogen war, schickte er mich an der nächsten Querstraße wieder nach links. Kurz bevor ich wieder hätte abbiegen müssen, weil die Straße geradeaus nicht weiterführte, bekundete er, dass wir da wären.

Tatsächlich standen wir vor einem Laden, der sich in einem Gebäude befand, das wie eine alte Mühle aussah. Vor der *Waffelbäckerei*, wie das Schild über der gläsernen Eingangstür verriet. Die, zu der es von Finns Haus nur etwa fünfzig Meter waren, wenn man einfach um die Ecke bog und nicht erst die komplette Straße in die andere Richtung entlangfuhr.

„Das ist jetzt nicht dein Ernst, oder?"

„Doch. Ist es", antwortete er und lächelte.

***

Anneliese hatte uns beim Frühstück im Garten trotz ihrer dicken Wange mit einem unglaublichen Grinsen mitgeteilt, dass sie für das *Friesenhuus*, das sie ja eigentlich gar nicht mehr vermietete, ganz überraschend zahlreiche Buchungen hereinbekommen hatte und ich deswegen dort leider nicht mehr unterkommen könnte. Wir vertilgten genussvoll alle Waffeln, die wir mitgebracht hatten, wobei Marie ganze vier Stück schaffte und ein ganzes Glas Schokocreme verbrauchte, die sie großzügig und unter den missbilligenden Blicken von Finn und ihrer Oma in den quadratischen Vertiefungen verteilte. Im Anschluss wollte ich eigentlich im Internet nachsehen, ob vielleicht doch noch irgendwo etwas frei war, doch Finn bestand darauf, dass ich bei ihm und Marie wohnte.

„Das ist mit Sicherheit erst mal ziemlich ungewohnt, aber wir bekommen das schon hin", sagte er und legte seine Arme um mich. „Hier kannst du auch in aller Ruhe dein Buch schreiben. Hinten im Garten gibt's einen Pavillon, den die Rosenranken fast komplett zugwuchert haben. Das ist doch die perfekte Umgebung für eine Liebesromanautorin, die an ihrem Bestseller arbeitet, oder?" Er küsste mich auf die Stirn. Den Pavillon hatte ich bereits entdeckt, als ich aus dem Küchenfenster gesehen hatte, und schon beim Anblick des weißen verschnörkelten Metalls, das von unzähligen roten Rosen überwuchert wurde, spürte ich dieses unbeschreibliche Kribbeln in den Fingern, auf das ich so lange gewartet hatte. Hier würde ich es schaffen, meine Protagonisten wieder zum Leben zu erwecken und den Abgabetermin einzuhalten, dessen war ich mir ganz sicher.

„Die Umgebung ist perfekt, Finn. Und du denkst wirklich, dass das auch für Marie in Ordnung ist?"

Er nickte. „Ja, ist es. Sie hat den dritten Stuhl in der Küche schon zu den anderen beiden gestellt. Für den Fall, dass du uns besuchen kommst."

„Was? Und der Teddy ...?"

„Der sitzt jetzt auf dem Fensterbrett und guckt lächelnd von dort nach draußen in den Himmel."

Mir fehlten wirklich die Worte. Was war sie doch für ein bezauberndes und unglaublich starkes Mädchen.

„Finn, wollen wir ein bisschen zum Strand gehen? Ich hab gehört, hier soll es ein Bistro geben, in dem der total nette Chef die beste Fischsuppe der ganzen Nordseeküste zubereitet."

„Ich geh mit dir, wohin du willst", antwortete er und drückte mich noch fester an sich. „Und ja, dieses Bistro ist mir persönlich bekannt, und ich kann es wirklich nur empfehlen."

„Na dann mach mal hinne."

„Siehst du, jetzt redest du schon wie wir. Ich glaub, das Schicksal hat einen guten Job gemacht."

Wir sahen beide aus dem Fenster, wo sich in diesem Augenblick zwei kleine weiße Wölkchen am sonst strahlend blauen Sommerhimmel für einen kurzen Moment vor die Sonne schoben.

26

Marie rannte in ihrem pinken Badeanzug über den warmen, feuchten Sand und schippte Wasser in einen kleinen Eimer, den sie sich am Henkel über ihren Arm gehängt hatte. Der große wuschelige Hund, den sie auf den Namen Emma getauft hatte, sprang schwanzwedelnd und mit weit heraushängender Zunge um sie herum und versuchte begeistert, ihr die Schaufel aus der Hand zu klauen. Finn und ich saßen nebeneinander einfach nur da und beobachteten die beiden. Versteckt zwischen uns hielten wir uns an den Händen. Wir wollten es, zumindest offiziell, langsam angehen lassen, damit Marie sich Stück für Stück an die neue Situation gewöhnen konnte. Die coole Stinkefingerfrau, in deren Beisein sie so viel Schokocreme essen durfte, wie sie wollte, war das eine. Eine Frau, die mit ihrem Papa zusammen war, aber etwas ganz anderes.

Die Sonne brannte heute wieder auf uns herunter, aber da ich keinen Badeanzug im Gepäck hatte und mich auch nicht unbedingt in meiner Unterwäsche sonnen wollte, stand ich auf und lief ein bisschen in den seichten Wellen herum. Das Meerwasser war angenehm kühl. Am liebsten hätte ich mir die Klamotten einfach vom Leib gerissen und wäre hineingelaufen. Fische hin oder her, Marie und Finn hatten sie ja bisher auch noch nicht angefallen, und die waren schließlich so gut wie jeden Tag im Wasser. Außerdem hatte ich ja jetzt jemanden, der alles, was mich auffressen wollte, in die Flucht schlagen würde.

Aus den Augenwinkeln sah ich, wie Finn sich an mich heranpirschte. Ich tat so, als würde ich ihn gar nicht bemerken, wappnete mich aber innerlich schon für eine eventuelle Wasserschlacht. Keine Sekunde zu früh, denn vor lauter Finn hatte ich Marie nicht bemerkt, die von links angerannt kam und mir kreischend den Inhalt ihres Eimers aufs Shirt kippte.

„Na warte, ich krieg dich!", brüllte ich zurück und rannte los.

Finn war schneller und schaufelte Wasser in meine Richtung, dass es nur so spritzte. Blitzschnell drehte ich mich um und rannte wie ein wild gewordener Stier auf ihn zu. Er bekam gerade noch meine Arme zu fassen, doch ich traf ihn mit einer solchen Wucht, dass er sich nicht halten konnte und wir zusammen ins Wasser platschten. Kaum war ich prustend wieder aufgetaucht, war Marie bei uns, brüllte „Popobombe" und sprang mitten ins Getümmel.

„Das hieß bei uns früher Arschbombe", japste ich und brach in schallendes Gelächter aus, als ich Finns Gesichtsausdruck sah.

Er verdrehte total übertrieben die Augen und stöhnte auf. „Na toll, jetzt bist du noch cooler, weil du verbotene Wörter sagst!" Im selben Moment packte er mich um die Hüfte und warf mich über seine Schulter in hohem Bogen wieder in die Wellen. Und Marie gleich hinterher. Die Kleine tauchte direkt neben mir wieder auf, blinzelte die Wassertropfen fort und strahlte mich aus ihren großen blauen Augen an.

„Auf ihn mit Gebrüll?“, flüsterte ich, und als sich unter der Wasseroberfläche ihre kleine Hand in meine schob, schwammen wir los.